당신의 이야기를 삽니다

보통의 사람들 속 숨은 가치 찾기 프로젝트

당신의 이야기를 삽니다

김경한 지음

harmonybook

프롤로그

> "우리의 몸이 뭘로, 어떻게 만들어졌든,
> 우리는 모두 탄생으로 시작해서 죽음으로 끝나는
> 한 편의 이야기일 수 밖에 없다고 생각해."

김영하 작가님의 「작별인사」에 나오는 구절이다. 작가의 삶에 대한 통찰인지, 개인적 철학인지 알 수 없지만 나의 시선은 '이야기'로 향했다. 이야기가 무엇인지, 더 나아가 가치 있는 이야기가 무엇인지 고민하며 이야기를 찾아다녔다. 가십거리에 불과한 이야기로 무엇을 하겠냐는 말과 유명하거나 특별한 사람의 이야기만 가치가 있다는 보편적 인식과 마주했다. 나는 그것과 싸워야 했다. 각자의 인생을 살다보면 저마다의 경험으로 채워가는 이야기가 있다. 그 모든 이야기에 힘이 있다는 나만의 단단한 심지를 무기 삼아 오늘도 투쟁을 준비한다.

모두의 이야기가 특별한 건 우리는 탄생했고, 죽음으로 끝나는 하나의 시놉시스이기 때문이 아닐까. 잔을 채운 것이 술이면 어떻고, 물이면 어떻고, 커피면 어떤가. 우린 우리의 삶을 이야기로 채웠고, 그 이야기를 갈급한 이들에게 한 잔 따라줄 여유만 있다면 메마름을 조금은 적실 수 있을 것이다.

보이지 않는 것을 사람들에게 선보이는 일은 공기를 잡아보려 발버둥 치는 것과 같다. 어렵다. 아니 불가능할지도 모른다. 하지만 나는 보이지 않는 이야기를 사람들에게 보여주고 싶었다. 나에게는 이런 이야기가 있었다고. 내가 만난 그에게도 그런 이야기가 있었고, 그녀에게는 저런 이야기가 있었다고. 이야기를 사회에 공유하는 플랫폼이 되겠다는 포부는 나에게는 꿈이었고, 누군가에겐 몽상가의 허언이었다.

이야기는 형체가 없다. 그래서 내가 하는 일을 누군가에게 설명하기 어려웠고, 이해시키는 것은 더욱 어려웠다. 하지만 7년 동안 어떠한 편견 없이 모두의 이야기를 듣고 전하며 나를 채워온 삶이 있었다. 이제는 이야기의 가치와 이야기의 힘을 설득할 수 있다. 꺼내기 어려운 이야기를 다른 사람에게 털어놓으며 성장한 사람이 있었고, 누군가의 이야기를 통해 새로운 삶을 시작한 사람이 있었으며, 자신과 비슷한 상황에 놓인 사람이 있다는 사실로 위로받은 사람이 있었다. 이야기는 메마른 삶을 적셨고, 사람의 손길이 닿지 못하는 곳으로 흘러 세상 속 좁은 틈을 채워주었다.

"우리 이야기 좀 해."

누군가와 싸우고 우리는 이렇게 말한다. 이야기는 갈등을 해결할 수 있는 최후의 수단이 되기도 한다. 화해의 신호가 되기도 하고, 오해를 푸는 열쇠가 되기도 한다. 생사가 오가는 전장의 상황에서도 전쟁을 종결시킬 수 있는 그것. 이야기에는 우리가 일상에서 느끼지 못하는 힘이 있다. 이야기는 사람 사이의 거리를 무엇보다 쉽고 강하게 좁혀주는 매개체가 된다. 하지만 쉽게 꺼내던 이야기도 위기 또는 갈등의 상황이 되었을 때 어렵기만 하다. 이야기를 쉽게 생각하는 건 이야기가 가진 무게감과 중요성을 모르고 있기 때문이 아닐까.

이야기는 우리의 삶을 윤택하게 한다. 이야기가 없는 삶을 상상이나 해보았는가? 만약 어젯밤 연인과 싸운 일을 가족이나 친구에게 말할 수 없다면? 나를 괴롭히는 직장 상사를 술에 곁들여 안주처럼 씹을 수 없다면? 이야기는 훌륭한 소통의 재료이며, 감정을 사용하고 채워주는 도구이다. 이야기에는 분명 힘이 있다.

하지만 우리는 자신의 이야기를 너무도 쉽게 폄하한다. "내가 무슨 이야기를 해." "난 너무 아무것도 아닌 사람이라 할 이야기가 없어." 당신이 가진 이야기가 무엇인지 알 수 없을 때, 가장 쉽게 시도할 방법이 있다. 어린 시절 썼던 일기장을 펼쳐보는 것이다. 얼마나 쓰기 싫었는지 분명하게 기억이 난다. 심지어 맞춤법도 엉망이고 글씨도 삐뚤빼뚤하다. 그러나 우리는 그 일기를 읽으며 개구쟁이였던 나를 회상하고, 크게 웃으며 그때의 이야기를 추억한다. 그 시절 나의 일기장에는 친구들과 축구 했던 이야기, 학원가기 싫어서 땡땡이친 이야기, 친구 생일파티에 참여했던 이야기, 선생님에게 혼난 이야기가 쓰여 있다. 특별한 이야기인가? 성공한 이야기인가? 그저 나의 이야기일 뿐이다. 그렇게 우리는 높고 낮음 없이 각자의 이야기로 채우며 살아간다. 이 또한 나의 이야기가 아닌가.

"이야기를 거래하는 시대."

우리는 퍼스널 브랜딩의 시대를 살고 있다. 개인의 취향과 개성, 가치를 스스로 보여주고 증명하는 시대이다. 어떤 사람인지 알아달라고 이력서 내고 면접 보는 시대를 지나 궁금한 사람을 직접 찾아보는 시대가 되었다. 어떤 사람인지를 어떻게 보여주냐에 따라 무한한 기회가 생기기 때문에 나만의 이야기가 빛을 발한다. 수많은 인플루언서가 생겨났고, 그 영향력을 무시할 수 없다. 연예인이 유튜버의 방송에 출연하는 시대가 되었고, 공중파에도 유튜버가 심심치 않게 등장한다. 혼자 사는 노총각의 이야기를 10만명이 지켜보는 시대가 되었고, 놀랄 만큼의 식사량을 보기 위해 100만 명이 기다리는 시대가 되었다. 이제 나만의 이야기와 콘텐츠를 어떻게 발현하냐에 따라 누구에게나 성공의 기회가 열린 것이다. 그렇게 이야기는 거래된다. 재밌고 멋진 이야기만 브랜드가 되는 게 아니다. 파킨슨이나 루게릭병 등의 불치병과 암 투병을 콘텐츠로써 일상을 공유하는 유튜버를 종종 본다. 두렵고 힘든 상황에도 그들이 영상을 찍는 이유는 단순히 돈을 벌기 위함은 아닐 것이다. 자신이 살아있음을 기록하고, 비슷한 상황에서 떨고 있을 누군가에게 희망을 전한다. 전달된 희망은 다시 나에게 위로의 한마디로 돌아오게 된다.

이야기를 거래함으로써 얻는 결과물이 오로지 돈만 있는 것이 아니다. 결과물로 얻어지는 영향력이 위로가 되기도 하고, 희망이 될 때도 있다. 불교의 〈무주상보시〉라는 말처럼 '내가 내 것을 누구에게 주었다는 생각조차도 버리는 것'처럼 욕심을 버리고 꾸준하게 좋은 일을 하는 사람이 있는가하면, 학교폭력과 과거의 일로 현재에서 발목 잡혀 모든 것을 잃는 사람도 있다. 이야기의 결과는 각양각색이다. 그럼에도 꼭 알아야할 불변의 진리 하나가 있다. 이야기는 지워지지 않는다. 그렇기에 지금 채워가는 나의 이야기가 얼마나 중요한지 깨달아야한다. 자신의 이야기가 어떤 가치를 지니게 될지는 지금부터의 이야기가 결정하게 될 것이다.

> "바라본다는 것은 바라며 본다는 것,
> 사람은 그가 바라보는 대로 되어간다."
> - 박노해 「걷는 독서」 -

모든 사람이 목소리를 내고 이야기할 수 있는 사회를 만들고 싶다는 꿈이 있다. 그래서 다른 사람들에게 기회를 제공하여 삶의 작은 도움이라도 보태겠다는 목표를 가졌다. 그런 마음으로 사람들과 그들의 이야기를 바라보았다. 그렇게 내가 바라는 대로 그들은 성장했고, 기회를 잡았다. 시작은 다른 사람들이 이야기할 기회를 만드는 일이었지만, 그 과정의 노력은 결과적으로 나의 기회가 되어있었다. 다른 이의 이야기만 바라보고 사는 것이 아니라 나의 이야기도 바라보고 있었기에 나 또한 바라는 대로 성장할 수 있었다. 내가 만난 수십 아니 수백의 이야기는 그 누구도 아닌 나를 성장시켰다. 이 책은 단순히 말을 잘하고 싶은 사람이 아니라 내 삶을 어떻게 채울 것인가를 고민하는 모든 사람을 대상으로 이야기한다. 본인은 어떤 이야기를 다른 이에게 한 잔 따라줄 수 있는 사람인지 한 번쯤 생각해볼 수 있기를 바란다. 나는 여러분의 이야기를 마주할 준비를 마쳤다. 이제 여러분의 이야기를 들려줄 수 있겠는가? 이야기할 기회가 생긴다면 피하지 않고 당당하게 마주해보고 싶은가? 그렇다면 이제 준비는 되었다. 당신의 가치 있는 이야기를 들려주시길.

당신의 이야기를 삽니다.

이야기브릿지 김경한

추천사

- 제1회 YoungVoice 수상자 김우영

이야기의 가치를 발견하여 빛내주는 이야기브릿지, 그리고 김경한.

'당신의 이야기를 삽니다.' 무척 낭만적이지만, 누군가는 뜬구름 잡는 소리라고 말할 수도 있겠다. 이야기를 어떻게 산다는 거며 심지어 이야기가 뭐라고 사기까지 해? 등 다양한 생각이 들 테니까. 그런 의미에서 이 책의 저자 김경한 대표는 뛰어난 장사꾼이다. 형체가 없어 보이는 이야기를 이해시키고 그들의 편견이나 부정적인 생각을 없애며 심지어 그들 스스로가 가지고 있는 이야기를 꺼내놓게 만들어서 그 이야기를 정말 사 모은다. 그리고 다양한 플랫폼과 강연대회, 행사를 통해 정말 소소하고 평범한 우리의 이야기를 공유하며 서로 울고, 웃게 만든다. 잘 정리된 이야기는 '사건'이 아니라 '사연'을 담고 있다. 그러기에 이 책에 정리된 평범한 이야기들을 읽으며 우린 몇 가지 질문을 던질 수 있다. "내 이야기는 무엇일까?" 그리고 "내 이야기는 얼마일까?" 감히 돈으로 환산할 수 없는 그 가치를 이 책과 함께 판단해 보시길 바란다.

당신의 무대를 만드는 사람,

당신 안의 뭉툭한 이야기를 꺼내 가치를 만드는 사람,

당신의 손에 마이크를 쥐어주는 사람,

김경한 대표는 평범한 우리의 이야기를 사는 탁월한 수집가다. 내가 가진 이야기의 가치를 의심하고 무대에 서길 망설일 때, 기꺼이 등을 밀어줬던 사람이다. 소위 유명하고 사회에서 이름을 날리는 사람들만 무대에 설 수 있다는 편견을 깨고 모두에게 마이크를 쥐어주는 김경한 대표, 그가 만난 청년 24명의 귀한 이야기가 이 책에 담겨있다. 그가 사 모은 이야기는 이 시대의 청년들의 현주소이며 이 땅을 밟고 살아가는 우리들의 꿈이다. 그가 있는 곳이라면 난 언제나 들을 준비가 되어 있다.

사람의 이야기를 기록하는 사람. 김경한 대표는 나에게 그런 사람이었다. 날카로운 말과 따뜻한 마음으로 사람들의 이야기를 품어주는 사람. 그에 의해 사람들은 하나의 이야기로 다시 태어났다. 강연을 위해 머리 아팠던 날들, 과거의 삶을 떠올리던 밤, 울고 웃으며 강연의 현장을 경험하던 모든 순간, 언제나 그는 우리 옆에 있었다. 덕분에 길을 거닐며 스쳤을지 모를 수많은 사람들의 이야기가 무대 위에 올랐다. 일면식도 없던 사람들이 이야기를 통해 서로를 이해하고 각자의 삶을 응원하며 살아가고 있다.

이야기브릿지를 통해 나는 중학생 때 처음 종이에 적은 강연자의 꿈을 이뤘다. 어렴풋하게만 느껴졌던 내 꿈이 상상에서 현실이 되는 순간을 만날 수 있었다. 강연 영상이 공개되고 주위 사람들로부터 많은 응원의 메시지를 받았다. 평소에 잘 연락하지 않던 친구가 열심히 살아갈 힘을 얻었다는 말을 전하고, 나의 일상에 대해 잘 몰랐던 가족들이 속을 비추지 않는 막내아들의 고민을 이해하고 대화를 나눌 수 있었다. 강연의 경험은 나 자신에게도 큰 힘을 주었다. 과거의 경험에 매듭을 짓고 당당히 나의 이야기와 마주했을 때, 그제야 나는 인생의 낯선 여행을 위한 용기를 낼 수 있었다.

강연을 강연하는 청년 김경한은 주목받지 않던 평범한 사람들에게 스포트라이트를 비춰주며 정작 본인은 사람들의 이야기를 온전히 받아내기 위해 묵묵히 최선을 다했다. 가끔은 모진 말로, 때로는 따뜻한 응원으로 자신의 이야기를 끌어내고 있는 사람들의 옆자리를 지켰다. '이야기 산파'의 역할이다. 이제는 사람들의 곁을 함께 했던, 그의 이야기가 궁금하다.

당신의 삶은 무엇인가? 당신만의 이야기는 무엇일까? 삶을 표현하는 단어는 대단함이 아닌 특별함이며, 그 특별함을 자아내는 것은 대단한 업적이나 숫자로 점쳐진 지표가 아니다. 비로소 내 삶을 되돌아볼 때 보이기 시작하는 형용할 수 없는 나만의 빛깔이다. 나만의 특별함은 그 색을 온전히 인정하고 나의 온 마음으로 받아낼 때 시작된다.

우리는 남의 시선을 의식하며 내 속에서 피어나는 말소리들을 무시하곤 한다. 하루하루를 살아가는 이유를 깊이 고민하지 않은 채, 홀연히 지나가 버린 순간의 발자국들조차 삶이라는 도화지에 여과 없이 그려진다는 사실을 깨닫는 순간이 있다. 그때가 되어서 나의 삶을 허투루 썼던 과거를 반성하고 앞으로의 다짐을 되새기게 된다. 나의 길을 찾아가려는 노력, 내 삶의 이야기를 존중하고 개척하려는 시도만이 우리 자신을 진정한 삶으로 이끌어준다.

'과연 내 삶을 특별하다고 말할 수 있을까? 어떻게 살아가는 것이 나의 삶을 살아가는 걸까?'라는 의문이 들기 시작했다면, 그대, 이 책을 읽을 준비가 되었다. 이 책은 세상의 모든 이야기가 무엇과도 비교할 수 없는 가치를 가지고 있음을 깨닫게 하고, 주변의 이야기를 엿보게 해주어 인생의 참된 길잡이 역할을 해준다. 이야기 수집가 김경한이 들려주는 저마다의 이야기를 음미하며 그들의 삶에 귀 기울이다 보면, 어느새 나의 이야기를 사랑하는 방법의 힌트를 얻고 내 삶을 살아갈 방향과 나만의 빛을 찾을 수 있을 것이다.

#1
이야기는 수정할 수 있다

A. 환경을 바꾸는 것

　사람과 어울리기 좋아하는 외향적 성격이자 지독한 경험주의자였다. 양조장 문을 열고 들어가 막걸리를 말통에 받아와선 친구들과 처음 술을 마셨던 나이는 열두 살이었다. 아이러니하게 서른의 나는 술을 마시지 못한다. 흔히 말하는 알쓰(알콜 쓰레기) 또는 술찌(술찌질이)로 불린다. 그렇기에 그 시절에 마신 술은 사람과 분위기가 좋아서 마시는 자리였고, 친구에게 못 마신다고 놀림 받기 싫어서 어울리는 자리였다. 그 시절 막걸리 한 말을 받고, 빈 통을 하나 더 요구했다. 그리고 1.5L 사이다를 4개 사서 뒷산으로 향했다. 한 말을 두 통에 나눠 담고 사이다를 2개씩 넣으면 환상의 막걸리 사이다 조합 두 말이 완성된다. 술이 뭔지도 모를 나이에 어른들의 모습을 어깨 넘어 보고선 두부 8모에 김치 몇 봉지를 사서 술판을 벌였다. 위험했다. 주량도 술을 어떻게 마셔야 하는지도 몰랐던 나이였다. 즐기며 마시는 게 아니라 옆에 있는 친구보다 강한 척하려 연거푸 술을 마셨기에 억지로 토하며 오래 버티는 법을 먼저 배운 술자리였다.

　중학생이 되어서 시작한 담배는 타지에서 전학 온 친구가 피는 것이 멋있어 보여 따라 피운 게 시작이었다. 몇 개월 해보지도 못하고 왜 피는 건지 이해할 수 없어서 그만두었다. 15살에 오토바이 타는 법을 가르쳐준 건 아이러니하게도 부모님이었다. 시골에서 산이나 밭으로 심부름을 해야 하는 경우가 많아서 조기교육을 받게 되었다. 그렇게 자전거와 스쿠터를 같이 배웠다. 청소년기 절대 하지 말아야 할 행동이라고 말하는 것들이 있다. 술, 담배, 오토바이 그리고 나아가 혹자는 연애도 청소년기에 하면 안 된다고 말한다. 나는 모든 걸 다 경험했다. 불량학생이었냐는 물음에 단호하게 말할 수 있다. 아니.

이렇게 청소년기의 어두운 이야기를 꺼낸 이유는 내가 타인 앞에 서서 강연을 할 것이라 예상한 사람이 단 한 명도 없었음을 증명하기 위해서다. 내이야기의 서론이 혹자에게 조금의 불편함을 줄 수 있으나, 이 또한 내 이야기의 한 조각이다. 질풍노도의 시기를 지나 고등학생이 되고, 공부의 중요성을 알게 되면서 입시라는 것을 준비했다. 대학을 가고 싶었다. 그럴듯한 이유를 말하고 싶지만 가장 큰 이유는 캠퍼스에서 연애를 하고 싶었기 때문이다. 남자들만 득실대는 고등학교를 벗어나 영화 같은 연애를 꿈꿨다. 대학 진학이라는 목표와 함께 공부를 시작하게 되었다. 하지만 모두가 알지 않는가? 공부가 중요하다는 것을 안다고 해서 성적이 오르지 않는다는 사실을. 그저 학교에서 하라는 것을 열심히 하니 내신 성적은 좋았다. 평균 1.9등급이던가? 놀랄 것 없다. 내가 다닌 고등학교는 이름만 인문계 고등학교였을 뿐 보통과 토목과로 나뉘어있는 종합고등학교였다. 내가 다니기 불과 몇 년 전만 해도 꼴통학교로 불리던 학교였고, 친구들이 공부를 상대적으로 하지 않은 덕분에 어부지리로 얻은 등급이기도 했다. 수업 시간에 자고, 체육을 좋아하고, 야간 자율학습 시간에 선생님을 피해 2층 교실 창문 밖 화단으로 뛰어내려 도망가던 시절이 있었다.

여기저기서 태풍의 눈이 되어 학교를 헤집던 나에게도 인정받는 두 가지가 있었다. 글쓰기와 말하기였다. 중학교 2학년 국어시간에 심청전에 대해 자유롭게 글을 쓰는 시간이 있었다. 괜히 심청전에서 담고 있는 교훈과는 반대로 말하고 싶은 생각에 심청이는 천하의 불효녀라고, 아버지에게 욕이나 들었을 거라고 당당하게 말했다. '또 혼나겠구나.' 걱정하던 순간, 선생님께서 말씀하셨다. "논술은 이렇게 하는기다. 알겠나?" 수업 시간에 칭찬을 받다니. 15년 인생에 몇 없었던 순간이었다. 그 날부터 학교에서 글쓰기 기회가 생기면 최선을 다했다. 그 결과 고등학교에서는 각종 글쓰기 대회에서 상을 받았고, 지역 문학제에서 시 부문 3위를 하기도 했다.

　말하기는 초등학생 때부터 말이 많아서 선생님과 친구들에게 시끄러운 이미지로 인식되어 있었다. 중학생 때부터는 내가 이야기를 시작하면 친구들이 의자를 끌고 와서 주위에 둘러앉아 내가 하는 이야기를 들으며 웃고 떠들곤 했다. 그때부터 말이 많다거나 시끄럽다는 말을 자주 들었다. 학교에서 말이 많다는 것은 체벌의 표적이 되는 일이었다. 선생님들에게 후회 없이 맞고, 원 없이 혼났다.

　내신점수 덕분인지 공부를 잘하는 학생처럼 보였다. 그러나 학교 선생님들은 우리 학교에서 전교 4등인 나부터 나머지 학생들은 공부로 성공하긴 어렵다는 사실을 알았다. 전교 1~3등은 내신과 수능성적 모두 우수했다. 모의고사에서 평균적으로 1~2등급 받는 우등생이었다. 그러나 나는 내신으로는 그들의 바로 뒤에 있는 4등이었으나 모의고사를 치면 5~7등급에서 머물렀다. 말하기와 글쓰기를 좋아해서인지 딱 하나 언어영역은 1등급이었다. 수시를 통해 내신과 최저등급으로 지방거점국립대학 경영학부로 진학했다. 그 자체로 기적 같은 일이었다.

　대학을 가게 되면서 나의 환경은 완전히 바뀌었다. 그저 말 많고 시끄러워서 수업을 방해한다고 혼나던 나를 보는 시선이 달라지기 시작한 것이다. 생각난 것을 발표하고, 다른 학생과 이야기하니 발표를 잘한다거나 토론을 잘한다는 칭찬으로 돌아왔다. 나는 똑같이 말하기를 좋아하고, 글쓰기에 진심이었는데 환경이 달라지니 시선이 달라졌다. 대학에서 과제가 있어도 남들보다 빠르게 과제를 채웠다. 내가 제출한 과제는 언제나 최고점이었다. 수업에서 발표와 토론을 적극적으로 참여하면 학점을 잘 받을 수 있었다. 고등학생 때까지의 수업이 단순 암기만으로 성적을 평가하는 것이었다면 대학은 발표와 토론, 과제 등의 점수를 모두 잘 받아야 했다. 항간에는 내 유행어가 생겼다고 했다. "경영학부 김경한입니다." 다른 사람의 발표 후 문제점을 지적하거나 반대 의견을 제시하고자 손을 들었다. 소속을 말한 뒤 사정없이 비판하는 나를 싫어하는 사람들이 만든 별명이었을 것이다. 나쁘게 들을 수도 있었지만 나는 인정받는 기분이었다.

자신의 본질은 바뀌지 않아도 환경이 달라지면 새로운 시선을 받을 수 있다는 사실을 깨달았다. 물론 노력이 따라야 하지만 한 가지 분명한 것은 누구에게나 변화와 성장의 기회가 있다는 것이다. 그때를 놓치지 않고 눈치 보지 말고 나아가는 것이 중요하다. 차분히 생각해보면 느낄 수 있다. 말이 많다는 이유로 매를 벌던 내가, 말이 많다는 이유로 인정받은 것은 환경이 바뀌었기 때문이었다. 당신도 모르게 당신의 이야기는 수정되고 있다.

B. 배울 기회와 마음만 있다면

경상도에서 유치원부터 고등학교까지 다녔다. 그래서 당연히 경상도 사투리를 사용했는데 대학은 광주광역시로 오게 됐다. 2011년, 당시 전라도와 경상도에서 대학을 진학하는 사람들은 대부분 본인 지역에 있는 대학을 희망했다. 그래서인지 광주에 있는 우리 대학에는 경상도 출신이 많지 않았다. 입학 인원 240명이 동기인 학부에서 경상도 출신은 내가 아는 선에서 2명이었다. 1%도 되지 않는 비율이었다. 그래서 학기 초부터 눈에 띄는 학생이 되었다.

"부산에서 왔어요? 경상도 사투리 한 번 해주세요." 신기한 눈으로 사투리를 듣고 싶다는 사람들에게 무슨 말을 해야 하나 고민하기도 했다. "사투리 몬 쓰는 데요. 무슨 말을 해야 되노?" 그렇게 당황하며 말하면 모두가 좋아했다. 요즘은 고향 친구들과 전화하면 욕을 먹는다. "말투 뭐고 똑바로 안 하나." 10년을 광주에서 살고, 공적인 자리에서 말하는 시간이 많으니 약간 표준어처럼(사실 전혀 그렇지 않기 때문에 민망할 뿐이다) 말하는 어투가 불편했는지 다들 웃으면서 놀린다. 사투리 억양이 남아 있긴 하지만 공적인 자리에서는 사투리를 줄여보자는 생각과 노력이 억양의 늪에서 조금은 멀어지게 해준 것 같다. 하지만 이건 주관적인 나의 생각일 뿐이고, 여전히 나를 처음 만난 사람들은 대뜸 경상도 출신이냐고 묻곤 한다.

연애의 로망을 품고 대학에 왔지만 나를 불편해하는 이성들이 꽤 있었다. 영화 '친구'나 '바람'을 보면 "행님 식사하셨습니까 행님." 앞뒤로 행님이라는 단어를 붙여 건달을 연상시킨다거나 "니 몇시까지 어디로 온나" 이런 통보식 표현 또는 명령식 표현이 많이 등장한다. 20년 동안 그런 식의 표현이 익숙했었다. 대학에서 팀 프로젝트를 하는데 "A가 ppt 하고, B님이 자료조사 하시고, C님이 전체적으로 도와주시면 제가 발표할게요."라고 말하자 여자 동기였던 A가 말했다.

"네가 뭔데 명령하냐?"

망치로 한 대 맞은 듯 멍했다. 그 순간은 기분이 나빴다. 효율적으로 일하려는 나한테 네가 뭔데라는 말은 충격이었다. 그러나 그게 정상적인 관계라는 것을 깨닫는 데까지는 오래 걸리지 않았다. 그때부터 나라는 사람을 완전히 바꾸자는 생각이 들었다. 명령조로 이야기하는 것을 지양하고, 제안하거나 부탁하는 말을 연습하기 시작했다. "혹시 이거 해줄 수 있나?" "하고 싶은 역할이 어떤 거야?" 말하는 방식을 바꾸니 조금씩 좋아졌다. 아니 당연한 일이었다. 입이 험했던 청소년기와 달리 성인이 되어 대학을 오면서 비속어 사용도 아예 사라졌다. 대학이라는 사회에서 모난 돌은 정을 맞는 분위기임을 느껴서 더 의식했다. 억지로 바꾸는 느낌이 아니라 서서히 변하고 있음을 느꼈다. 새로운 지역과 분위기에 적응하면서 바뀌어 가는 내 모습은 나조차 어색하게 느껴졌다. 한 학기가 끝나고 고향에 내려가 고등학교 선생님과 친구들을 만났을 때가 기억이 난다.

"대학 가더니 인상이 바뀌었네. 학교 다닐 때는 누구 하나 못 잡아먹어서 안달인 표정이더니."라고 말하던 고등학교 지리 선생님의 말씀과 "김경한 맞나?"라며 말투와 행동의 변화를 놀라워하던 친구들이 기억난다. 살짝 바뀐 말투와 조금은 편안해진 표정, 그리고 상대를 배려하는 것이 예의라는 생각을 하면서부터 기존에 나를 알던 사람들에게 낯선 사람이 되어있었다. 대학에 가면 기존의 나를 버리고, 좋은 것만 배우며 재밌게 살겠다고 다짐한 것이 이렇게 하나씩 변화를 만들어가고 있었다.

누구나 배우고 성장할 마음이 있고, 기회가 생긴다면 바뀔 수 있다. 절대 변하지 않을 것 같다고 생각했던 사람들도 상황과 시간에 따라 조금씩 변하는 것을 주변에서 볼 수 있다. 에너지 넘치는 첫인상과 달리 여린 감성을 보였던 강연자 김아영이 그랬다. 그녀는 어려움을 겪었음에도 강하게 마음먹고 조금씩 변화하고 있었다. 그 변화는 성장으로 이어졌고, 지금도 여전히 삶에 맞서 열심히 살아가고 있다. 그녀는 버리는 것이 중요하다고 이야기했다.

「버림의 미학」

요즘 세대는 우리 청춘에게 많은 것을 바라는 것 같아요. 좋은 학점부터 시작해서 원만한 인간관계, 멋진 남자친구, 예쁜 외모, 남을 배려하는 성격까지. 그러나 모두가 이런 희망사항을 동시에 얻을 수는 없습니다. 자원의 희소성을 생각해보면 쉬울 것 같아요. 내가 갑을 가졌으니, 내 친구는 당연히 병이나 을을 가질 수밖에요. 이를 알면서도 우리는 갖고 싶은 것을 모두 가지지 못해서 오는 박탈감에 앞으로 나아가지 못합니다. 여기에서 저는 '버림의 미학'을 청춘 여러분께 꼭 말해주고 싶어요. '버리다.' 의 정의는 많은 사람에게 '마이너스'의 의미입니다. 하지만 사실은 그렇지 않아요. 내가 버리게 된 무엇은 내가 앞으로 얻을 더 큰 행복을 위한 기회비용일 뿐입니다. 우리는 그 무엇을 잃고 상실감을 느끼지만 그럴 필요가 없다는 거죠. 저에게 '버림'의 의미는 엄청나게 커요. 저는 제가 정말 아끼는 물건들을 버렸고, 제 자존심을 버렸고, 7년 가진 제 꿈을 버렸으며 또 제 첫사랑을 버렸습니다. 하지만 훨씬 더 크고 더 소중한 것들을 얻게 되었어요. 목표를 포기하거나 실연을 당해서 슬퍼하는 청춘들과 제가 버림을 통해 얻은 소중한 것에 대해 꼭 이야기 나누고 싶어요.

'버림의 미학'을 말하며 본인의 이야기를 한 끼의 식사로 비유한 강연은 강연대회 대상 수상의 자격이 충분했다. 첫 번째 메뉴는 포기, 두 번째 메뉴는 기회비용, 세 번째 메뉴는 새로운 시작이었다. 청소년기에 포기하게 된 본인의 꿈, 이어진 실패 이야기를 했다. 그녀는 수능을 망치고 떨어진 자존감으로 고통받다가, 7년 동안 꾸었던 꿈을 버려야 한다는 절망감에 극단적인 선택을 생각하게 되었다. 하지만 당시 만나고 있던 남자친구의 도움으로 최악의 상황을 피할 수 있었고, 대학을 성적에 맞춰 진학했다. 결국은 그 첫사랑마저도 버리게 되고, 이제 새로운 시작을 꿈꾼다며 씩씩하게 강연 무대에 섰다. 면접에서 만났던 그녀의 첫인상은 씩씩하고 당찬 대학생이었다. 너무 밝고 화사해서 이면에 이런 어둠이 있었으리라 생각할 수 없었다. 그래서인지 강연의 내용에 더 깊이 빠져들 수 있었다. 사람은 겉으로만 봐서 절대 알 수 없다는 생각이 들었다. 그녀는 씩씩하게 춤추며 강연장에 입장했고, 청중으로 참여한 사람들의 마음에 울림을 주었다. 그녀는 본인의 이야기를 새롭게 시작하기 위해 가진 것을 내려놓았다. 그리고 새로운 삶을 배우고자 결심했다. 강연 무대에 선다는 것은 그녀에게 기회였고, 삶의 변화를 꿈꾸는 마음이 더해져 그녀는 더욱 빛났다.

강연 이후 그녀를 다시 만난 건 4년이 흐른 후였다. 준비하던 시험에 오랜 시간 실패를 하게 되었고, 그로 인해 오랜만에 마주한 얼굴빛은 어두웠다. 밝고 당차던 모습은 시험공부에 무릎을 꿇은 듯 보였다. 안쓰러운 마음에 한참을 이야기를 나누던 중에 갑자기 눈물을 보였다. 나는 당황했지만 이내 이유를 알 수 있었다. "내가 본 김아영은 대한민국에서 제일 당당하고 멋진 사람이었어. 시험 포기한 거 잘한 거야. 너한테 맞지 않는 옷이었을 뿐이야. 뭘 해도 잘할 사람이라고 생각했었어. 다시 힘내서 해보자." 진심을 담아 건넨 말이 마음에 와닿는 위로가 되었다고 말했다. 다시 일어나 새로운 도전을 시작하겠다는 그녀. 밝고 당찬 모습으로 내일을 위해 준비하고 있다. 내 인생 이야기를 바꾸고 싶다면 한 가지만 기억하면 된다. 배울 기회와 마음만 있다면 이야기는 수정할 수 있다.

C. 사람을 변하지 않는다. 다만 성장할 뿐

"사람 안 변해." 주위에서 흔하게 들을 수 있는 말이다. 나도 그렇게 생각한다. 그러나 그게 끝이라면 초등학교 졸업식 때 담임선생님에게 "다시는 만나지 말자."라는 말을 들었던 내가 지금의 모습으로 살 수 없지 않았을까? 중학교 때는 학교에서 창문이 깨지거나, 물건이 파손되면 누가 그랬냐고 묻지 않고 나를 때리던 선생님이 있을 정도였다. 당연히 내가 한 행동이라 생각하는 것이 억울했지만 웃기게도 내가 한 게 맞았다. 고등학교 때 선생님이 하신 말이 기억에 남는다.

"갱하이는 딱 두 가지다. 너무 시끄러워서 수업에 방해되거나, 조용하다 싶으면 자고 있다." 입에 모터를 단 것처럼 말하기를 좋아하던 나는 친구와 선생님을 가리지 않고 말이 많았다. 그러다가 수업 시간에는 깊은 잠에 빠졌다. 청소년기를 한결같이 살다 보니 정말 사람은 변하지 않는다는 것을 몸소 깨달았다. 어릴 때부터 친구들을 모아서 주도하기를 좋아했다. 말하기를 좋아해서 쉬는 시간마다 사소한 사건도 생생하고 재미있게 이야기하는 편이었고, 그래서 주위에 친구들이 의자를 끌고 와서 둘러앉아 이야기를 듣곤 했다. 없던 놀이를 만들어서 유행시키기를 좋아했고, 결단이 서면 누구보다 빠르게 행동했다. 그래서 야간자율학습을 빠질 때 망설임이 없었다. 부당한 일이나 관례와 관습에 얽매인 결정이 눈앞에 닥치면 상대가 누구든 힘껏 들이박았고, 그에 대한 책임도 확실하게 지는 편이었다. 부당한 체벌을 받으면서 "잘못했다고 말하면 봐주겠다"라는 말을 들었을 때, 친구들은 잘못했다고 말하고 자리에 들어갔지만, 나는 그렇지 않았다. 교실 뒤 책상에 다리를 올리고 엎드려뻗쳐를 하고 있는데, 5분만 해도 팔이 떨리고 땀이 흠뻑 났다. 친구들은 잘못이 없음에도 잘못했다고 말하고 금방 자리에 들어가는데, 나는 수업 시간이 끝날 때까지 버티고 또 버텼다. 그래서 교복이 다 젖곤 했다. 그렇게 주관이 강하고, 부당한 일을 참지 못했다.

성인이 되고 사회생활을 하면서 변했느냐고 물으면 단호하게 말할 수 있다. 아니. 사람은 변하지 않는다. 다만 성장할 뿐이다. 말하기를 좋아하고, 새로운 기획을 좋아하고, 앞장서서 주도하기 좋아하고, 행동이 빠르고, 주관이 확실하다. 이 성격은 서른이 넘은 나에게 여전히 적용되는 키워드이다. 주도하고 기획을 좋아하기에 사업을 하며 프리랜서의 삶을 살게 되었고, 행동이 빠르고 말하기를 좋아하니 강연의 길을 계속 나아갔다. 안정성을 중시하는 부모님 세대의 인식과는 차이가 있었다. 나를 사랑하는 부모님조차 내가 강연을 하겠다는 말에 반대했다. 공무원이나 취업을 통해 조직에 소속되어 안정적으로 살기 바라는 마음은 알지만 나는 그러지 않았다. 그 이유는 나를 바꾸는 일보다 내가 바꾸는 일이 더 좋았기 때문이었다.

6살 아이가 로봇이 사고 싶어서 떼를 쓰며 운다. 엄마한테 혼나고 결국 사지 못했다. 다음 날 로봇을 지나갈 때 아이는 사고 싶다고 울지 않았다. 아이는 로봇을 좋아하지 않게 됐을까? 아니면 로봇을 사고 싶어도 엄마가 로봇 사는 것을 싫어하기에 포기라는 것을 알게 된 걸까?

유산소 운동을 싫어하는 사람이 근력운동을 하다가 바디프로필이라는 목표가 생기면 러닝이나 등산과 같은 유산소를 하게 된다. 갑자기 유산소 운동이 좋아서는 아닐 것이다. 사람은 그렇게 쉽게 변하지 않는다. 다만 경험을 통해 그리고 필요로 인해 싫은 것도 하게 된다. 포기를 배우게 되고, 눈치를 챙기게 된다. 그렇게 사람은 성장한다. 본인이 원하는 대로 무조건 다해야 하는 사람을 우리는 이기적이라고 말한다. 타고난 기질의 차이도 있겠지만 사람은 보편적으로 자신의 주관이 있고, 기호가 있다. 다만, 양보하고 배려하고 상황에 따라 포기하며 함께 사는 법을 배워가는 것이다.

해산물을 싫어하는 내가 생선구이와 조림을 먹을 수 있는 것처럼, 해조류와 조개류를 먹게 된 것처럼 성장하는 것이다. 여전히 회와 초밥과 같은 날음식은 먹지 않는다. 이것은 내가 변할 수 없는 한계선이다. 물론 시간이 흘러 바뀔 수 있지만, 현재의 나는 한계선이 있다. 그러나 성장하고 있다는 것은 분명하다.

열두 번의 강연대회와 수십 번의 토크콘서트를 기반으로 다양한 사람들의 이야기를 강연으로 들을 수 있었다. 여러 사람의 강연을 들으며 '저 사람은 성장하고 있구나'라는 생각을 했다. 동시에 '저 사람은 이런 사람이구나' 하며 변화의 한계선이 명확하게 보일 때도 있다. 변화의 한계선과 성장의 이야기를 보면 사람에 대해 좀 더 이해할 수 있다. 그렇게 사람은 본인의 색을 유지하며 성장한다. 꿈을 내려놓았던 강연자 김다혜의 이야기가 그러했다. 그녀의 이야기 속 한계과 성장은 한 편의 영화처럼 명징하게 나타났다.

「그럼에도, 내가 놓지 않았던 것」

여러분들은 처음으로 가졌던 꿈이 지금도 같나요? 계속되는 진로 선택과 현실, 그리고 대신 살아주시는 부모님의 압박에 꿈을 제대로 가져본 적이 없는 친구들이 많습니다. 저는 처음부터 지금까지 놓지 않는 꿈이 있어요. 어렸을 때 외할머니께서 장성에서 식당을 하셨어요.

2층에는 노래방 기계가 있었는데 저는 마이크를 잡으면 놓지 않는 아이였습니다. 자다가 일어나서 마이크로 노래를 불러 가족들을 깨우곤 했었고, 어른들이랑 노래방을 따라갔다가 엄마가 부르는 노사연의 만남이라는 노래를 듣고 감동했던 기억도 있습니다.

초등학교 진학 후에는 합창부를 시작하면서 노래 부르는 게 일상이 되어가고 있습니다. 아마 이때부터 시작되었던 것 같아요. '가수' 가 제 꿈이 된 계기가.

어렸을 때 가수나 연예인 꿈꾸신 분들 많지 않았나요? 왠지 모르게 꿈이 가수라고 하면 "으~네가?" "으~니가야" 라는 답변이 돌아오기에 초등학교 때까지 제 꿈은 나만 아는 비밀이 되었어요. 시간이 지나고 중학교를 진학해서는 꿈이 더 간절해지기 시작했습니다. 그 시기에 만14세 여자 가수로 BOA라는 신인이 나타났는데 너무 멋

있고 부러웠습니다. 그래서 나름 나 혼자 계산을 하게 됐어요.

'아, 만 14세면 15세니까 나도 중2 때까지는 무조건 가수가 될 수 있겠구나'라고 무모한 자신감을 가지고 무작정 부모님 몰래 모은 용돈으로 혼자 버스를 타고 서울을 올라가게 됐어요. 지금 생각해 보면 이상한 유령 기획사들이었는데 저는 그저 순수한 욕심과 꿈을 이룰 수 있을 것 같은 기대감에 오디션을 다 봤지만, 이름도 알지 못하는 그런 회사들도 저를 뽑진 않았습니다. '이 사람들도 가려서 뽑나 보다.' 마음의 상처를 받을 나이긴 했지만, 워낙 자극을 주면 줄수록 나는 더 즐겁고 희열을 느끼는 성격이라 더 욕심과 오기가 발동하기 시작했어요. 보편적인 부모님이라면 반대하는 길이긴 한데, 제 부모님은 항상 네가 하고 싶은 것을 하라고 말씀하셨습니다. 현실적인 도움을 주기는 어려웠지만, 마음으로 넘치도록 응원해주시고, 가장 감사한 건 제 미래의 부담을 덜어 주셨죠.

다른 친구들과 다르게 일찍이 공부에 눈감은 딸을 보며 얼마나 속상하셨을까 하는 생각도 했지만, 끝까지 포기하지 않고 꿈을 향해 갔습니다. 저는 고등학교를 진학한 직후 아는 분의 소개로 전남대학교 바이슨 리드보컬을 만나게 됐습니다. 그분은 지금으로 따지면 저랑 20살은 차이 나셨던 분이었어요. 학교를 마치고 전남대학교 바이슨 연습실에서 연습하고, 전남대학교 농대 뒤쪽을 햇볕이 쨍쨍 찌는데도 미친 듯이 뛰었습니다. 보컬은 체력이라서. 누군가에게 관리를 받는다는 것이 뭔가 나에게 재능이 있다고 착각을 하게 만드는 생각도 들게 했습니다. 그러면서 저는 본격적으로 무대 위에도 서게 되고, 만들어주신 곡으로 본선 진출은 아니었지만, 지역에서 큰 대회도 나가고 점점 경험을 쌓게 되었습니다. 그렇게 열심히 살며 입시 준비를 하던 고3 때, 허무함이 몰려왔습니다. 남들보다 공부도 일찍 포기하고 오랫동안 지켜온 꿈을 놓지 않은 채 열심히 달려왔는데 19살까지 무엇을 하고 있는 건가 하고 말이죠. 부모님도 "오디션은 그만 보는 게 어떠니? 대학준비는 해야 하지 않을까?"라고 말씀하셨습니다.

저도 너무 오랫동안 지켜보고 응원해주신 부모님께 죄송해서 진짜 마지막이라고 생각하고 참가했던 대형 기획사 전국투어 오디션에서 1차 2차 본선을 뚫고 합격하게 되었습니다.

광주에서 유일하게.

그때의 제 기분은 심장 소리가 제 귀에 들릴 정도로 평생 느껴보지 못한 달콤한 순간이었습니다. 서울로 올라가는 길에도 엄마랑 통화하는데 엄마는 "네가 그동안 고생한 것을 이제야 누군가 알아준 것 같다."라고 하시며 같이 울었던 기억이 있죠. 서러웠습니다. 그리고 저는 3~4개월을 연습생을 하다가 3등까지만 남아 기회를 주던 내부의 서바이벌에서 5등인 특별상을 받았고, 상금과 상장만 손에 들고 다시 광주로 오게 되죠. 뭐 광주에 왔을 땐 슬픈 것보단 좋은 경험을 했고 나에겐 또 다른 시작이라고 긍정적으로 생각했어요. 하지만 광주에 있으면서 고등학교 친구들은 이미 대학에 진학한 친구들, 취업한 친구들, 번호가 바뀐 친구들까지 만나서 이야기할 친구가 없었습니다. 하지만, 두 달 후 저는 또 한 번의 기회로 서울을 올라가게 되고, 회사에 소속되어 그때 당시 앨범 하나 내려면 너무 어려웠던 시절 나를 믿고 시간과 돈을 투자하신 분들 덕분에 앨범을 발매하게 됐습니다. 그때 대표님이 "넌 독해, 할 수 있어."라는 말을 해주셔서 두 배의 자신감을 얻게 되었습니다.

그러나 앨범은 실패했습니다. 한마디로 망했죠. 갑작스러운 서울 생활이 계속되니 정신적으로 육체적으로 힘들어서 견디지 못하고 광주로 다시 내려오게 되었습니다. 두 번째 다시 광주로 왔을 때는 처음과 달리 계속해서 실패했다는 생각 때문에 자존감도 바닥을 쳤습니다. 어느 날, 시내를 나가서 오랜만에 옷도 사고 하려는데, 지나가던 고등학교 동창들을 만났습니다. 저에게 말하더라고요. "야 김다혜! 너 가수 됐다며? 근데 왜 여기에 있어?"

다음날, 지나가던 길거리에 만난 친구 또한 말했습니다. "뭐여? 너 서울에 있지 않아?" "잘 안됐어?" 하나하나 설명하기도 싫었고, 듣기도 싫었고, 그들에게 대한 제 답변도 날카로울 뿐이었습니다. 그리고는 1년 정도는 대인기피증에 시달려 집 밖을 나가지 않게 되었죠.

너무 힘들었던 그때 아빠가 그러시더라고요. 안 되는 거 억지로 부여잡고 있는 게 더 비참하다고. 그 날밤, 여태 꿈꿔왔던 나의 시간을 돌이켜보니 마음이 너무 아팠습니다. 그 와중에 몹쓸 자존심 때문에 연약한 내 모습을 숨기고자 베개를 꽉 물고 하염없이 울면서 제 마음을 달랬었습니다. 남들처럼 평범하게 공부 열심히 할 걸 그랬나, 너무 남들이 보기엔 내가 헛된 꿈을 꾸는 건가, 내가 창피해지고 비참해지는 순간이었습니다. 그러던 어느 날 제게 기회라면 기회일 수 있는 또 한 번의 제안이 옵니다. 앨범 내주신 대표님의 친동생이 광주에 학원을 차리는데, 보컬트레이너가 필요하다고. 하지만 이미 크게 상처를 입고 방황을 하던 저는 자신이 없었습니다. '제가 어떻게 애들을 가르치나요? 대학도 못가고 실패만 했던 내가?' 그렇게 자존감이 바닥이던 제게 다시 한번 말했습니다. '네가 그동안 했던 것도 다 공부야 네가 배운 대로 아이들에게 알려주면 돼. 계속 노래할 생각 아니야? 계속 이쪽 길로 갈 거 아니야?' 그렇게 또 저를 한 번 일으켜 세워주셨죠. 그 말에 또 한 번 저는 노래를 놓지 못하고 가장 나다운 모습을 찾아가게 되었습니다. 첫 수업 전 서점과 인터넷과 병행하면서 공부를 하고, 책에 있는 CD를 들으며 '왜 이렇게 된다는 거지?'하며 공부를 하게 되었습니다. 처음으로 해보는 공부였죠. 그러면서 저는 아이들을 가르치는 데에서 행복을 찾아가게 됩니다.

여기서 잠깐 내가 진작 내 꿈을 놓았더라면? 난 아마…. 뭘 하고 있을지 생각도 해본 적이 없고, 전혀 감이 잡히질 않아요. 내가 가장 좋아하는 것이 일이 되면 힘들다던데, 아직은 너무 행복합니다. 가끔 고민해요. 내가 만약 집이 힘들었을 때 다 내려두고 당장 다른 일로 돈만 보고 살았다면 내 인생이 크게 달라졌을까? 내가 노래하는 사람이 아닌 다른 사람을 생각해본 적 있었나? 언제나 선택의 길목에서도, 내가 놓지 않던 나의 꿈이 나를 더 단단하고 나라는 사람을 만들었고, 현재의 아이들을 가르칠 수 있는 자리까지 오는 밑거름이었다고 생각합니다. 여러분들은 살면서 놓치지 않으려고 했던 것이 있나요? 사랑하는 사람이 될 수도 있고, 부모님일 수도 있고, 꿈일 수도 있습니다. 저는 앞으로도 내가 놓치지 않고, 오랫동안 지켜온 꿈을 또 전하기 위해 아이들을 열심히 가르치고 내 에너지를 전파할 수 있도록 도울 거예요. 생각이 바뀌었다고 현재 제가 무조건 행복한 것만은 아닙니다. 엄마가 뇌출혈로 갑자기 쓰러지셔서 3년 동안 모든 가족이 병원에서 쪽잠과 병원 밥을 먹으며 생활을 하기도 했어요. 지금도 여전히 몸이 불편한 엄마와 같이 집에서 지내고 있지만, 이제는 익숙해졌고 살아계셔서 다행이라고 생각합니다.

내가 놓지 않았던 내 꿈이 아이들의 꿈을 펼칠 수 있는 학원이 되었고, 경제적으로 부모님을 돕고 몸이 불편한 엄마를 도와줄 딸이 되었습니다. 앞으로도 더 노래할 수 있는 내 자리를 내가 만든 것이죠. 가끔은 꿈이 있는 내가 부럽다는 친구들도 많았지만, 꿈을 달려서 여기까지 지켜오는 동안 저는 많이 힘들었습니다. 다들 꿈과 현실에서 선택을 고민할 거예요. 혹시 꿈에 대한 마음이 너무 크다면 힘들어서 죽을 것 같음에도 내 꿈을 놓지 않아야 하는 이유가 세 가지 이상이라면 꼭 힘껏 부딪쳐보라고 응원하고 싶습니다.

그녀의 삶은 변치 않고 꿋꿋이 나아가는 김다혜를 온전히 보여주었다. 약해지고 힘들어도 김다혜는 끝까지 해냈다. 노래를 부르는 주연의 역할에서 주연이 되고 싶은 사람들을 위한 조연이 되겠다고 생각을 바꾸었다. 그렇게 그녀는 본인의 한계선이었던 노래를 하고 싶다는 동사화된 꿈을 지켰고, 가족까지 품을 수 있었다. 현재 행복한 가정을 꾸렸고, TV 프로그램 '너의 목소리가 보여'에 부부가 함께 출연해서 좋은 추억을 만들기도 했다. 따스하고 안정적인 삶을 살아가는 그녀는 용기 내어 역할에 대한 욕심을 내려놓고, 성장할 수 있었다.

'강연'이라는 콘텐츠를 통해 다른 사람의 성장을 느낄 때가 있다. 나는 그 과정에서 더 많은 것을 배우고 성장했음을 알게 되었다. 사람은 제각기 방식으로 살아간다. 생각하고 행동하고, 판단하고 선택한다. 나는 '강연'을 만나서 평범하게 살았다면 얻을 수 없을 성장을 할 수 있었다. 어려운 환경을 극복한 사람을 보면 현재의 내 어려움을 극복할 수 있다는 생각을 했다. 멋진 삶을 살아가는 사람을 보면 나도 더 멋진 사람이 되어야겠다고 다짐을 했다. 자신만의 가치관을 가지고 확고한 삶을 살아가는 사람을 보면 뚜렷한 주관을 고민했고, 흔들리고 불안한 사람을 보면 나의 고민과 현실을 대입했다. 그렇게 다양한 방식으로 성장할 수 있었다. 여전히 미생이다. 성장의 여백이 더 나은 삶을 살게 하는 동력이 되리라 믿으며 또 다른 이야기를 기다린다.

D. 앞으로가 기대되는 사람

"나중에 최종 목표가 뭐예요?" 내가 강연을 시작한 후로 만나는 사람들이 가장 많이 하는 질문이다. 나와 대화를 하면 무엇이든 할 사람 같다는 느낌이 든다며 나중에 무엇이 되어있을지 기대되는 사람이라고 했다. 강연을 시작했던 초기에는 달콤한 그 말이 너무 좋았다. '내가 뛰어난 사람이라는 뜻이구나.' 그렇게 표면적인 의미에 빠져서 소소한 행복을 찾았다. 강연을 직업으로 선택하고 3년이 지났을까? 누군가가 다시 물었다. "나중에 무엇을 하고 싶으세요?" 평소처럼 답했다. "아직 고민하고 있어요. 하고 싶은 게 많아서요." 이렇게 말하고는 혼자 생각했다. '나는 진짜 무엇을 하게 될까? 그동안 만난 사람들이 나에게 보인 기대에 충족할 수 있을까?' 그때부터 기대가 달콤함이 아닌 무거운 책임으로 다가왔다.

언제나 주목받는 삶을 살아왔다. 그게 긍정적인 이유였을 때도 있었고, 부정적인 이유였을 때도 있었다. 청소년 때는 말 많고, 장난 심하고, 덩치가 크다는 이유로 주목을 받았다. 친구들을 이끄는 역할을 많이 했고, 선생님과 갈등도 많았다. 학교에서는 항상 사고뭉치이자 관리대상이었다. 쉽게 말해 기대보다 걱정이 앞서는 학생이었다. 교실에서 소화기를 터트린 적도 있고, 교탁 유리와 교실 창문을 깨트리는 날도 많았다. 친구와의 심한 장난으로 어깨가 빠지고, 코가 내려앉는 일도 생겨 학교로 구급차가 오기도 했다. 대학에 오고서는 다른 이유로 주목을 받았다. "뭐하노?" 한 마디에 옆에 있던 친구 셋이 말한다. "뭐하노?" 그래서 다시 말했다. "고마해라." 그럼 또 친구 셋은 말했다 "고마해라." 경상도에서 유치원부터 고등학교까지 다녔던 내가 전라도로 대학을 오게 되면서 마주한 현실은 동물원의 동물 같았다. 신기한 표정으로 '사투리 한 번 해주세요'라고 말하는 사람들이 많았다. 관심이라면 관심일 수 있지만 그렇게 좋은 기억은 아니다.

찬란한 스무 살의 일 년이 지나 입대를 하게 되었고, 전역 후 정말 앞만 보고 살기 시작했다. 취업이 힘든 사회라는 뉴스와 선배들의 이야기를 들으며 오로지 취업을 목표로 학점을 따고, 대외활동을 했다. 4학년을 마친 2016년 12월, 나에게 남은 기록은 학점 4.26/4.5 대외활동 20회 이상, 공모전 수상경력, 대기업 인턴 경력, 자격증이었다. 당시 지인들의 말에 의하면 학점 깡패, 탈지방인재 등 분에 넘치는 별명으로 불리곤 했다. 전역 후에는 공부 잘하고 스펙 좋은 선배나 친구로 주목받는 삶이었다. 대외활동을 많이 하다 보니 '삼보일배'라는 별명도 있었다. 세 걸음에 한 번씩 인사할 정도로 아는 사람이 많다는 뜻이었다. 그렇게 취업준비생으로 잘살던 내가 2017년 '강연'을 하고 싶다며 취업을 뒤로한 채 청년강연단체 영보이스토리를 만들었을 때 주위의 평가는 나뉘었다. '미쳤다'와 '멋있다' 사람들의 격렬한 시선과 내비치는 걱정에 비해 내 생각은 명료했다. '일단 해보자.' 항상 내 선택에 책임진다는 마음으로 살았기 때문에 가능했다. 그리고 7년 차, 나이의 앞자리가 바뀌었고 사람들에게 또래보다 일찍 자리 잡은 프리랜서 또는 사업가로 인식되었다. 내 현실이나 고민과는 별개로 남들에게 그렇게 보인다는 것 또한 유의미했다. 이것 또한 주목받는 삶이었고, 그 관심이 성장의 동력이 된다고 믿었다. 그래서일까 주목받는 삶이 익숙해서인지 타인의 기대가 좋았다. 나쁜 주목을 받다가 좋은 주목을 받으면서 앞으로가 기대되는 사람이라는 사실이 만족스러웠다. 내 삶이, 더 깊숙하게는 나의 이야기가 좋은 방향으로 수정되어감을 느껴서였다.

나에게 '기대'는 삶을 살아가는 원동력이었다. 남들이 생각하는 나의 모습으로 성장하는 재미가 있었다. 그러나 점차 부담이 커졌다. '내가 할 수 있는 사람인가?', '지금의 불안과 권태가 영원하면 어떻게 하지?' 앞으로가 기대되는 사람이 되고 싶지 않은 날도 있었다. 그저 오늘을 잘 살아가는 사람으로 하루를 살고 싶었다. 기대에 부응하는 것이 버거워졌고, 걱정하는 부모님에게 잘 지내고 있다는 사실을 증명하는 일 또한 힘든 일이었다. 그래서인지 쉬는 법을 잊어버렸다. 더 정확하게 말하면 지워버렸다. 일자리를 찾는 것이 아니라 일거리를 만들어야 하는 삶이기에 쉬는 것은 곧 끝을 의미한다고 생각했다. 기대를 충족하기 위해서는 쉬지 않고 생각하고, 행동해야만 했다.

나를 다그치던 습관이 주위 사람을 불편하게 하거나 숨 막히게 했다. 나를 몰아세우고 옥죄는 계획성과 성실함이 주변을 불편하게 만들었다. 사랑하는 사람이 그런 나를 안쓰러워하며 떠난 경험도 있었다. 세상이 무너진 듯 울었고, 낮아진 자존감에 구직 사이트를 뒤지는 날도 있었다. 사랑하는 사람의 기대를 충족해주고 싶다는 마음이 어쩌면 더 숨 막히는 일상을 살게 했을지도 모른다. 그 때의 경험은 꿈을 꾸며 살아가던 내가 현실을 바라보는 계기가 되었고, '나'를 내려놓고 오롯이 오늘의 행복을 위해 사는 법도 가르쳐주었다.

아픈 마음 때문에, 고된 현실 때문에, 막연한 미래 때문에 잠시 나를 내려놓기도 했다. 그리고 마음속 밑바닥부터 하나씩 다시 생각했다. 내가 살아온 시간을 되돌아봤다. 내가 만난 강연자를 떠올려봤다. 내가 담아온 소중했던 이야기를 곱씹어봤다. 그리고 항상 같은 결론에 도달했다. '나는 그저 나로 살아야 한다는 것' 다시 내 삶이 조금씩 기대되기 시작했다. 타인으로 인해서가 아닌 내가 나에게 하는 기대였다. 불안이 조금씩 설렘으로 바뀔 때 즈음 나는 다짐했다. 누군가에게 기대되는 사람으로 살아도 괜찮다. 내가 단단해지면 그저 나로 살아갈 자신이 있다.

  나 또한 누군가의 삶을 기대하며 살아가야겠다는 생각을 하게 되었다. 운 좋게 기대되는 사람을 만났다. 22살의 강연자 이기영이 면접장에 들어왔을 때, 고등학생 정도로 보인 첫인상이 기억에 남는다. 강연 제목부터 예사롭지 않았다. "들끓게 연대하며 살아갑시다." 20대 초반의 대학생이 들끓게, 연대하며 라는 단어를 사용하는 것 자체만으로 눈길이 갔다. 짧은 시간동안 뜨겁고 강렬했던 그녀의 이야기는 기대하기 충분했다.

「들끓게 연대하며 살아갑시다」

나는 사회에 그 어느 것에도 흔들리지 않을 나만의 내적 가치를 견고히 하며 살아가야 한다고 생각하는 사람이다. 내가 만들어온 경험들을 토대로 나를 공고히 하지 않으면 세상이 부여한 여러 가치에 흔들리게 되고, 남이 정의 내린 여러 삶의 목적에 선동되어 진정한 내 삶의 주인으로서 살아갈 수 없게 된다. 물론, 자신을 너무 한계 짓고 규정짓는다면 세상과의 소통을 통해 나를 더 발전시킬 수 없을 것이다. 즉, 나만이 정한 견고한 심지를 갖되, 그 심지를 언제든 개선할 수 있는 유동적인 태도를 지니고 살아야 한다고 생각했다. 이 생각은 누군가 나에게 주입하여 갖게 된 것이 아니다. 스스로 계산 없이 경험하고, 실천하고, 읽고, 쓰고, 이야기하며 얻어낸 것이다. 청소년기부터 난 꼭 내가 원하는 것을 해야만 직성이 풀리는 성격이었고, 누군가에게는 고집처럼 느껴졌을지도 모르는 나의 삶의 태도는 내가 '삶의 주체'로 살아갈 수 있게 해준 중요한 역할을 해주었다. 난 '나답게'라는 말을 참 좋아했다. 수많은 인구 속 나라는 존재는 유일하다. 나뿐만 아니라, 이 세상에 존재하는 모든 인간은 다 유일하다. 각자의 개성과 성격과 특성을 가지고 살아간다. 내가 이 말을 좋아하는 이유는 오롯이 유일무이한 우리 개개인만이 우리의 특성을 살려 주체적으로 올곧게 살아갈 수 있기 때문이다. 그래서 난 '나답게'라는 말이 좋고 나답게 살아가려 매우 노력한다. 타인과 사회에 흔들려 휘청이지 않고 나를 믿으며 올곧이 살아간다는 의미를 내포하고 있는 것 같아서!

나에 대한 이해와 믿음과 사랑을 바탕으로 나 자신을 높이 바라보고, 그 바라봄을 통해 더 큰 기회를 만들어 내는 것. 그것이 지금껏 내가 살아오며 만들어 낸 길을 걸어가는 방법이었고, 지금의 날 있게 해준 혹은 미래의 날 발전하게 할 가치관이었다. 그래서 난 이런 삶의 태도의 막강한 긍정적 힘을 느끼면서 내가 추구하는 그 모든 것들의 본질이자, 이 세상 그 어느 것보다도 중요한 (지식보다도, 부와 명예보다도, 인간관계보다도, 혹은 그 외의 어느 것들보다도) '삶에 대한 주체성'을 깨닫게 되었다.

더불어 내가 가진 본질적 꿈, 목표는 옳은 것을 지향하며 본질을 지키고 구축하는 사회를 만드는 것이었다. 그렇기에 내가 내 영혼과 삶의 주인으로서 불가능에 끊임없이 도전하고 연대함으로써 더도 말고 덜도 말고, 상식이 지켜지는 사회, 틀린 것은 틀렸다고 말할 수 있는 사회, 본질을 추구할 수 있는 사회를 만들고 싶었다. 그런 사회를 만들 수 있는 직업적 수단으로써 검사라는 꿈을 꿨지만, 그 이외에도 내가 할 수 있는 것이 무엇이 있을지, 특히 지금 당장 내가 이를 위해 무엇을 실천할 수 있을지가 항상 고민이었다. 내가 꿈꾸는 사회를 만들기 위해서는 결국 나와 같이 자신이 삶의 주인으로서 본질과 옳은 것을 추구하며 살아가는 사람들이 많아져야 한다고 생각했고, 결국 그 중심에는 '교육'이 있다는 깊은 깨달음을 얻게 되었다. 특수한 특정 가치의 지향을 교육하는 것이 아닌, 그 특정 가치가 무엇이든 각자의 아동과 청소년들이 본인만의 특수한 가치를 설정하고, 그 가치를 지켜내고 구축하기 위해 서로 연대하고 노력한다면 결국 내가 원하는 세상이 만들어질 수 있다고 생각했다.

한국대학생멘토연합에서 약 1년 6개월 정도를 활동하며 30개 정도 되는 학교로 전공강연을 다녔다. 이때 느낀 것은 아이들은 학과설명보다는 나의 학과선택이유와 진로 설정 방법을 궁금해한다는 것이었다. 획일화된 진로교육이 대부분인 현재의 교육시스템은 단순히 일정 학과나 직업에 대한 정보 전달만을 할 뿐이었다. 학교는 단순히 지식전달이 아닌 지식과 지혜를 결합하는 방법을 알려줘야 하는 곳이라고 생각했다. 따라서 개개인에게 방점을 찍어 정체성을 탐구하게 하는 것이 진로교육의 핵심이 돼야 한다고 생각했다.

1. 먼저 학과 선택을 위해서는 내가 하고 싶은 공부가 무엇인지 알아야 하며,
2. 이를 위해 내가 이루고 싶은 꿈이 무엇인지 알아야 한다.
3. 그 꿈을 정립하기 위해서는 내가 어떤 열정을 추구하는지 알아야 하며
4. 이를 위해서는 내가 어떤 신념이나 가치를 지녔는지 알아야 한다.

5. 결론적으로 내가 어떤 사람인지 알아야 한다.

이 사고의 흐름을 토대로 아이들에게 '나를 찾는 여행'이라는 주제로 강의했다. 첫 강의 이후 피드백에 이런 평가가 있었다. '겉으로만 도움이 되는 얘기가 아닌 정말 가슴 깊이 남는 강의였어요. 학과 설명을 위해 오신게 아니라 인생의 멘토로서 오신 것 같아요.' 이때 강렬히 느꼈다. 아이들에게 정말 필요한 교육은 이런 거구나. 나와 내 인생에 대해 사유 및 성찰하는 것의 중요성을 깨닫고, 삶의 주체로서 살아갈 수 있도록 하는 교육. 그런 교육이 부족하다는 문제를 알게 되었다. 하지만 난 비겁했다. 실천하지 않았다. 그게 얼마나 문제인지 알면서도, '바꿔야 하는데.'라는 생각만 하다가 대학교 3학년이 되었다.

그러다가 사회 곳곳에 아동의 권리들이, 우리의 교육들이 처참히 무너지는 사건을 보고 난 일종의 '현타'가 왔고, 내 삶에 대해, 내 삶의 태도에 대해 진지하게 고민하기 시작했다. 평소 아이들을 매우 좋아했다. 13살이 어린 동생이 있기 전부터 아이들을 좋아했고 다양한 교육 봉사를 한 것도, 아동 청소년 성범죄에 관해 소논문을 쓰고 연구를 한 것도, 아동학대에 대해 공부한 것도 아이들의 권리 보호가 최우선이 되어야 한다고 생각했기 때문이며, 이를 목적으로 하는 삶을 살고 싶었다. 그래서 검사 중에서도 가정법원에서 재판을 하거나 아동의 권리보호를 위해 힘쓰는 검사가 되고 싶었고 그런 방향을 잡고 계획을 세웠다. 그리고 우리 사회에 일어나는 무수히 많은 사회문제를 보면서 다시 느꼈다. 내가 지켜야 할 것은 이거구나. 진정으로 내 목소리가 필요한 것은 이곳이구나. 그렇게 꿈을 이루고 실천할 것이라는 생각과 함께 안일해져 있었다. 정작 지금 아무것도 하지 않았으면서 나중에 바꿀 거라고 외치고 있었다. 멍청하고 오만하고 어리석었다. 내가 진작 발로 뛰며 여러 변화를 추구하기 위해 노력했다면, 더 많은 이들의 힘이 모일 수 있었을 거고, 그 힘이 조금 더 나은 사회를 만들 수 있지 않을까하는 생각이 머릿속에서 떠나지 않았다. 지금 내가 당장 할 수 있는 것들이라도 행동했어야 했다. 문제라고 말로만 하지 말고 움직였어야 한다. 설상 그것이 별다른 변화를 가져오지 못했더라도 시도했어야 했다. 나에게 짜증이 나고 화가 났다. 그렇다고 사회 탓을 하며 책임을 전가하기에는, 우리는 상호 의존하는 공동체로서 존재한다. 우리의 무지와 무관심이 직접적 원인은 되지는 않아도, 결국 지금 이 시스템을 만들고 이와 같은 문제가 반복되는 이유는 수동적인 사회의 구성원으로서 우리의 모습에 기반한다. 난 할 수 있는 게 없지 않았냐고? 난 아는 게 없었다고? 난 이런 문제 자체를 몰랐다고? 난 해봤자 도움 되지 않을 거라고? 난 해봤자 어떤 변화도 이끌지 못할 거라고? 결국 우리가 할 수 있는 게 뭐가 있냐고? 이 썩어빠진 사회는 변하지 않을 거라고? 진정으로 생각해보자. 정말 그렇게 생각하는가?

우리가 할 수 있는 작은 실천이라도 찾아보긴 했나? 모르는 것을 알려고는 해봤나? 우린 그만큼 무능하고 실행력이 없나? 본 목표의 변화는 이끌지 못하더라도 그 목표를 이루기 위한 근처라도 간다면, 그 역시 변화 아닌가? 할 수 없다고 해도, 하려고 노력하는 그 의지가 불러일으킬 또 다른 의지들. 그 의지들이 모여 만들어 낼 거대한 목소리가 들리지 않는가? 썩어빠진 사회는 바뀌지 않는 것이 아니라 바꾸려 하지 않는 자들에게 대항할 우리의 용기와 연대가 부족한 것은 아닐까?

그렇게 내 내면의 목소리에 집중하자 이제는 가만히 있을 수 없었다. 생각을 바꾸었다. 꿈을 이루기 위해 로스쿨을 가야 한다는 이유로, 공부에 집중하여 다른 것은 할 시간이 없다는 이유로, 가만히 앉아 공부만 하기 싫었다. 내가 할 수 있는 것은 무엇이든 해보자고 다짐했다. 내가 꿈꾸는 사회를 미래로 유보하지 않기 위해 새로운 도전을 시작했다.

1. 내 심지를 토대로 (내가 지향하는 삶의 방향: 남을 돕기 위한 삶, 어렵고 옳지 못한 문제에 분노하고 도전하여 긍정적 변혁을 이끄는 삶)
2. 다른 이들의 심지를 모으고 (나와 본질적 추구하는 목표가 같은, 나와 삶의 방향이 같은 이들과 함께 연대하고)
3. 너와 나는 다른 이들에게 그 심지를 전달한다. (너와 나의 연대가, 또 다른 심지를, 또 다른 연대를 만들어나간다)
4. 그렇게 우리는 모두 심지 곧은 사람이 된다.

라는 목표를 가지게 되었고, 그래서 이런 교육을 제공할 수 있는 교육프로그램을 만들고 봉사를 하는 동아리를 만들었다. 학부생 수준에서 할 수 있는 최선이 동아리였기 때문에 나와 뜻을 함께할 수 있는 동아리를 만들게 되었다. 그렇게 아직 이루지 못한 희망이 있어서, 몸을 일으켜 세웠다. 내가 굴러가야 할 길에 정면으로 부딪히기 위해 심지를 시작했다. 약 10개월의 기간 동안 수 백개의 논문을 읽고, 직접 우리만의 논문을 작성하고 끊임없이 토론하고 치밀하게 비판하며 연구를 끝냈다. 그리고 다양한 세미나 진행과 아이디어 공모전 등의 과정을 거쳐 프로그램 개발을 시작했고, 이제 우리만의 자체제작 프로그램이 나오기까지 얼마 시간이 남지 않았다. 그렇게 우리는 아직도 도전 중이다.

사실 무섭고 두렵다. 성공 가능성이 낮은 프로그램이고, 너무 많은 시간과 노력을 투자해야 한다. 로스쿨 입시를 위한 삶을 병행해야 하고 회장으로서 많은 역할을 감내하고 있다. 아직도 아침에 일어나면 '괜히 시작했나?'라는 생각을 한 번쯤은 한다. 실패가 두렵지 않은 사람은 없다고 생각한다. 모두 다 두렵다. 그러나 나는 위대하고 싶은 것이 아니라 그저 꿈을 꾸고 싶을 뿐이다. 오히려 더 열정을 불태우는 이유는 내가 지금 혼자가 아니라, 나와 같은 꿈을 꾸는 우리가 함께라는 사실 덕분이었다. 단순히 책임감의 개념을 벗어난 뭔가 들끓는 것들이 있었기 때문이다. 내가 만든 이 동아리는 구성원들에게 아무런 물질적, 평가적 이익을 주지 않는다. 단지 우리는 그냥 모였을 뿐이다. 내가 아닌 타인을 위해 모였을 뿐이다. 내가 아닌 내가 꿈꾸는 사회를 위해 모였을 뿐이다. 숫자로 매겨지는 가치들을 얻기 급급한 세상에서, 우리 역시 사실은 이를 병행하고 있지만, 숫자로 표현되지 않는 가치들을 추구하기 위해 모인 사람들이다. 성공 여부는 모르겠지만 일단은 내가 할 수 있는 것이라도 해보자. 큰 변화가 아니더라도 변화의 물결이라도 가져오자. 실패하더라도 일단은 해보자. 이런 사람들 10명이 모여 명확하진 않지만 무엇을 만들어가고 있다.

두려운데 즐겁고 설렌다. 가슴이 뛴다. 이런 것들을 원해왔다. 내가 할 수 있는 일들을 내 방식대로 최선을 다할 수 있다. 남이 정해준 것들만 하며 수동적으로 살아가지 않고 내 가치를 창출해내고 실현할 수 있다. 얼마나 가슴 뛰고 행복한 일일까. 적당한 두려움이 날 더 강하게, 도전하게 만든다. 위기의식이 있기에 촘촘해진다. 그 불안함을 앉고 도전하는 것이 그 행위의 목적을 공고히 해준다. 불안한 만큼, 내게 귀중한 일이라는 거니까

모두 날 바보라 한다. 로스쿨 가려면 리트 공부나 하고, 학점 잘 챙기고, 토익공부나 할 것이지 왜 의미 없는 일을 하느냐고. 그리고 이렇게까지 투자해서 목숨 거는 이유가 뭐냐고 바보라고 한다. 세상이 바보라 부르는 이들이 사실은 위대하다고 생각한다. 세상은 수치로 표현되지 않는 것들을 위해 노력하고, 이익과 손해를 제대로 계산하지 않고 내가 추구하는 가치를 살아가고, 현실을 위해 내 꿈과 신념을 굽힐 줄 모르고, 지름길이 있어도 돌아가는 이들에게 바보라 칭한다. 그렇지만 나는 이제는 안다. 사실 이 세상은 그런 바보들이 만들어왔다는 것을. 진정으로 내가 얻을 수 있는 것들은 그런 행동들로부터 나오니까. 그런 행동들로부터 또 우리 세계가 자생할 수 있으니까. 사실을 바보가 아니고 도전하고 실패하는 위대한 이들이라 생각한다. 이들을 바보라 칭하는 이들이야말로 내가 가진 것의 크기를 늘리기 위해 기계처럼 살아가는 꿈 꾸길 실패한 자들이다. 실패한 꿈에 돌을 던지더라도, 그마저도 긍정한다. 무리 중 가장 앞서서 돌을 던지는 자들이 던진 돌에 맞더라도, 그 돌이 날 아프고 지치게 하더라도 그마저도 긍정할 것이다.

앞으로 난 나의 도전의 기회 자체를 소중히 여기며 '결과'에 목매달아 과정을 그릇치는 우매함을 보이지 않으려 한다. 혹여 실패하더

라도 이를 거름 삼아 나아갈 것이다. 지금 개발 중인 프로그램 개발
을 마무리한 뒤, 우리가 만든 프로그램을 전국에서 제공될 수 있게
하는 것이 지금 현재의 내 목표이다. 로스쿨 입시라는 현실을 잠시
뒤로 미루고, 내 내면의 목소리에 집중하여 내가 하고 싶은 것들을
끝까지 해보고자 한다. 이제는 남을 위한 삶을 사는 것이 진정한 나
를 위한 삶이라는 것을 안다.

그러니 우리 모두 들끓게 살아가자. 내가 내 삶의 주체로서 옳은 것
을 추구하며 바보처럼 살아보자. 한 번뿐인 인생 내가 아닌 남을 위
해, 우리를 위해 연대하여 도전하며 살아보자.

강연을 들으면서 가슴이 뛰는 나를 발견했다. 나도 저렇게 하나의 가치에
모든 것을 걸고 도전했던 시기가 있었음이 기억났다. 그래서 처음에는 20
대 초반의 나이가 부러웠다. 하지만 이내 가슴 뛰는 이유가 과거의 추억에
젖은 것만은 아님을 알게 되었다. '나중에 무슨 일을 할지 정말 기대되는 사
람이다.'라는 생각이 스쳤다. 그리고는 웃음이 났다. 다른 사람들이 나에게
왜 기대를 했는지 깨닫게 되었다. 어쩌면 내 마음과는 달랐을 수도 있지만
그게 좋은 감정임은 분명했다. 누군가에게 기대되는 사람으로 살아보자고
크게 이야기하고 싶다. 앞으로 내 삶이 오늘보다 내일 조금 더 기대되는 사
람이 되기를 바란다. 기대한다는 것은 바라본다는 것과 같다. 서문에 인용
한 박노해 작가의 "바라본다는 것은 바라며 본다는 것." 이 문장이 기대를
가장 잘 표현한 문장이 아닐까. 바라본다는 말에는 애정이 담겨있다. 이와
반대되는 말이 있다. 지켜본다. 지키며 본다는 것. 강압 또는 통제 등의 느낌
이 든다. 아이를 혼낼 때 자주 사용하는 말 "앞으로 지켜볼 거야." 이제부터
바꿔보면 어떨까? "앞으로 바라봐줄게." 누군가의 애정을 받으며 기대되는

삶을 살고 싶다면 다른 사람을 먼저 바라봐주는 마음을 가져보는 건 어떨까? 이렇게 오늘의 작은 이야기부터 조금씩 수정한다면 삶의 궤적이 조금은 다른 방향으로 나아가지 않을까? 그녀는 여전히 교육에 철학을 두고 다양한 도전을 이어가고 있다. 작은 프로젝트 사업에 공모해서 청소년 진로를 위한 노력을 이어가고 있고, 강연의 경험을 살려 앞으로 다양한 강연에 도전하겠노라 말했다. 오늘부터 그녀를 꾸준히 바라보고자 한다.

E. <ㅅㅌㄹ>를 바꾸는 <ㅅㅌㄹ>

대한민국 역사에 이름을 남긴 많은 사람 중 사람들이 가장 좋아하는 인물은 단연코 이순신이다. 이순신 장군의 이야기는 과장할 것 없이 극적인 이야기가 넘쳐난다. 성웅이라 불리는 그의 일대기를 영화로 만든 작품을 볼 때면 주인공의 활약에 모든 관객의 가슴이 웅장해지고, 무심코 박수가 나오기도 한다. 그러다가 문득 '전투는 혼자 하는 게 아닌데.'라는 생각이 들었다. 노를 젓는 사람, 북을 치는 사람, 화포를 쏘는 사람 모두가 함께 이뤄낸 이야기였다. 한 사람의 이야기는 결코 혼자만의 이야기가 될 수 없다. 영화에는 이순신 장군과 같은 입장에서 싸우는 수많은 조연도 있지만, 상대로 만나 분전한 일본 장수들도 있다. 영화는 입체적이다. 아군이 있으면 적군이 있고, 승리가 있으면 패배가 있다. 다만 누구의 시선으로 담아내는가에 따라 이야기의 색이 달라질 뿐이다. 이순신의 승리에는 그를 따르는 장수들과 거북선, 육지를 막아준 지상군 등의 여러 사람이 함께 있었다.

우리의 이야기는 어떠한가? 내 삶을 승리로 이끌기 위해 함께하는 사람이 있는가? 부모님과 가족이 있고, 친구가 있으며 스승과 멘토가 있다. 나를 응원해주는 주변 사람과 나를 사랑해주는 연인이 있다. 이렇게 좋은 사람만 있다면 좋겠지만 우리 삶에는 늘 악역이 존재한다. 나를 이유 없이 싫어하는 상사, 어디서나 뒤에서 내 험담을 하고 다니는 친구, 나를 도구 정도로 생각하는 가족이 될 수도 있다. 악역이 있다고 좌절하지 않아도 괜찮다. 악역은 끝내 나의 승리를 더 값지게 만들어줄 훌륭한 존재라고 생각하면 된다. 나의 〈스토리〉를 바꾸기 위해서는 반드시 〈스틸러〉가 필요하다. '씬스틸러' 뛰어난 연기력으로 주연보다 주목받는 조연을 말한다. 우리의 이야기에도 내 삶에 영향을 미치는 스틸러가 나타나기 마련이다.

'강연'으로 먹고 살고 싶다고 결정한 이후, 가장 좋았던 것은 '강연'하는 사람들과의 만남이었다. 강연 무대에 선 그들은 자신만의 가치관 분명하고, 경험을 통해 얻은 인사이트를 나누며 선한 영향력을 펼치고 있었다. 사업가, 작가, 인플루언서, 유튜버, 직장인 등 다양한 사람을 강연자로서 만났고, 조금은 편하게 그들과 가까워질 수 있었다. 강연 전문가로서 열두 번의 강연대회와 수십 번의 토크콘서트, 대규모 강연 행사 기획을 하며 좋은 강연자들과 이야기를 나눈 일은 행운이었다.

강연하면서 만난 사람 중 두 사람에 대한 기억이 선명하다. 한 명은 생애첫 강연을 빛나게 해준 사람이고, 다른 한 명은 처음으로 가슴 떨림을 느끼게 해준 사람이다. 2016년 대기업 본사에서 채용연계형 인턴을 하게 되었다. 6시에 일어나 씻고 7시까지 회사로 가서 조식을 먹고 7시 30분에 사무실에 앉았다. 인턴은 생각보다 업무가 없다. 그렇지만 오후 7시 또는 8시까지 눈치를 보며 자리를 지켰다. 끝나고 회식이 늘 있었다. 술을 못하는 내가 새벽까지 자리를 지키는 일은 생각보다 쉬운 일이 아니었다. 그렇게 사택으로 돌아가 씻고 누워서 알람을 맞추는 그 시간이 되면 나는 화가 났다. '알람이 울리기까지 3시간 24분 남았습니다.' 건강하게 살고 싶다면 6시간 이상의 수면을 필수라고 알고 있는데, 이게 뭐 하는 걸까 싶은 날이 계속되었다. 한 달 정도 인턴을 했을 때, 이렇게 30년을 더 사는 건 나에게 의미가 없다고 생각했다. 그래서 그저 숨 한 번 크게 쉬자는 마음으로 인터넷을 켜고 '강연'을 검색했다. 21살 때 죽기 전에 강연 한 번은 꼭 하고 싶다는 생각을 했었다. 유명한 작가들의 삶과 경험이 부러운 게 아니라 그저 자신이 좋아하는 일을 하고 그 이야기를 책과 강연으로 공유해서 돈을 버는 게 부러웠다. 내 이야기가 가치가 있다면 나도 강연을 할 수 있지 않을까? 군대에서 위병소 근무를 서면서 매일 꿨던 나의 꿈이었다. '강연'을 검색하자 전국민 강연오디션이라는 문구가 눈에 들어왔다. 언제 어떻게 무엇을 왜 썼는지 기억이 나지 않는다. 본능에 이끌려 예선 지원서를 작성했다. 24살 청년에게 강연은 생소하고 어려운 도전이었다. 하지만 꿈만 같은 일이 생겼다. 서류 합격 연락을 받은 것이다. 낯선 서울에 가서 지하철을 타고 종각역에 내렸다. 면접장으로 들어서자 많은 사람이 대기하고 있었다. 한참을 기다리다가 면접을 보게 되었다. 앞에는 온라인으로 생중계하기 위해 카메라가 놓여있고, 그 뒤로 심사위원 3명이 앉아있었다. 10분 강연을 준비하는데 대학 생활 외 경험이 없기에 내 목표는 하나였다. 심사위원을 웃게 하자. 그냥 아무 생각 없이 웃기는 것을 목표로 강연을 준비했다. 정말 10분 분량의 강연을 준비하면서 똑같은 대본을 최소 백 번은 읽고 또 읽었다. 할 줄 아는 거라곤 노력뿐이었다. 마음을 내려놓고 기다리던 결과는 합격이었다. 10분 동안 심사위원 3명이 쓰러지듯 웃었다. 유명한 강연기업에서 진행한 강연오디션에서 Top10으로 선발되었다. 꿈만 같은 일이었다.

다음 날부터 회사출근도 가벼워졌다. 2개월의 인턴이 끝나고 학교로 돌아왔고, 청중평가단 100명 앞에서 강연하게 될 날을 손꼽아 기다렸다. 고대하던 강연 당일, 현장에 들어서니 서로들 아는지 인사를 건네고 있었다. "그

때 거기서 뵀었죠? 잘 지내셨어요?" 나와 Top10이 되었던 강연자들은 서로 알고 있었다. 소위 잘 나가는 청년들은 다 모인 느낌에 소외감도 느꼈다. 그래도 난 당당했다. 자신 있었다. 내 강연 순서가 오는 시간까지 한마디도 하지 않고, 내가 준비한 강연에 몰입했다.

"거짓말쟁이와 거짓말장이 중 어떤 것이 올바른 표현인가요? 쟁이는 속성을 뜻하고, 장이는 기술을 가진 사람을 뜻합니다. 거짓말쟁이가 올바른 표현입니다. 하지만 저는 거짓말장이입니다. 거짓말을 기술처럼 사용해서 제 꿈을 키워갑니다. 할 수 있어. 하면 돼. 나 스스로를 거짓말로 속이며 강연자로서의 꿈을 키워가는 청년 김경한입니다."

그럴듯한 말을 던져놓고 아주 평범한 이야기를 풀어냈다. 물론 웃음을 주는 게 포인트였다. 최선을 다했지만, 중간 등수 정도 했던 기억이 있다. 심사평은 아직 나이도 어린 편이고, 경험이 많지 않아서 콘텐츠 측면에서 아쉬움이 있다고 했다. 하지만 강연자로 무대에 섰다는 사실만으로 충분한 설렘이었기에 후회는 없었다. 함께한 강연자들과 간단한 뒤풀이를 마치고 집에 가기 위해 지하철역으로 향했다. 늦은 밤 지하철이 끊길 때 즈음 시간이었다. 멀리서 나보다 덩치가 큰 남성 두 명이 내 쪽으로 뛰어왔다. '와 서울에서 이렇게 죽는 건가. 어떻게 하지. 같이 싸워야 하나?' 찰나의 고민이었다. 다가와 가슴에 손을 넣자 긴장감은 배가 되었다. 꺼낸 것은 명함이었다.

"아까 강연했던 분이죠?"

"네."

"강연 잘 봤어요. 저는 전주에서 사업하고 있는 청년입니다. 사업을 하다가 슬럼프가 와서 힘들어하고 있었는데, 강연보고 진짜 내일부터 열심히 살아야겠다고 다짐했습니다. 감사합니다. 진짜 너무 멋있었어요."

"아, 네. 감사합니다."

"혹시 나중에 기회 되면 한 번 봬요."

난 그저 평범한 대학생이었다. 시험 기간에 공부하고 대외활동하면서 스펙을 쌓고, 근로장학생과 아르바이트로 생활비를 벌던 학생이었다. 나보다 나이도 경험도 많은, 심지어 사업을 하는 사람이 나에게 와서 말했다. 멋있다고 덕분에 슬럼프를 이겨내고 다시 열심히 살자고 다짐했다고. 평범한 청년이 생애 첫 강연을 하고 받을 수 있는 최고의 찬사였다.

나의 생애 첫 강연을 빛나게 해준 첫 번째 스틸러는 ㈜청세 이기태 대표이다. 그는 전주에서 세탁사업으로 시작한 자수성가형 사업가이다. 아무것도 없던 시절 만난 우리는 지금도 인연을 이어가고 있다. 자주 못 보지만 가끔 봐도 참 멋있는 사람이다. 자신의 이야기를 어떻게 채워갈지 기대되는 사람이기 때문이다. 사업가 이기태의 시작을 알기에 더욱 응원하고 대단하다고 말해주고 싶다.

두 번째 스틸러 또한 나에게 먼저 다가왔다. 2017년 첫 강연대회를 오로지 내 힘으로 해냈고, 좋은 평가를 받았다. 그 후 기관이나 기업에서 강연 프로그램을 함께하자는 제의를 많이 받았다. 여러 제안 중 하나를 선택해서 지역 내 청년 관련 행사에서 강연 파트를 담당하게 되었다. 내가 기획한 강연대회의 수상자를 강연자로 세우는 무대도 있었고, 청년 중 자신만의 이야기를 가진 청년들을 섭외해서 강연을 선보이는 무대도 있었다. 초청 강연자는 4명으로 제한을 했다. 이미 청년들이 듣고 싶은 청년 강연자로 섭외를 마쳐서 변동의 여지는 없었다. 그러던 중 아는 지인의 연락이 왔다. "진짜 멋있는 청년이 있는데 강연료 없이 무대에 서도 상관없으니 광주에서 강연 한 번 하겠다는데 어떻게 안 될까?" 좋아하는 지인의 부탁이지만 제한된 시간에 한 사람을 더 추가한다는 것은 불가능에 가까웠다. 거듭되는 설득에 대체 누구길래 아쉬울 것 없는 사람이 나한테 부탁을 할까 싶어서 강연 관련 자료를 요청했다. 그때 마주한 사람이 두 번째 스틸러 '모험가 이동진'이었다. 히말라야 고지를 오르고, 아마존을 마라톤으로 횡단하고, 말 타고 몽골횡단, 자전거 타고 미국횡단에 성공한 사람이었다. 그의 포트폴리오와 이력서를 읽고 관련 영상을 보고 느낀 것은 단 하나였다. '도전이라는 단어가 사람이 되면 이 사람이다.' 정말 고민을 많이 했다. 광주에 있는 청년들에게 이동진이라는 사람을 선보이고 싶었다. 취업에 힘들어하고 진로를 고민하는 사람들에게 이렇게 살아가는 사람도 있다는 것을 꼭 보여주고 싶었다. 그래서 과감히 나에게 할당된 시간을 반으로 줄이고 그의 이야기를 무대에 선보였다. 5명의 강연자가 무대에 섰다. 8월 초 비가 억수같이 쏟아지고 사람들은 우비를 뒤집어쓰고 우산을 들고 빗물에 화면이 깨진 LED 전광판을 보며 강연을 들었다. 상황은 최악이었다. 행사가 끝나고 24개 프로그램 중 시민만족도 최상위 프로그램이었다는 것을 평가회에서 알게 되었다. 여담이지만 당시 불미스러운 일로 예정된 예산을 하나도 받지 못했다. 강연자에게 강연에 대한 소정의 출연료도 지급하지 못했고, 촬영팀과 운영팀에게도 일당을 지급하지 못했다. 이후 돈을 벌어서 조금씩 사비로 비용처리를 했지만 아픈 기억이다. 공적인 영역에서 기획을 처음 하는 나에게 닥친 현실은 냉혹했다. 이후 평가하는 공적인 자리에서 대놓고 불편한 기색을 표출했다. 힘 있고 권력 있는 사람들에게 할 말은 해야 했다. 이후 몇 가지 후유증을 남겼으나 후회는 없다. 이런 상황에서도 시민들에게 좋은 평가를 받았고, 콘텐츠의 가능성이 있다고 확신했다.

무대에선 5명의 강연자 모두가 훌륭했지만, '이동진'이라는 사람을 만난 것이 가장 큰 행운이 아니었을까? 알게 된 그 순간으로부터 그의 성장을 쭉 지켜봤다. 그 과정을 한마디로 정의한다면 '미쳤다'였다. 다양한 도전 후 본인의 진짜 꿈이었던 파일럿에 도전했다. 또한 미국에서 파일럿이 되기 위한

2년의 과정을 담은 다큐 영화를 제작했다. 영화 〈I AM A PILOT〉 시사회에 초청되어 가벼운 마음으로 갔는데, 영화를 보는 두 시간 내내 가슴이 뛰어 미칠 것 같다는 느낌이 들었다. 당장 내일부터 뭐라고 해야겠다는 생각이 드는 내 인생 최고의 동기부여 영화였다. 처음으로 가슴 떨림을 느끼게 해준 두 번째 스틸러는 모험가 이동진이다. 자주는 못 보지만 기회가 되면 연락하고 지내는 멋진 선배이다. 가끔 오래 보자는 마음으로 멀리서 항상 응원한다.

이렇듯 누구를 만나느냐가 삶의 방향을 정하는 데 있어서 중요한 계기가 된다. 나보다 무언가를 먼저 이룬 사람이거나, 인지도 있는 사람이기 때문에 타인의 삶에 영향을 미치는 것이 가능했을까? 꼭 그렇지 않다. 아직 훌륭한 스틸러 하나를 소개하지 않았기 때문이다.

2017년 6월, 9월, 11월 연이은 세 차례의 강연대회로 내 삶은 더 빛날 것 같았지만 결과는 달랐다. '강연'하면 자신의 행복과 성공을 자랑하는 자리라고 생각하는 사람이 많겠지만 현실은 달랐다. 가장 힘들었던 순간, 가장 아팠던 순간, 트라우마, 사건 사고가 강연 주제의 90%였다. 누군가의 인생에서 가장 슬픈 순간을 10분으로 축약해서 듣는다면 어떤 기분인지 상상이 될지 모르겠다. 강연대회 평균 30명 내외의 면접 대상자의 이야기를 듣고, 최종 강연자로 선발된 7명의 강연자의 이야기는 한 사람 당 3회 이상의 피드백을 거친다. 슬프고 아픈 이야기를 여러 번 반복해서 들으며 단어 하나 표정 하나 놓치지 않고 인생 최고의 무대를 만들기 위해 노력했다. 그래서 같이 울고 위로하는 나를 발견했다. 상담에 대해 무지한 내가 그들의 이야기를 진심으로 들으려 노력했다. 그렇게 세 번의 강연대회가 끝나고 나니 알 수 없는 무기력과 우울감이 시작되었고, 장기간으로 이어져 우울증이 되었다. 상담은 상대의 감정을 나누는 행위라는 게 어떤 의미인지 알게 되었다. 그렇게 강연자들의 마음이 편해질수록 내 마음은 무거워졌다.

2017년 12월, 마음의 병이 찾아왔다. 취업하지 않고 강연을 하고 싶던 청년에게 텅 빈 주머니와 가족들의 반대, 친구와의 비교, 막막한 현실, 불안한 내일은 견디기 어려운 나날이었다. 오로지 성공하겠다는 마음 하나로 모든 상황을 버텨내고 있었다. 그러다 그룹 샤이니의 故종현이 스스로 목숨을 끊었다는 뉴스를 보게 되었다. 평소 좋아하지도 않았던 연예인의 죽음이 내 삶에 영향을 미칠 것이라는 생각을 해본 적 없었다. 성공했다고 생각하는 20대의 죽음이 성공만 바라보며 열심히 살아가는 나에게 강한 충격을 주었을 뿐이었다. '성공'하겠다는 마음마저 꺾이는 순간이었다. 2017년 8월부터 매월 마지막 주 월요일 저녁에 곰팡이 냄새나는 지하 공간을 빌려 토크콘서트를 했다. 주머니 사정은 어려웠지만 5만 원을 내고 회의 겸 행사장으로 사용하던 공간이었다. 12월 마지막 주 월요일, 무슨 정신으로 토크콘서트 진행을 하러 갔는지 기억은 흐릿하다. 그 상태로 사회자 자리에 앉아 두 시간을 보냈다. 강연대회에 참여했던 강연자들부터 그동안 토크콘서트에 왔던 청년들, 나를 응원해주는 사람들이 참여한 연말정산과 같은 토크콘서트였다.

토크콘서트가 끝나고 나와서도 나는 여전히 땅을 응시했다. 초점 없는 눈동자로 터벅터벅 걸었다. '오늘은 또 어떻게 끝이 날까? 내일은 조금 괜찮아지려나?' 끝날 줄 모르는 생각의 늪에서 나를 꺼내준 건 함께한 팀원의 말이었다. "대표님 왜 우울해하세요? 저는 대표님처럼 되는 게 꿈인데" 예상치도 못했던 말이어서 당황했다. "왜요?" 용기 내서 물었다.

"오늘 토크콘서트에 온 사람들이 하나같이 말하잖아요. 대표님 덕분에 인생이 바뀌었다. 힘든 일을 털어놓을 수 있었다. 인생 최고의 순간이었다. 감사하다. 근데 대표님이 그 사람들을 위해서 일하는 건가요? 아니잖아요. 그냥 대표님이 하고 싶은 일 하신 거잖아요. 저는 제가 좋아하는 일을 하면서 다른 사람에게 선한 영향력을 미치는 일을 하고 싶어요. 그래서 대표님처럼 살고 싶어요."

머리를 강하게 맞은 듯이 정신이 번쩍 들었다. 정말 신기한 경험이었다. 누군가의 좋은 감정과 좋은 말들에 무감하고 날카롭고 부정적인 말에 예민했었다. 내 상황이 좋지 않으니 더 나쁜 생각만 했었다. 하지만 가장 가까운 곳에서 나의 상황을 뻔히 다 아는 팀원이 나처럼 살고 싶다니 혼란스러웠다. 돈도 없고 내일 할 일도 없는 볼품없던 시절의 나를 보며 꿈을 키우는 사람이 있다는 사실을 알고서는 이렇게 살면 안 되겠다고 다짐하게 됐다. 좋은 팀원을 만난 덕분에 주저앉지 않고 한 걸음 더 내딛는 용기를 낼 수 있었다. 이렇게 '누구를 만나느냐'가 삶에 기로에서 중요하다. 다행히 항상 좋은 사람들이 때마다 나타나 나를 다잡아주었다. 잘 가고 있다고 누구보다 잘 살아내고 있다고.

나와 같이 '모험가 이동진'이라는 사람이 자신의 이야기에 중요한 인물이 되었다는 사람이 있다. 강연자 김진수를 만난 것도 인연이 아니었을까? 그가 누구를 만나서 어떤 이야기를 살아가게 되었는지 나누고 싶다.

「내 인생은 수동태? 아니 능동태!」

저는 중·고등학교 때부터 저를 조금 수동적인 사람이었다고 생각하곤 했습니다. '반장 할 사람?', '이 문제 풀어 볼 사람?'이란 선생님의 말씀에 손을 든 적도 거의 없었고, 새로운 학년이 되어서 친구를 사귈 때도 저에게 먼저 다가오는 사람하고만 친구가 되었습니다. 이런 태도가 바뀌지 않았던 이유는 능동적인 사람은 멋있지만 타고나는 거고, 저는 저렇게 될 수 없다는 생각 때문이었습니다. 그렇기에 제 성격을 바꾸고자 하는 노력 따위는 없었고, 학창시절에는 이런 가치관이 크게 불편하지 않았습니다. 하지만 대학에 와서야 지금까지의 수동적인 태도가 나를 소심하게 만들었다는 걸 알았고, 기다리기만 한다고 해서 친구는 생기지 않는다는 것을 알게 되었습니다. 그래서 밥 같이 먹을 친구를 구하는 것도 일이었습니다. 수업시간에 샤프심이 없어서 부탁하는 것도 망설이는 저를 보며 바보라고 자책하기도 했습니다.

막연히 내가 싫고, 바뀌고 싶고, 이런 마음이 들 때, 예전에 선생님이 추천해주신 책을 도서관에서 발견하게 되었습니다. '당신은 도전자입니까'라는 책이었습니다. 이 책의 작가는 히말라야 등반, 자전거 미국횡단, 아마존 정글 마라톤 대회 등의 제가 상상도 못 해본 거창한 일을 했다고 쓰여 있었고, 이 사람은 '대체 뭐 때문에 이렇게 무모한 도전을 하는 거지?'라는 생각으로 책을 폈습니다.

그 당시 책을 읽으면서 놀랐던 건, 이 사람이 처음부터 도전하길 좋아하고 모험을 좋아하는 사람이 아니라는 것이었습니다. '나랑은 다른 사람일 거야'하는 저의 첫 생각하곤 다르게, 너무나도 소심한 자기를 송두리째 바꾸고 싶어서 자기가 불편하다고 느끼는 모든 상황에 자신을 던져 넣었다고 쓰인 그 문장이 처음에는 무모하다고 느껴졌습니다. 하지만 시간이 지날수록, 자신을 바꾸기 위해서 저렇게 끊임없이 노력한다는 것이 정말 멋졌습니다. 마치 저의 우상과도 같았습니다.

그렇게 책을 3번쯤 돌려 읽고, 세상을 바꾸는 15분 등에서 이 책의 저자인 '이동진 청년 모험가'의 영상을 시청하면서 지내던 중에, 2018년 5월 29일 드디어 이동진 모험가를 직접 볼 기회가 생겼습니다. '청년이 청년에게'라는 주제로 우리 대학에 강연자로 오셨는데 떨리는 마음으로 신청을 하고, 실제로 만날 생각에 굉장히 흥분됐습니다. 당일이 되고, 강단에 올라서시자마자 느껴지는 그 자신감은 맨 앞자리에 앉은 저를 압도하기에 충분했습니다. 1시간 동안 작가님은 어릴 때 자신의 꿈이었던 파일럿이 되었고 그 과정을 영화로 찍으면서 도전을 계속하고 있다고 하셨습니다. 책에 싸인도 받고 기념사진도 찍은 후 작가님이 저에게 해주신 말은 이러했습니다. '달라지고 싶다면, 너만의 도전을 해라. 그리고 더 큰 세상을 보아라.'

어려울 것 같고 잘 해낸다는 보장도 없는 그런 도전들이 나를 바꿔줄 것이라는 생각에 감명을 받은 저는 작지만, 나만의 도전을 하는 도전자가 되기로 마음먹었습니다. 그래서 강연이 끝나고 이틀 뒤에 저의 '첫 도전'으로 생활관 동장으로 지원을 해서 6월 1일부터 곧바로 일하게 되었습니다. 저에게는 첫 아르바이트였고, 많은 사람과 부딪혀보는 일이었습니다. 처음에 얼마나 긴장을 했던지, 프랑스 유학생의 퇴관 점검을 할 때 영어를 쓰다가 일본어가 튀어나오는 실수를 했던 기억이 납니다.

사실 그 전까지는 마음 한 편에 '힘들게 노력하면서까지 굳이 친구가 필요하나?'라는 생각도 있었습니다. 그런데 다른 동장들하고 일을 분담해서 하고 생활관 행정실 보조도 하면서, '나에겐 그 사람이 필요하고, 그 사람도 내가 필요하다'라는 걸 알게 되었습니다. 서로가 서로에게 필요한 존재고 나도 그중에 하나라는 걸 알게 되니까, 자신감도 생기고 또 두려움을 무릅쓰고서라도 제가 먼저 다가가고 싶다는 생각이 들었습니다.

동장이라는 저의 첫 도전을 통해서 무언가 깨달았다는 사실과 그로 인해 좋은 모습으로 바뀔 것이라는 기대에 좋아하던 차에, 고등학교 친구한테서 연락이 왔습니다. 방학이 끝나기 전에 아직 가보지 못한 홍대와 이태원에 한번 가보자는 말이었는데, 많은 사람을 만나볼 수 있고 작가님의 말처럼 더 넓은 세상을 볼 수 있겠다는 생각에 기차를 타고 서울로 올라갔습니다. 처음 접한 홍대의 거리가 저는 참 좋았습니다. 자유롭고 편했기 때문이었습니다. 제가 뭘 입든, 뭘 하든 아무도 저를 신경 쓰지 않았고, 처음으로 벙거지 모자를 쓰고 돌아다녀도 가장 큰 소리로 버스킹을 보면서 환호를 해도 누구도 절 거들떠보지 않았습니다.

저와 친구는 홍대 옆 외국인 전용 게스트하우스에서 3일을 묵었는데, 한국인은 저희 둘 뿐이었습니다. 홍대의 자유로움과 제가 느낀 편안함 속에서 자연스레 외국인들과 이야기해 보기로 마음먹었습니다. 일면식조차 없는 사람과, 그것도 외국인과 터놓고 이야기를 한다는 것은 저에게 있어 '두 번째 도전'이었습니다.

제가 여태까지 몰랐던 점은 외국인이라고 해서 처음 보는 사람을 대하는 게 능숙하고 편한 건 아니라는 점이었습니다. 또 평소에 사교성이 좋다고 생각한 제 친구도 처음 보는 사람 앞에서는 부끄럽다는 듯이 막 횡설수설을 해댔습니다. 저는 지금까지, '난 왜 처음 보는 사람 앞에서 수동적이고, 소심해질까?'라는 고민이 있었는데, 이제보니 그건 저에게만 해당하는 것이 아니라 모두가 다 처음엔 그런 거였습니다. 그렇지만, 외국인 친구와 제 친구는 저와는 다르게 그걸 당연하다는 듯이 받아들이고, 어색함 속에서도 말을 계속 이어나갔습니다. 그러다가 서로 편해지고, 친해지는 모습을 보게 되었습니다.

홍대에 올라오면서 다가가고 싶다는 마음은 있었지만 '어떻게 다가가야 하지? 떨면 어떡하지?'라는 고민은 여전했던 것 같습니다. 그러나 누구나 다 잘 할 수는 없는 노릇이었고, 능숙한 사람조차도 처음에는 잘하지 못했을 것이라는 생각이 드니 '방법을 찾고 부딪치는 게 아니라, 부딪히면 방법이 생긴다'라는 마음가짐이 옳다는 생각이 들었습니다.

그런데 이런 생각을 하다 보니까 인간관계뿐만 아니라 '뭐든지 다 그렇지 않나?'라고 생각하게 되었습니다. 운동이나 공부나 연애도 심지어 공모전을 하더라도 누구나 다 처음에는 어렵고, 자신의 기준에서 잘해 보이는 사람이 있어서 비교하며 상처받지만, 그 사람도 처음엔 잘 하지 못했을 거라는 사실은 언제나 확실했습니다.

우리가 도전해보지 않은 어떤 일을 하기에 앞서 주저하게 되고 두려움을 느끼는 건, '나도 저만큼은 해야 한다.'라는 마음 때문은 아니었을까, 그렇기에 우리가 겁먹고 제자리에 서 있을 이유는 없는 거 아니었을까? 하는 마음이 드는 한편, 일단 덤비고 또 그 속에서 무언가를 이뤄내는 이동진 모험가처럼 능동적이고 도전하는 삶을 살아가는 첫 단추는, '처음에는 다 못해, 근데 하다 보면 될 거야'라는 배짱 있는 태도라는 생각이 들었습니다.

그렇게 저는 여행을 마치고 다시 학교로 와서, 제가 가진 열등감을 버리고, 저 자신을 표현해보려고 노력하는 중입니다. 방법을 잘 모르겠더라도 부딪히면서 알아가며 배워나가고 있습니다. 친구가 어떻게 하는지 유심히 관찰해보기도 하고, 말 한마디가 가지는 힘을 생각하면서 정중하지만 부담스럽지 않게 말하는 것도 연습하고 있습니다. 하다 보니 다른 사람들과 함께 하는 시간 자체를 늘리는 것이 중요하다는 생각이 들어서 공모전도 함께 참여하고 있고, 어색하더라도 별로 친하진 않은 친구들과 밥도 한 번씩 먹어보는 중입니다.

강연의 마지막에, 저는 이러한 질문을 던졌습니다. '혹시 여러분들 중에 저처럼, 수동적인 자신이 마음에 들지 않는 분이 계신가요? 그렇다면 처음부터 완벽 하고자 하는 두려움을, 버릴 준비가 되셨나요?'라는 말이었는데, 저는 '완벽함'이 가지는 의미가 다소 이중적이라고 생각합니다. 완벽함을 추구해야 자신이 처한 현실에 안주하지 않고 끊임없는 노력을 계속할 수 있지만, 결국 그 완벽함이라는 벽으로 인해 처음부터 시도조차 못 하는 경우가 생기기도 하기 때문입니다. 저에게 필요한 것은 처음부터 잘해야 한다는 완벽함을 지우는 것이었기에, 일단 도전하고 보자는 생각을 가능한 많이 실천하는 중입니다. 이번 강연대회도 그런 도전정신의 연장선이 아니었나 하는 생각이 듭니다.

모두에게 수동태가 나쁜 것은 아니지만 제가 수동적으로 행동하면서 하고 싶은 말이나 행동을 쉽게 하지 못하고 필요할 때마다 자꾸 숨게 되는 모습이 갑갑하게 느껴졌습니다. 이런 저를 바꾸고 싶어 이런 도전을 해 나가며 수동적인 모습을 점점 능동적으로 바꿔나갔고, 현재도 진행 중입니다. 요즘은 어떤 부분에서 내가 '완벽함'이란 벽을 가지고 있나 라고 생각해보며 그 벽을 허물어 가며 성장하고자 계획하고 있습니다.

강연대회의 중간 순서인 청중과의 대화에서 제 뒤에 앉으신 한 남학생께서 '자신은 소심하지만, 일단 손을 들고 보았다'라는 소개와 함께 이야기를 시작하셨는데, 혹시 나의 강의가 그분의 마음에 작은 울림을 주었나 하는 생각이 들어 굉장히 기뻤습니다. 짧은 10분의 강연이었지만 저로 인해 누군가 바뀌고자 한다면, 그것만큼 가치 있는 일이 있을까요?

이번 강연대회는 저에게 있어 또 하나의 큰 도전이었고, 정말 오래 기억될 것 같습니다. 앞으로도 많은 도전과 행동을 하다 보면, 멋진 나 자신으로 탈바꿈할 것을 믿어 의심치 않습니다. 모두가 도전의 가치를 알게 되었으면 좋겠습니다.

이동진의 도전은 김진수의 도전을 만들었다. 기숙사 동장을 한 것도, 이태원을 간 것도 그에게 도전이었다. 그와 함께 모험가 이동진을 만나러 갔다. 아니 영화제작자 이동진을 만나러 갔다. 독립영화 〈I AM A PILOT〉 시사회에 초청받아 우리는 자리를 잡았다. 1시간 30분의 러닝타임이 끝나고 우리는 서로 마주 봤다. 그리고 나는 말했다. "지금 당장 뭐라도 하지 않으면 미칠 것 같은 마음을 처음 느껴봐." 그는 나의 말에 고개를 끄덕였다. 우리는 그날의 마음을 기억한다. 시사회가 끝난 후 나의 마음은 떨렸고, 강연자 김진수도 떨림을 느꼈을 것이다. 그 떨림을 설렘으로 만들기 위해 우리는 오늘도 작은 도전을 이어간다. 강연이 끝난 후 그의 소감이다.

'당신의 이야기도 얼마든지 강연이 될 수 있습니다' 강연대회가 개최된다는 소식과 함께, 포스터에 쓰여 있는 말을 처음 보고서. '내가 과연?'이라는 생각이 들었습니다. 그럼에도 한 번 도전해보자는 마음으로 지원을 하게 되었고, 어려운 과정 끝에 최종 7인에 합격해서 우리 대학 학생들 앞에 서게 되었습니다. 많은 유명 강사들과, 멋진 분들이 강연하시는 용지관 컨벤션홀 강단에 내가 설 수 있다니 지금 생각해보면 정말 큰 경험이었습니다. '내가 언제 내 이름으로 강연을 또 해 볼 수 있을까?'라는 생각을 하니, 아쉬움과 함께 더 열심히 살아보고 싶은 생각도 듭니다. 이번 강연대회를 통해 만난 다른 6명의 강연자도 정말 멋진 분들이라, 친해지고 싶은 마음 또한 가득합니다.

이번 기회에 수동적인 내가 '나만의 작은 도전'을 통해 능동적인 나로 성장해가는 과정을 이야기했습니다. '난 왜 이렇게 수동적이고, 소심할까?'라는 질문에 대하여 끊임없이 고민하고 절망하던 나의 이야기. '처음엔 다 못해, 그런데 하다보면 되겠지 뭐!'라는 배짱 있는 태도로 바꾸게 된 계기. 그 변화의 과정에서 나는 어떠한 도전을 했는지, 그 과정에서 어떠한 것을 느꼈는지를 또래 청년들에게 이야기하고 싶어 사실 많은 고민을 했습니다. 파워포인트를 만들면서도 '온전히 나에게 집중하게 하고 싶다'라는 생각으로 화려한 사진이나 멋진 템플릿 등은 자제하려고 했습니다. 제가 이야기하려 했던 내용은 다른 분들과는 달리 너무나도 평범하고 작은 일들이었지만, 저처럼 자신을 평범하다고 생각하는 학생들이 많은 공감을 하고 그 안에서 힘을 얻었기를 바랍니다. 제 이야기를 경청하고 공감해준 사람들에게 정말 감사하다고 전하고 싶습니다. 강연 무대가 끝나고 이야기 잘 들었다고 말해주신 2명의 여학생에게 특히 감사드립니다.

대단한 도전이 아니어도 괜찮다는 것을 깨닫고 내 삶의 기준에 맞는 작은 도전을 통해 자신감을 얻은 그의 이야기는 나에게도 울림을 주었다. 강연이 끝나고 찾아가서 이야기를 건넨 두 명의 여학생이 느낀 감정도 나와 같은 것이 아니었을까? 자신을 평범한 존재라고 생각하는 수많이 사람이 있다. 어쩌면 당연한 이야기일지 모른다. 특별하다는 건 많지 않다는 의미이기 때문이다. 그렇다고 삶을 살아가는 방법과 태도에 정답이 있는 것은 아니다. 특별한 것은 어렵다고 생각하는 경우가 많다. 하지만 특별하게 사는 것이 평범하게 사는 것보다 더 쉬울 수도 있다. 하고 싶은 거 하면서 내키는 것만 하고 살면 특별하다는 이야기를 들을 수 있다. 쉽게 생각하는 평범하게 사는 일도 쉽지 않다. 남들만큼 또는 남들처럼 살아야 하기에 반드시 충족해야 하는 것이 생기고, 이루어야 하는 것이 생긴다. 기준점이 타인에 의해 생기는 평범한 삶은 언제나 버겁다. 그는 대기업에 취업했고, 평범한 삶을 선택했다. '평범한 제가 책을 쓰고, 청소년 앞에서 강연하고, 강연대회에 수상할 수 있었던 건 대표님 덕분입니다. 감사합니다.' 그가 취업을 하자마자 나에게 보낸 메시지였다. 나 또한 누군가의 이야기에 스틸러가 되었다. 타인이 아닌 자신에게 기준점을 두고 살기를 바라는 마음으로 그에게 축하를 건넸다.

기준점을 나 자신으로 정하는 특별한 삶은 어쩌면 상대적으로 쉽게 결정할 수 있다. 강연자 김진수는 모험가 이동진을 만났고, 김경한은 꿈꾸며 살아가는 청년들을 만났다. 그 과정에서 자극을 받고 성장했다. 사람들은 나에게 말한다. "술도 안 마시고, 담배도 안 하고, 맨날 일하고 달리기하고 무슨 재미로 사느냐?" 나는 일하면서 재미를 느낀다고 말하지만, 취미를 하나 이야기하자면 영화나 드라마 보는 것이 유일한 취미다. 영화와 드라마 등의 콘텐츠도 누군가의 이야기이다. 나는 책을 별로 읽지 않는다. 책 대신 많은 사람과 청년들을 통해 배우고 성장한다. 무수히 많은 사람을 만나며 내가 느낀 것은 누구를 만나는지가 삶에서 매우 중요하다는 사실이다. 삶의 작은 변화를 위해 자신의 인생을 빛내줄 스틸러가 누구인지 찾는 일이 얼마나 중요한 일인지를 다시금 새겨본다.

▶ 〈이야기는 수정할 수 있다〉를 마치며

삶을 새롭게 시작하고 싶었던 강연자 김아영에게는 배울 기회와 배우고자 하는 마음이 있었다. 노래하는 것으로 주연이 되고 싶던 강연자 김다혜는 더 많은 이들을 주연으로 만들어주는 멋진 조연이 되었다. 어떻게 살아갈 것인지 결심하고 본인의 가치관을 실현해가며 내일이 기대되는 강연자 이기영도, 다른사람들의 이야기에 스틸러가 되어준 멘토의 영향을 받아 본인 또한 스틸러로 성장하고 있는 강연자 김진수도 각자의 이야기를 새롭게 채워가고 있다. 본인을 완전히 지우는 것이 아니라 더 나은 방향으로 수정해야 한다. 이야기는 수정할 수 있다. 그러므로 이야기를 만들고, 채워가는 우리도 삶을 수정할 수 있다. 어떤 삶을 마주하고 싶은지 한 번쯤 고민해보자. 3년 후, 10년 후, 20년 후의 나의 모습이 어떨지에 대해 생각해본 적이 있는가? 특별할 것 없을 거라는 생각보다 평범한 나의 이야기를 조금 더 탄탄하게 쌓아갈 방법을 고민하며 용기 있게 한 걸음 내딛는 오늘이 되기를 기대해본다. 극적인 변화를 꿈꾸는가? 1년을 만난 연인과의 이별을 이겨내는데도 몇 달이 필요한데, 평생을 함께한 자신의 이야기를 수정하는데 단기간 극적인 변화는 어려울 것이다. 환경과 마음의 변화, 새로운 인연, 노력과 인내가 당신의 성장을 이끌어 끝내 이야기를 수정할 수 있게 되리라. 나는 그리 믿는다.

#2
내 이야기의 주인공은 '나'

A. No <Queserasera>, Go <Dilige et fac quod vis>

케세라세라, 어디서 한 번쯤 들어본 말이다. 그 의미는 '될 대로 돼라.'이다. 뭐가 되던지 될 것이라는 의미로 희망적인 내일을 이야기하는 것처럼 들리기도 한다. 하지만 살면서 느껴보지 않았는가. 노력하지 않고 되는 일이 어디 있으며, 운명에 순종하며 살아가는 것은 정답이 아니다. 대한민국이 삼국으로 갈라져 피 튀기는 전쟁을 이어가던 2세기, 아우구스티누스는 "Dilige et fac quod vis (딜레게 에트 파크 쿼드 위스)"라는 말을 남겼다. 그의미는 "사랑하라, 그리고 네가 하고 싶은 것을 하라."이다. 왜 하고 싶은 일을 해야 하는가?

"허기진 욕망을 갖고 싶은 것으로 채우려 애써봐도 하고 싶은 것을 잃은 영혼은 공허하다." 이진순 작가의 「당신이 반짝이던 순간」에 나오는 말로 답을 대신하고 싶다. 그렇다고 지금 당장 하고 싶은 일을 무턱대고 시작하라는 의미는 아니다. 다른 사람들의 말에 휘둘려 자신의 삶을 해치지 않았으면 하는 마음이다. 삶을 옳고 그름으로 볼 것이 아니라 방향의 개념으로 바라보기를 바란다. 나 역시 다른 이의 말에 휘둘리기도 하고, 무수히 놓인 장애물에 걸려 넘어지곤 했다.

"강연? 그거 성공한 사람이나 유명한 사람이 하는 거 아니야?" 강연을 해보겠다는 말을 들은 대다수에게 되돌아온 대답이었다. 나는 언제나 밝게 답했다. "나는 평범한 사람들의 이야기도 강연이라고 생각해. 소주 한 잔 하면서 나누는 모든 이야기가 강연이니까." 다시 날카롭게 돌아오는 말은 "그게 되겠냐? 그걸 누가 들어? 넌 내 이야기 돈 지불하고 들을 거야?" 그 자리에서는 웃었지만, 곱씹을수록 많이 아팠다. 이야기를 듣는 사람에게만 강연의 가치가 있다는 생각 때문에 나는 매번 무너졌다. 강연자의 이력서를 읽는 것이 아니라 강연자의 이야기에 가치를 더해주는 '퍼스널 브랜딩'이라고, 강연자에게 본인의 이야기를 할 수 있는 자기표현의 기회라는 점을 강조하고 싶었다. 하지만 보편적 인식이라는 벽은 높기만 했다. 그저 강연을 유명한 사람의 이야기를 돈 내고 듣는 행위라고만 생각했다. 한 번 생각해보자. 가족을 잃은 사람에게 놀라운 과학지식이 무슨 소용이며, 엄청난 도전 이야기가 도움이 될까. 평범한 사람들의 이야기 속에도 얻을 것이 있고 배울 것이 있다. 누구나 겪을 수 있는 일에 대해 공감해줄 사람이 필요하다. 슬픔을 나누고 이겨내기 위해서 무엇을 해야 하는지 물을 것이다. 괜찮아질 수 있는 것인지, 무기력함이 영원한 건 아닌지 그 답은 경험자에게 들을 수 있다. 우리는 그렇게 공감하고 위로받으며 살아간다. 이 과정의 핵심은 이야기였다. 내 가치관은 확고했다. 자극과 동기부여의 강연이 있다면, 공감과 위로의 강연이 있다. 평범한 사람의 이야기에도 가치가 있다는 것과 강연을 하는 것 자체가 중요함을 말하고 싶었다. 그럴듯한 이력 한 줄 없고, 당장 돈벌이도 없던 20대 중반 청년의 포부는 호기로운 모습에 불과했다. 3년 동안 고정적인 수익 없이 오로지 꿈만 가지고 살아가는 청년에게 주변 사람의 말은 밑바닥부터 흔들기에 충분했다. 자존감이 낮아질수록 다른 사람들의 말은 더 크게 들렸다.

'그래. 내가 무슨 강연이야. 그냥 취업이나 할까?'

불안한 마음을 해소하기 위해 자기소개서를 썼다. 높은 학점과 인턴 경력, 대외활동 경험에 수상 이력까지 무난하게 취업이 가능한 스펙이었다. 그래서일까? 더 취업을 차갑게 외면하려고 노력했다. 지방대학은 뽑지 않는다는 소문이 무성했던 대기업 HR만 골라서 자기소개서를 작성하고 지원했다. 나름의 자존심을 지키는 방법이었다. 서류가 떨어져도 마음이 아프지 않았다. 진심으로 합격하길 바라고 쓴 것이 아니었기 때문이다. 자기소개서를 써서 기업에 지원하는 것만으로도 느껴지는 편안함이 좋았다. 그때의 난 다른 사람들의 이야기에 흔들렸지만, 그들 앞에서 넘어지고 싶지는 않았다.

내가 좋아하는 대표님이 해주신 말이 있다. "지금은 경한 대표가 청년이고 젊으니까 사람들이 찾아주지. 조금 더 나이 들면 사람들이 찾아줄 것 같아요? 미리 준비해요. 안될 것 같으면 빨리 취업하고, 사업할 거면 확실하게 돈 되는 일로 찾고." 강연에 미쳐서 산 지 5년째가 되던 새해 연초에 들었던 이야기였다. 현실적인 조언이라 크게 부정할 수 없었다. 나 또한 고민하던 지점이었으니까. 바닥부터 시작해서 어려운 상황을 수없이 마주한 사람의 이야기였고, 나를 진심으로 걱정하는 사람의 진중한 이야기였기에 흘려들을 수 없었다. 그해에는 그 말이 내 마음에 단단하게 자리 잡았다. 그래서일까? 돈을 벌기 위해 최선을 다했다. '일단 돈을 벌고 보자.' 어떤 일도 마다하지 않고 하나씩 헤쳐갔다. 이동 거리와 휴일과 같은 불편한 상황은 신경 쓰지 않고 닥치는 대로 일했다. 연일 이어지는 강연으로 목소리가 안 나오는 날에도 강연했고, 몇 시간 못 잔 상태에서 운전하고 일하는 것은 당연했다. 쉼 없이 일한 결과 생각한 것보다 많은 수입을 벌었다. 그때 나의 기분이 행복이었는지는 모르겠다. 돈을 많이 벌고 싶어서 시작한 일이 아니었는데 내가 무엇을 위해 이 일을 선택했는지 혼란스러웠다. 돈을 많이 벌어야 한다는 것 또한 다른 사람들의 이야기였다. 돈이 많으면 좋지만 나는 돈을 벌고 싶어서 강연을 선택하지 않았다. 취업과 창업을 선택할 때 가졌던 소신은 자본주의 앞에 무력했다. 하고 싶은 일을 선택해놓고 돈에 얽매여서는 하고 싶은 일보다 해야 하는 일만 하는 내 모습이 우스웠다. 아니 그랬어야 했다. 돈이 없던 나는 늘 날카로웠고 주위에 베풀 줄 모르는 이기적인 모습이었다. 몸으로 부딪혀서 힘들게 번 돈이 나의 이미지를 바꿔 놓았다. 내삶이 고될수록 사람들은 나에게서 여유를 느꼈다. 돈이 좋다는 말이 이해가 됐다. 하지만 나는 하고 싶은 일이 많았다. 평범한 사람들이 자신의 이야기를 할 수 있는 강연대회가 좋았고, 편하게 모여서 이야기 나누는 토크콘서트가 좋았다. 청소년들에게 강연을 교육하며 아이들의 이야기를 듣는 것이 좋았다. 돈 되는 일을 하는 것도 중요하지만 내가 하는 일이 돈이 되게 만드는 세상이라 믿었다. 그래서 다른 사람들의 충고와 조언에 흔들리지 말고, 사람들이 가지고 있는 이야기에 있는 힘껏 흔들려보자 생각했다. 강연을 다니며 다른 사람들의 시선을 뿌리치고 편견과 선입견을 이겨낸 사람들을 만날 수 있었다. 나의 이야기가 이어준 인연이었다. 삶을 오롯이 버티고 이겨낸 사람들과 만나면서 나 또한 담대하게 나아갈 용기가 생겼다. "흘러가지 말고 살아가자. 될 대로 돼라가 아니라 되게 하자." 2019년 처음으로 시도했던 청소년 강연대회에서 만난 강연자 박상우는 흘러가지 않고 살아가고 있었다. 그리고 끝내 하고 싶은 것을 해내고 말았다.

「말더듬이 박상우입니다」

저는 말더듬이입니다. 아니, 전 말더듬이였습니다. 저는요. 말도 제대로 못 했고요, 남들에게 말을 거는 것 자체가 두려움을 느꼈습니다. 누구나 쉽게 하는 그 말 한마디에 너무나 큰 벽을 느꼈습니다, 그런 큰 벽 앞에서 저는 좌절도 했고요. 열등감을 느끼기도 하고, 불안과 창피함등 많은 감정을 느끼곤 했습니다. 그때부터 생각했죠. 저는 다른 사람들과 다르다는 것을, 지금부터 다른 사람들과 조금은 다른 한 말더듬이의 이야기를 들려드리겠습니다.

저는 한 가지의 큰 결점이 있습니다. 바로 말을 심하게 더듬는다는 큰 결점이요. 제 인생에서 가장 없애버리고 싶은 부분이면서, 가장 저에게 큰 깨달음을 준 결점입니다. 언제부터였는지는 정확히 생각이 나진 않지만, 지금 생각하면 초등학교 때였습니다. 저는 어릴 때부터 굉장히 성격이 급했기에 말을 하면 다른 사람들이 못 알아들을 정도로 빠르게 말을 했습니다. 아버지께서 늘 말씀하셨습니다. "말을 좀 천천히 해라, 마음을 성급하게 먹지 말아라." 하지만 제가 말을 빨리하는 것이 문제가 되지 않는다고 생각했고, 남들과 다르다는 것을 느끼지 못했던 저는 아버지의 잔소리로 치부했습니다. 그 후 몇 년이 지나고 깨달았습니다. 말을 빠르게 하던 습관으로 인해 말을 똑바로 못하게 되었다는 사실을요. 무슨 말을 하더라도 더듬더듬 나오게 되고, 사람들 앞에서 하고 싶은 말이 있어도 못하게 되었습니다. 왜냐면 친구 앞에서 말을 더듬게 되면 웃음거리가 될거란 생각에 입을 닫게 되었습니다. 불안감은 더해지고 그렇게 증상은 더 심해졌습니다.

초등학교를 졸업하고 중학교에 진학해서도 처음 만난 친구에게 '안녕?'이라는 인사조차 할 수 없었습니다. 말을 하는 순간 내가 말더듬이라는 것을 알게 되니까. 그러면 또 나를 이상한 눈으로 쳐다보고 비웃을 거니까. 그렇게 생각하면서도 스스로 너무나 부끄럽고, 너무나 한심했습니다. '나는 왜 이럴까?' 그래서 저는 길게 대화하는 것을 싫어했습니다. 이상하게 말을 하지 않으니 오히려 다른 친구들이 와서 말을 걸었습니다. 저는 기쁜 마음에 대답을 했습니다. 특별한 기적은 일어나지 않았습니다. 말을 더듬고 있었죠. 중학교에 입학한 지 2주 만에 제가 말더듬이라는 사실을 전교생이 다 알아 버리고 말았습니다. 이 순간이 제가 제일 우려했던 순간이었어요. 남들이 저의 결점을 알아 버리는 이 순간, 남들이 저를 바라보는 눈빛이 달라지는 이 순간, 저는 그때부터 항상 놀림거리였죠. 더

듬거린다고 말 좀 똑바로 하라고 친구들은 저에게 장난을 쳤지만, 저는 그 장난에 진심으로 상처만 받았습니다. 재미와 즐거움 같은 긍정적인 영향은 아무것도 주지 않았죠. 그 한마디 한마디를 들을 때마다 제가 느끼는 감정은 수치스럽고 불안한 감정이었습니다. 이런 감정을 느끼면서 제가 생각하게 된 것은 '나는 왜? 무엇 때문에? 말하는 것 때문에 남들로부터 이런 감정을 느껴야 하나?'였습니다. 누군가 나에게 벌을 주는 것일까? 누군가 나에게 장난질을 치는 것인가? 라는 생각이 매일같이 들었습니다. 남들에게 놀림 받기 싫어서, 나의 결점을 남들에게 드러내기 싫었기 때문에, 이런 현실에서 도피하고 싶었고, 매일 같이 비는 소원은 '제발 말을 더듬지 않았으면…' 또는 '남들도 나처럼 말을 더듬게 되었으면…'이라는 소원을 매일 같이 빌었습니다. 저만 느끼는 이 감정을 남들에게도 느끼게 하고 싶었고, 나만 이런 감정을 느끼기에는 너무나 불공평하다고 생각했으니까요. 저는 이렇게 생각합니다. 누구도 완벽한 사람은 없다고. 누구나 작은 결점 하나쯤은 있기에 남들과 비교하면서 열등감을 느끼고, 열등감을 느낀다면 나만의 경험을 쌓으면서 결점을 채워나가면 됩니다. 무슨 결점이든지 상관없습니다. 자신의 신체적 결점, 자신 마음속 깊이 새겨놓은 결점, 자신이 드러내고 싶지 않은 모습에 대한 결점, 어떠한 결점이든지 상관없습니다.

다만, 이렇게 말하고 싶어요. 똑같은 결점은 아니라도 누구나 그런 결점을 하나씩은 가지고 있다고. 그래서 결점에 대해 낙심하고, 절망하고, 좌절하지 않았으면 좋겠어요. 결점에 대한 감정은 나만 느끼는 것이 아니니까. 저 같은 경우는 하루에도 수십 번, 수백 번 저의 결점을 어쩔 수 없이 드러내고 말아요. 저는 대화하는 게 결점이기에 대화하는 중간중간에 계속해서 결점을 드러내고 말아요. 그렇게 계속해서 저의 자존감을 깎아내리고 말죠. 하지만 이렇다고 해서 저의 모습이 아닌 건 아니잖아요. 그런 결점들을 피한다고 해서 저의 모습이 사라지는 것이 아니잖아요. 자신이 생각하기에 너무나 큰 결점들을 피하고, 무시한다고 해서 자신의 결점이 쉽게 사라지는 것이 아니잖아요. 남들에게 무시 받고, 눈초리를 받고, 놀림거리를 받고, 손가락질을 받는 그런 모습도 자신의 모습이잖아요.

그렇다면 생각을 바꿔보는 건 어떨까요? 자신의 그런 모습을 인정하는 거죠. 나는 이런 사람이야. 나는 이런 사람이기 때문에 나의 모습이 완성된 거야. 저는 앞서 말했듯이 일상생활의 대화에서 결점을 드러낼 수밖에 없었습니다. 그래서 항상 남들에게 드러내고 싶지 않은 모습을 드러낸다고 언급했었죠. 잘못한 것이 없었는데 절망과 불안함에 살았습니다. 그러다 문득 이런 생각이 들었습니다. '언제까지 이렇게 살아야 하나? 말 더듬는 것 때문에 숨고, 손가락질 받고, 놀림거리가 되어야 하나?' 내 인생에서 '나'는 없고 '말더듬이'만 남아 있는 게 싫었습니다. 그래서 변화를 결심했습니다. 생각이 변해야 행동이 변한다. 그래서 무작정 손에 잡히는 대로 책을 읽기 시작했어요. 누군가는 병원 전문의를 찾아가 조언을 구하는 게 빠르지 않냐고 생각할 수 있어요. 하지만 저는 스스로 깨닫는 시간이 필요하다고 생각했기 때문에 책을 읽으면서 자신을 변화시키기 위해 노력했어요. 책을 읽다가 '남을 사랑하기 전에 나를 사랑하라'라는 문구를 보았습니다. 누구나 한 번쯤은 들어봤을 것 같은 문장입니다. 뻔한 문장을 보고 저는 생각했습니다. '과연 나는 이제까지 살아오면서 나를 사랑했던 적이 있었나? 나는 말 더듬는 상황에 대해서 왜 좌절했고, 불안함에 떨었을까?' 의문점을 가지면서 한 가지의 해답을 찾아냈죠. '나를 인정하면? 나를 이해하면? 나를 있는 그대로를 받아들인다면?'이라고 말이죠. 맞아요. 저는 말더듬이예요. 말을 더듬기 때문에 대화하는 게 어렵고, 다른 사람들에게 말을 건네는 게 무서워요. 근데 뭐 어때요? 남들보다 부족할 수 있어요. 남들보다 조금 느리게 말할 수 있어요, 근데 뭐 어때요? 이게 저예요.

교내 행사가 있었을 때 사회자가 필요했습니다. 그래서 당당히 지원했어요. 저를 바라보는 수많은 눈빛을 바라보고 떨리는 마음으로 첫마디를 뗐습니다. "안녕하세요?" 그때 받았던 박수를 잊을 수 없습니다. 물론 말을 조금 더듬으며 진행을 했지만, 사람들은 환호하며 박수쳤습니다. 말을 화려하게 잘해서 받는 박수가 아니라 최선을 다한 사람이기에 받는 박수였습니다. 말더듬이 박상우의 공식적인 첫 데뷔무대였고, 특별할 것 없지만 화려한 기억입니다.

이 글을 읽고 계시는 여러분들도 자신의 결점이 있다면 남들에게 드러내고 싶지 않은 자신만의 결점이 있을 수 있어요. 혹시 자신의 결점을 숨겨서 행복했나요? 아직 말을 더듬고 있지만 노력하고, 보여주니 많이 좋아졌습니다. 앞에서 말한 것처럼 저를 인정하고 이해하는 것부터 시작했습니다. 나를 인정하고, 대화의 즐거움을 알게 된 저에게 한 가지 큰 꿈이 생겼습니다. 유명한 강연자가 되어서 1인 기업을 세우고, 전국을 돌아다니며 사람들과 이야기하면서 저만의 강연을 하는 것입니다. 한 사람 앞에서 말하는 것도 두려웠던 제가 이제는 무대 위에 서서 대중에게 강연하는 꿈을 가지게 되었습니다.

말을 더듬는 그에게 강연으로 무대에 서는 일은 힘들었을 것이다. 그럼에도 그는 수동적으로 기다리지 않았다. 하고 싶은 일을 하기 위해 노력하고, 상처를 이겨냈다. 20대 청년인 그는 여전히 무대에 서 있는 강연자 박상우를 꿈꾼다. 강연대회 이후 본인이 원하는 전공을 선택하고 편입을 했고, 대학원에 진학해서 본인의 삶을 더 나은 방향으로 이끌기 위해 노력하고 있다. 여전히 그는 말을 더듬었다. 강연은 단순 말하기가 아니라 장시간 이야기하는 것만으로 사람들을 몰입시켜 끌고 가는 하나의 예술이다. 영화나 연극, 뮤지컬은 두 시간 동안의 공연을 보기 위해서는 비용이 필요하다. 같은 시간을 강연으로 채울 때 재미와 의미에서 비슷한 값어치를 하는 게 당연하다. 강연이 영화만큼 재밌으려면 내용과 기술, 퍼포먼스까지 완벽하게 구성을 해야 한다. 강연 코칭을 하면서 내용과 기술, 퍼포먼스 전반에 대해 코칭하는 입장에서 말을 더듬는 것은 강연의 큰 장애물이었다. 강연의 몰입을 방해할 것이라는 생각 때문이다. 하지만 내 생각은 보기 좋게 빗나갔다. 그는 강연 무대에 대한 '진심' 하나만으로 우려를 깨끗이 씻어냈다. 내가 가진 생각이 힘없는 선입견이었음이 보기 좋게 증명됐다. 기분 좋은 실패를 경험하니 나 역시 성장하는 계기였다고 인정한다. 그의 삶을 살아보지 않았기에 대화를 하는 것이 불안하고 두렵다는 게 어떤 고통이었을지, 얼마나 힘들었을지 이해할 순 없었다. 한 가지 분명한 건 나와의 만남이 그에게 작게나마 도움이 되었다는 사실이다. 강연을 마친 소감을 그는 이렇게 말했다.

꿈을 이루기 위해 강연을 할 수 있는 장소, 협회, 기업, 단체를 찾아다녔습니다. 하지만 평범한 청년에게 강연의 기회란 먼 이야기였습니다. 강연하기엔 여전히 말을 더듬고, 부족했습니다. 운 좋게 청소년 강연대회를 알게 되었고, 진심을 담아 지원했습니다. 강연을 시연할 때 많은 피드백을 통해 부족함을 느끼면서도 행복했습니다. 이제 무대에 설 수 있다는 사실 때문에요.

아무리 나를 인정하고, 이해하면서 변화했다고 해도 트라우마를 극복하기란 쉽지 않았습니다. 막상 대중 앞에서 강연하려니 두려웠습니다. 그래도 꿈 한 걸음 다가가기 위해 최선을 다했습니다. 무대 위에서 제 이야기를 할 수 있었던 경험은 재미와 설렘보다 통쾌함을 주었습니다. 드디어 말을 하게 되었다고, 드디어 사람들 앞에서 마이크를 잡고 말을 하게 되었다고, 두려움과 불안함을 느끼던 과거의 저에게 이렇게 말하고 싶었습니다.

말더듬이가, 남들과 다르게 평범하지 않은 말더듬이가, 사람들 앞에서 말을 하고, 남들보다 부족한 말더듬이가 무대 위에서 마이크를 잡는 모습이 바로 진정한 말더듬이가 아닌가 생각합니다. 말을 하는 것이 너무나 두려웠던 말더듬이, 이제는 말을 하는 것을 너무나 사랑하는 말더듬이, 남을 사랑하기 전에 나를 사랑하라. 여러분의 모든 모습을 사랑할 수 있기를 바랍니다.

무엇을 하더라도 잘할 수 있을 것이란 생각이 들었다. 면접장에 단정한 코트를 입고 깔끔하게 넘긴 머리 스타일을 하고서는 불타오르는 눈빛으로 말하던 첫인상은 강렬했다. 말을 더듬는 그를 보며 불안했던 내 마음도 눈 녹듯 사라졌다. 누군가의 말에 아프고 흔들렸을 그를 꼭 안아주고 싶었다. 찔러도 피 한 방울 안 나올 거라는, 사막에 버려져도 선인장으로 깍두기를 담가 먹을 놈이라는 이야기 듣던 나도 무력하게 흔들리고 무너지는 때가 있었다. 가장 믿는 사람들의 툭 내뱉는 한 마디 때문이었다. 아마 나와 같은 마음이 들었던 순간이 있지 않았을까? 말을 더듬는 결점을 안고서 강연의 꿈을 가진 그에게 말하고 싶다. "Dilige et fac quod vis.(딜레게 에트 파크 쿼드 위스.)" 너의 결점을 사랑하라, 그리고 네가 하고 싶은 것을 하라.

B. 자유롭다는 불안

우리는 '자유'를 당연하게 생각한다. 하지만 자유의 중요성을 배우는 순간이 있다. 독재국가의 사례나 역사에서 배우는 일제강점기가 아니더라도 알수 있다. 수업이 듣기 싫어도 들어야 하는 순간, '자율학습'에서 자율이 빠진 순간, 군대에서 열악한 환경 속 제대로 된 보상 없이 지내는 순간, 자본주의에 굴복해 아침마다 피로함에 젖어 출근하는 순간. 자유는 중요한 가치이다. 자유를 위해 과감히 안정성을 포기했던 그때, 나는 자유롭다는 불안을 얻게 되었다.

'저기 누구 집 아들이 이번에 공무원 시험 합격했다던데' 사업 6년 차가되어 자리를 잡아가는 과정에도 부모님의 마음은 쉽게 바뀌지 않았다. 내한 몸 건사하는 데 문제가 없는 삶이지만, 불안한 일이라고 생각하는 그 마음이 이해가 된다. 자유만큼 불안이 따르기 때문이다. 소속되지 않는다는 것은 대한민국 사회에서 대단한 도전이다. 어린 시절부터 학교에 소속되어 20대 중반을 맞이하고, 바로 취업해서 직장에 소속되고 그리곤 결혼해서 가정에 소속되어 항상 어딘가에 누구로 소개되는 게 우리의 인생이다. 그래서 사업하는 사람과 프리랜서로 일하는 사람들의 고충은 언제나 불안함과 외로움이다. 모든 사람이 보편적으로 가지고 있는 불안과 외로움과는 조금다른 결의 무언가가 있다. 기존의 '강연'은 개성 있게 살아가는 사람들이 자신의 경험을 타인에게 간접 경험할 수 있도록 하기 위한 채널이었다. 그래서 도서 시장과 강연 시장이 간접경험이라는 교집합을 가지고 있기 때문에 하나의 파이처럼 서로 영향을 주고받는 것인지 모르겠다. 나는 강연의 진입장벽을 더 낮추고 싶었다. 듣는 것을 넘어 강연하는 문화의 활성화를 꿈꿨다. 곧바로 현실을 마주하니 불안함은 이루 말할 수 없이 컸다. '사람들이 나를 찾아줄까? 난 아무것도 없는 사람인데. 나의 포부와 커다란 꿈만으로 강연을 할 수 있을까?' 실력과 별개로 누군가가 찾을만한 이력이 있는 사람이어야 했다. 맹렬하게 살다 보니 어느새 N잡러가 되어있었다. 글을 쓰고, 교육을 하고, 강연을 했다. 축제를 기획하고 도시재생사업을 하는 나를 발견했다. 많은 일을 한다고 해서 불안하지 않은 것은 아니다. 사람들이 찾아주기에 내가 필요한 사람이라는 생각을 할 수 있었고, 불안함을 조금은 덜수 있었다. 다행히 일하는 것 외에 취미가 없어서 워커홀릭으로 유명했던 나에게는 사업이 더 잘 맞았을지도 모른다.

내가 강연으로 사업을 하겠다고 했을 때, 많은 사람이 말했다. "불안하지 않아? 고생이 많다." 자신들의 안정성을 내세우는 듯 느껴졌다. 이제 막 시작하는 사람의 입장에서는 따뜻함으로 교묘하게 포장된 날카로운 말이었다. 그렇게 3년이 지났을 때 그 사람들이 내게 말했다. "부럽다. 우리는 그래 봤자 직원인데 넌 대표잖아." 포기하지 않고 노력한 시간을 인정받는 기분이었다. 서로 가지지 못한 것에 대해 부러워하는 인간의 본성은 이해한다. 그렇지만 하나를 알고 열을 모르는 말뿐인 소리였다.

정말 내가 부러웠을까? 하고 싶은 일을 하고 산다는 것은 부러움의 대상이 되지만 필연적으로 불안함을 안고 살아가는 숙명이 있다. 아마 하고 싶은 일이 생겨도 용기를 내서 현재 상황을 뒤로한 채 도전하기란 쉽지 않을 것이다. 프리랜서들의 삶을 보면 월마다 고정적이지 않은 수입이 불안함을 더한다. 적든 많든 일정한 금액이 통장에 입금되어 계획적인 삶을 살아갈 수 있다는 것은 사람을 안정적으로 만든다. 하지만 내 통장은 불규칙했다. 수입이 0원인 날도 있고, 직장인 월급의 몇 배로 버는 날도 있었다. 언제부턴가 일 년 동안의 수입을 12개월로 나누어 소비계획을 구성한다. 불안은 결국 현실과 연결된 문제였다. 돈에 얽매이고 싶지 않았지만, 나는 행복한 가정을 꾸리고 싶다는 욕심이 있는 사람이었다. 일과 마인드는 자유로움을 따랐지만, 삶과 목표는 현실을 쫓았다. 그 괴리에서 오는 불안은 생각보다 상당했다. 자유로움이 곧 불안함으로 다가왔고 방황하는 날도 많았다. 일이 잘 되고 있어도, 일이 정신없이 많아도 긴장하고 더 노력했다. 나처럼 불안함을 느끼는 사람들이 많을 것이다. 사회가 불안하고 어려울수록 불안은 더 커진다. 1인 가구가 많아지고, 점차 결혼하는 비율도 낮아지는 이때, 외로움과 불안함은 짝을 지어 자라난다. 각박한 사회에서도 틀린 길은 없다고 내 맘대로 떠나라는 사람을 만나게 되었다. 동갑내기 강연자 송성한이었다. 이야기에서 그 또한 자유로움 속 불안을 느끼고 있음을 알 수 있었다.

「틀린 길은 없어요 떠나세요. 내 맘대로」

목표 없이 그저 자유롭게 살았던 시간이었습니다. 나이가 조금씩 들면서 불안하기도 했고, 무엇을 해야 하나 고민이 많았던 시기에 저는 동티모르라는 나라로 해외 봉사를 가게 됩니다. 동티모르는 인도네시아와 호주 사이에 강원도 면적에 아주 작은 나라입니다. 동티모르라는 나라 들어보셨나요? 2002년에 독립한 신생 독립국이자 포르투갈과 인도네시아의 식민 지배를 받았던 하지만 내전의 아픔까지 겪었던 나라입니다. 어렸을 적 어렴풋이 우리나라에서 평화유지군을 파견했다는 뉴스를 본 기억이 있는데요. 왜 동티모르를 지원했냐고 물으신다면 제가 지원할 수 있는 국가

중에 가장 멀게 느껴졌기 때문입니다. 그래서 무언가 새로운 출발을 할 수 있겠다는 막연한 생각을 하게 되었죠.

그런데 막상 해외 봉사단에 선발되고 나니 과연 내가 이 나라에 보탬이 될 수 있을까 하는 고민에 빠지게 되더라고요. 도피성도 짙고, 유독 초라해 보이는 제가 그곳에서 잘 지낼 수 있었을까요? 그 고민의 해답은 내가 가장 잘하는 것과 나에게 가장 행복했던 순간을 이곳에서 나눠보자는 결론이었습니다. 행복했던 순간, 그리고 잘하는 것을 생각하니 고등학생 때 방송반에서 라디오 프로그램을 진행하며 이야기와 음악을 전달하던 송성한이 떠올랐습니다.

그래서 작은 목표를 가졌습니다. 동티모르에서 현지 아이들과 팟캐스트와 같은 프로그램을 만들어보는 것. 작은 라디오 프로그램을 만들고 싶었죠. 계획이 잘 되었을까요? 쉽지 않았습니다. 가장 큰 장애물은 언어였죠. 포르투갈어를 사용하는 현지인들과 서툰 영어만 쓸 수 있었던 저의 만남은 난감한 만남이었죠. 그래서 저는 동티모르 현지어를 배우기 시작했습니다. 공부하면서 대본을 만들고, 통역사 선생님의 도움을 받아 라디오 제작을 준비했습니다. 정말 신기한 건 함께 하니 어려움이 해결되었다는 사실입니다. PD, 작가, DJ에 대한 역할을 함께 학습하고, 노트북을 사용해서 프로그램 편집까지 함께 하게 되었습니다. 우리끼리 작은 목표로 시작했던 라디오가 마지막 진행할 때 즈음엔 동티모르 국영 방송국에서 견학을 오는 일도 있었습니다. 그 과정에서 한 아이가 말했습니다. "선생님 저 기자가 되고 싶어요." 내가 한 작은 일들이 누군가의 꿈이 될 수 있다는 생각으로 설레는 시간이기도 했습니다.

동티모르에서 라디오와 더불어 꿈같은 추억이 더 있습니다. 사람으로 인해 얻은 행복인데요. 제게 행복의 의미를 알려준 두 사람과 동티모르 가족들이 있습니다. 먼저 소개해드릴 사람은 사투 형. 사투는 인도네시아어로 일 혹은 하나를 의미합니다. 그래서 물어봤습니다. 형, 왜 이름을 인도네시아어 '하나'로 지었나요? 그러자 사투 형이 대답합니다. "나는 식민 지배 시절과 동티모르 내전으로 일가친척까지 모두 잃어버렸어. 인도네시아로 인해 오로지 나만 남게 되어 '하나'로 이름을 지었어." 마음 한구석에서 미안함과 안타까움이 몰려오는 찰나, 사투형은 말합니다. "하지만 지금은 나보다 더 큰 아픔을 가진 사람들도 많을 거야. 그리고 피가 섞인 가족은 없지만, 마을의 이웃들 친구들이 모두 내 가족이 되어줬어. 이제는 이들을 지키고 싶어." 그래서 사투형은 동티모르 군대에 입대해서 조국을 지키는 늠름한 군인이 되었습니다.

지금 내게 남겨진 고된 현실을 원망하기보다 나보다 더 큰 상처를 안고 사는 사람들도 있을 거라며 오늘을 감사하게 살되 함께 살아가는 이들의 행복을 지켜주고자 노력하는 사람이었던 거죠.

두 번째 소개해드릴 사람은 노나입니다. 기분이 울적했던 날, 길을 정처 없이 걷다 만난 노나에게 이렇게 물었습니다. "난 안 행복한데, 넌 행복하니?" 그러자 그녀는 답합니다. "응 나는 행복해. 새로운 친구가 생겼거든." 그 때 저는 두 가지를 반성하게 됐습니다. 첫 번째는 그녀가 난민촌에 거주하고 있다는 사실을 알았을 때, 내가 얼마나 철없는 말을 한 것인지.

두 번째는 행복. 나는 너무 큰 행복만을 바란 건 아닌지. 나를 행복하게 만들어주는 모든 것을 외면한 채 행복을 찾아 헤매고 있었다는 걸요. 봉사단원이라는 이름으로 떠난 최빈국이었지만 오히려 마음이 빈곤했던 것은 저였다는 사실을 깨달았습니다. 그래서 더 많은 것을 받고 배우고 돌아올 수 있었습니다. 저는 한국에 있을 때 혼자라는 생각을 참 많이 했었습니다.

가정형편이 어려워 맞벌이 부모님으로 혼자 있는 날이 많았고 누군가와 함께하는 것보다 앞서가기 위해 혼자를 선택한 날이 많았죠. 혼자가 익숙해지기 위해 노력했고 누구보다 빠르게 나아가야 한다는 생각을 하고 살았습니다. 그런데 동티모르 가족들을 만나면서 조금씩 변화하기 시작했습니다. 생각이 깊이 잠길 즈음이면 그들은 춤과 노래로 분위기를 흥겹게 만들어주었고

먼 산이나 바다를 바라보며 상념에 잠긴 저에게 동티모르 아버지는 '너무 많은 생각 말고 잠이나 자라'라는 말을 해주었습니다.

한국에 돌아와서 저는 동티모르와의 인연을 이어갔습니다. 동티모르에서 우리나라에 파견된 외국인 근로자를 위해 통역을 돕기도 하고, 한국에 파견된 정부초청 장학생이 한국생활 적응을 할 수 있도록 돕는 봉사활동을 하고 있습니다. 동티모르에서 배운 용기를 다시 베풀고 싶은 마음이었습니다. 한 번도 꿈꾸지 못했던 것들. 그래서 두렵기도 하고 걱정도 많았습니다. 하지만 결국 이 모든 것을 헤쳐나갈 수 있도록 용기를 준 것은 사람이었습니다. 불확실한 내일, 한 치 앞을 내다볼 수 없는 청춘의 오늘. 하지만 여러분의 마음이 이끄는 대로 간다면 결코 틀린 길은 아닐 것입니다. 오늘 제 이야기의 주제 생각나시나요? 생각나신다면 같이 외쳐보고 싶습니다. 틀린 길은 없어요. 떠나세요. 내 맘대로.

그는 어려운 상황에서도 웃으며 삶을 살아가는 이들을 보고 성장했을 것

이다. 낯선 환경에서의 새로운 경험은 성장을 동반한다. 해외의 경험은 송성한의 성장을 함께했다. 해외여행 또는 해외 봉사는 누구나 꿈꾸는 자유 중 하나이다. 나 또한 2015년 1월 미얀마로 해외 봉사를 다녀왔을 때 느낀 꿈같은 시간이 여전히 눈에 선하다. 11박 12일 동안 찬뻬 초등학교 보수공사와 문화 및 교육 봉사를 진행했다. 아이들과 함께 수업했던 순간, 함께 했던 동료들과의 추억, 밤새 나눴던 이야기 등 학점과 취업에 얽매였던 대학생활을 던지고 오롯이 쉬고 놀고먹고 즐기는 시간을 보냈었다. 취업 현실에 얽매여 삶이 힘들 때 선택했던 활동이었다.

동티모르로 떠났던 그 또한 자유로움을 느끼고 싶었을 것이다. 자유로움과 더불어 무언가를 깨닫고 성장의 기회가 많았음이 보였다. 동티모르에서 기획하고 진행했던 라디오 프로그램을 시작으로 사람과 만나면서 변화와 성장을 느꼈던 그의 삶이 눈에 아른거렸다. 취업을 고민하는 20대 청년의 삶이 쉽지 않다는 것을 안다. 자유로운 시간 속에 불안함은 계속 됐을 것이다. 짧은 기간의 경험으로 끝날 수 있었으나, 그는 결코 일회성 활동에 그치지 않았다. 그는 한국으로 돌아와 동티모르 출신 누군가에게 도움이 되고자 통역 봉사부터 다양한 활동을 이어왔다. 사람의 크기가 겉으로 보이는 외형적인 것이 아닌 내면에 무언가로도 보인다는 사실을 나 또한 상기했다. 그는 내면이 대단한 사람이었다. 내면의 성장으로 그는 본인의 역할에 충실했고, 꿈을 향해 묵묵히 걸어갔다. 그 결과 지역의 아나운서로 취업하여 본인의 삶을 살아가는 중이다. 자유로운 삶을 지향하더라도 현실의 상황을 고려해야 하는 것이 우리의 삶이기에 그의 취업을 더 힘껏 축하했다. 자유로움이 무조건 옳다고 생각하는가? 물론 자유는 중요하다. 그러나 지금의 현실에서 자유는 불안을 동반한다. 우리는 누군가에 의해 규정되고 보여주는 것에 익숙하기에 자유를 얻어도 편하지만은 않다. 언제나 울타리 안에 있었고, 누군가의 품에 있었고, 어디엔가 의지하며 살아가기 때문이다. 자유도 학습이 필요하다. 홀로서기를 해본 경험이 중요하다. 진정한 어른이 된다는 건 학습된 자유 속에서 불안을 관리하며 살아가는 것이다. 우리의 불안을 완전히 해소하는 것은 어렵다. 그저 안고 살아갈 뿐이다.

C. 막연함을 설렘으로

갑작스러운 회사의 퇴사 통보를 받았다면 무엇을 해야 할까. 계획 없이 내일을 살아가는 일은 암담하다. 질병이나 사고로 인해 문제가 생길 수 있고, 심경의 변화가 있을 법한 상황을 마주하여 기존의 삶의 틀이 깨질 수 있다. 반복해서 돌아가던 톱니바퀴가 멈췄을 때, 공허함과 막연함을 동시에 마주하게 된다. 막연함은 곧 불안으로 이어진다. 소속이 없는 자유, 내가 하고 싶은 일을 하고 싶다는 욕망, 무언가를 하고 있음에도 하는 게 아무것도 없다고 말하는 시대를 살아가고 있다. 쉬운 일이 없다.

최근 들어 사업이나 창작 또는 예술 관련 일을 하려는 사람이 늘고 있다. 어렵게 취업을 했지만, 사업을 하고 싶다거나 본인이 좋아하는 일을 하기 위해 퇴사를 고민하는 사람들도 많다. 사업을 하고 있으니 가볍게 상담을 하는 사람이 꽤 많다. 누군가 나에게 창업을 고민하고 있다고 말한다면 내가 꼭 던지는 질문이 있다. 하나, 진짜 미칠 수 있는 콘텐츠나 일이 있는가? 둘, 배고픔과 무시 등의 어려움을 최소 3년은 견딜 준비가 되어있는가? 셋, 매일 찾아오는 무거운 불안함을 단 하루라도 설렘으로 느낄 수 있겠는가? 세 가지 모두 어렵지만, 앞에 두 가지는 고개를 끄덕일 것이다. 하지만 세 번째는 이해가 쉽지 않다. 무슨 말인지 모르겠다고? 말 그대로 막연한 불안함을 설렘으로 느낄 수 있어야 도전할 수 있다. 당장 오늘 일이 없거나 매출이 없으면 불안한 게 당연하다. 사업을 할 때 매출이 없다면 무엇을 어떻게 하면 매출이 발생할까 고민만 하고, 불안해하는 사람이라면 지속적인 사업은 어렵다. 누군가는 앞으로 잘될 것 같다는 설렘을 느끼는 사람이 있다. 조금 변태 같지만 내가 만난 대표들은 대부분 그러했다. 프리랜서로 살아가는 사람도 마찬가지다. 오늘 당장 일이 없고, 1개월 이상 쉬고 있어도 그저 불안해하기만 한다면 좋아하는 일을 지속적으로 한다는 것에는 한계가 있다. 자본의 가치를 포기하라는 의미가 아니다. 생계를 위한 돈벌이도 중요하지만 불안함 속에서도 가능성에 대한 설렘, 새로움에 대한 설렘이 필요하다는 것이다. 열흘이 불안해도 하루의 설렘을 느꼈다면 도전해도 좋다. 다만 과정의 노력은 필수불가결이다.

  강연을 시작하고 불안함은 그림자 같았다. 강연의 기회는 그리 자주 있지 않다. 그렇다고 무방비로 불안해하고 있을 수 없었다. 기회를 만들기 위해 발로 뛰었고, 사람을 만났다. 그 결과 강연의 기회는 다양한 방법으로 찾아왔다. 강연하는 일은 설렘의 연속이라 생각했으나, 초심과 달리 3년이 지난 즈음부턴가 강연의 기회가 소중하게 느껴지지 않았다. 기업, 대학, 학교, 기관 등에서 강연을 경험하고 다양한 무대를 기획하여 진행자로서 역할을 맡아 일하다 보니 자연스럽게 익숙해졌다. 익숙함에 속아 소중한 것을 잃지 말자는 말도 있지 않은가. 나는 이미 속고 있었을지 모른다. 좋아했던 일이 즐겁지 않은 상황을 고민하던 중, 2019년 여수의 한 고등학교에서 특강 요청이 왔다. 2017년 여름, 아무것도 없던 나에게 특강요청을 했던 선생님이 2년이 흘러 다시 연락이 온 것이다. "선생님, 안녕하세요. 00고 진로교사 000입니다. 기억하시나요? 제가 2년 전에 강연 요청을 했었는데, 그때 아이들 반응이 너무 좋아서 이렇게 다시 연락드려요." 시외버스를 타고 2시간 이동해서 다시 시내버스로 한 시간을 가야 하는 길이었다. 하지만 망설임 없이 말했다. "네, 언제가 좋으세요?" 교통비를 빼면 남는 것도 없는 금액으로 나의 하루를 고스란히 보내야 했지만 고민하지 않았다. 아무것도 없던 나에게 처음으로 기회를 주었던 학교였고, 그 선생님의 요청이었기 때문이다. 더 많은 것을 경험하고 이야기할 내용이 생긴 나로서는 전문성을 가지고 더 좋은 강연을 할 수 있다는 생각으로 가득했다. 강연 당일 여수에 도착해서 시내버스에 몸을 실었다. 이어폰을 끼고 음악을 들으며 여행인 듯 가벼운 마음으로 창밖을 바라보았다. 도착하기 20분 전, 이유 없이 가슴이 뛰었다. 두근두근. 설렘이었다. 잃었다고 생각했던 초심이었을지 모른다. 하나의 생각이 스쳤다. '빨리 가서 학생들을 만나고 싶다. 만나서 이야기하고 싶다.' 3년 동안 몇 번의 강연을 했는지 셀 수 없을 만큼 해왔기에 긴장도 설렘도 무뎌진 시기였다. 좌석을 가득 채운 청중 앞에서 강연할 때도 덤덤했던 마음이 요동쳤다. 내가 강연을 사랑하는 게 맞는지 의문이 들고, 미래에 대한 막연한 생각에 빠져 고민할 때 초심은 다시 나를 설레게 했다. 강연은 학생들의 뜨거운 호응으로 끝이 났고, 설렘을 되찾은 설렘으로 시내버스 창밖을 멍하니 바라보았다.

막연함. 좋아하는 일을 하다가도 불현듯 찾아오고, 일이 잘 안 풀릴 때 수시로 찾아오는 답답한 마음이다. 갑작스러운 변화로 인해 마주할 수도 있다. 하지만 그 막연함 속에서 내가 무엇이든 도전할 수 있고, 시작할 수 있다는 믿음이 필요하다. 새로운 일을 준비할 때 두근거림을 느낄 수 있다면, 그래서 그 불안감을 설렘으로 단 한 번이라도 느낄 수 있다면 무엇이든 시작해도 좋다. 내 이야기의 주인공이 될 준비가 되었다.

현실을 충실하게 살아가고 있다면 새로운 도전은 더욱 어렵다. 이미 주어진 일을 해내기에도 벅찬 삶인데, 새로운 도전이라니. 이미 본업에서 마음이 떠버린 사람들이 새로운 일을 동시에 준비하는 경우를 종종 목격한다. 딴마음 품고 일하는 사람을 알아채는 일은 그리 어렵지 않다. 만약 내가 완벽하게 포커페이스에 성공했다고 생각하면 오산이다. 비밀연애를 할 때, 둘 빼고 모두가 아는 것처럼. 이렇게까지 하는 이유는 가진 것을 놓는다는 것이 쉬운 일이 아니기 때문이다. 하던 일을 그만두는 것은 어렵다. 본인이 하던 일과 전혀 다른 일에 도전하며 설렘을 느꼈다고 밝게 웃으며 이야기했던 강연자 송수연을 만났다. 그녀는 가야금 연주자로 살다가 기획자의 삶에 뛰어들었다. 막연함을 넘어 설렘으로 향했던 그녀의 이야기는 사람들에게 작은 울림을 주기에 충분했다.

「D.T.C (Doing, Thinking, Catching)」

나는 제주도에서 태어났다. 학창시절 공부에 흥미가 없었기에 당시 접했던 것 중 재미있었던 가야금을 전공하게 되었다. 청소년기를 가야금으로 보내고 대학 또한 국악학과로 진학했다. 어릴 때부터 가야금 연주자에 대한 확신이 있었으나 대학교 3학년이 되었을 때 악기에 대한 회의감이 들었다. 아마 이유는 앞으로 어떻게 살아야 할지에 대한 고민과 다른 사람들과 비교하는 열등의식 때문이었을 것이다. 아무것도 하지 않고 힘들어하기보다 '무엇이든 도전을 해보자' 결심했다. 도전할 분야를 찾던 어느 날, 카페에 앉아 시간을 보내다가 옆에서 '기획, 광주문화재단, 신문지 프로젝트'라는 단어들이 귀에 들어왔다. 무언가에 이끌린 듯 검색을 해보았고, 재미있을 것 같다는 설렘이 찾아왔다. 그리곤 망설임 없이 옆에서 이야기하고 있던 '신문지 프로젝트'를 신청했다.

이 프로젝트는 문화기획에 대해 배우고 직접 실행할 수 있던 프로젝트였다. 총 6개월의 시간을 참여했는데, 앞의 3개월은 일주일에 2회씩 문화기획에 대한 교육을 듣고 멘토와 이야기는 나누는 시간이었다. 처음 기획을 접했을 때는 그저 가야금이 아닌 다른 분야에도 내가 할 수 있는 것이 있다는 확신을 얻는 것이 목표였다. 하지만 내 마음을 확인하는 것이 전부였던 도전은 나를 지치게 했다. 생각보다 빠르게. 그날도 지친 마음으로 억지로 교육을 듣고 있던 날이었다. 멘토와 이야기를 나누는 시간에 멘토가 나에게 말했다. "기획에 참여하는 사람들은 바보가 아니야. 네가 어떤 마음으로 기획을 하는지 다 알고 있어. 과정을 중시하는지 아니면 결과만 중시하는지." 이 말을 듣고 나는 부끄러웠다. 생각을 조금 바꿔보자는 다짐을 하고 스스로에게 말했다. '나의 욕심을 내려놓고 다른 사람들이 원하는 기획을 해보자.'

기획에 대해 배우는 3개월의 시간이 지나고 남은 3개월은 기획을 직접 실행해보는 기간이었다. 내가 처음으로 기획한 프로젝트는 '나를 타인으로 보고 나에게 가장 필요한 것은 무엇인지, 나를 위한 기획은 무엇일까?'에서 시작했다. 제주도에서 광주로 올라와 오랜 시간 자취를 했다. 자취를 하며 느꼈던 외로움과 우울함. 나는 경험을 토대로 1인 가구를 위해 반려식물을 키우며 커뮤니티를 형성할 수 있는 '반려식물 프로젝트'를 기획했다. 새로운 도전을 시작했다는 나에게 사람들은 말했다. '전공이나 열심히 해라'. '다른 것을 도전하기에 늦었다.' 괴로웠다. 인정을 받고 싶어서가 아니라 가야금에 대한 권태기이자, 살아남기 위한 발버둥이었다. 오히려 이 말들을 들으면서 '내가 보란 듯이 보여주겠다.'하는 욕심이 생겼다.

포기하지 않고 끝까지 추진한 프로젝트에는 17명의 참여자가 함께

했고, 모두가 식물 다이어리를 작성했다. 1인 가구로 살아가는 자취생들은 커뮤니티를 형성하였고, 서로의 삶을 공유하고 위로받았다. 대단한 경험일수도, 그저 그런 경험일 수도 있었다. 하지만 평생 가야금 연주자로 살아왔던 나에게 이러한 도전과 경험은 설렘을 가져다주었다. 6개월에 걸친 자취생들이 외로움과 공허함을 반려식물을 통해 극복할 수 있는 '반려식물 프로젝트'는 정말 감사하게도 광주문화재단에서 1등을 수상하고 전국 아이디어 공유회에서 문체부 연구원장상을 수상할 수 있었다. 이 기획을 하면서 자취생들의 회복과 변화를 통해 나도 변화되었고 위로받았다.

새로운 분야인 기획에 도전한 나만의 D.T.C (Doing, Thinking, Catching) 를 통해 '남들을 위로하는 안식처 같은 사람'이라는 비전이 생기게 되었다. 이 비전이 생기니 연주자로서 기획자로서 매사에 열정을 가진 지금의 나, 송수연이 될 수 있었다.

국악을 전공했고, 가야금을 연주하던 송수연에게 기획은 그저 단순한 일탈이 아니었을 것이다. 오랜 시간 함께한 가야금과 잠깐 헤어짐의 시간이 필요했을지 모른다. 가야금이 싫어서가 아니라 더 사랑하기 위해 잠시 내려놓은 것이라고 나는 생각했다. 평생 해오던 연주를 내려놓았을 때의 막연함과 두려움이 작지 않았음을 알고 있다. 그녀는 누군가 하하호호 웃으며 나누는 옆 테이블의 이야기가 부러웠을 것이고, 그래서 작은 소리에 귀 기울여 정보를 검색했을 것이다. 막연한 상황에서 새로운 출구로 문화기획을 접하게 되었고, 생각보다 재미있고 의미 있게 6개월을 보냈다. 심지어 결과까지 좋았기에 강연을 통해 이야기를 나누고 싶은 마음도 이해가 된다. 그녀가 보낸 시간은 자신의 삶에서 막연한 상황을 설렘으로 바꾸기 충분했다.

문화기획이라는 새로운 도전도 할 수 있었고, 기획이 재미있지만 어렵다는 사실을 알게 됨과 동시에 그녀는 가야금을 더 사랑할 수 있었다. 가야금과의 권태기를 극복하는 시간이었다. 좋아하는 일을 한다는 것은 그렇다. 하다 보면 막연한 순간이 찾아온다. 꼭 좋아하는 일로 설렘을 느끼는 것만이 아니라 새로운 일이라도 설렘을 느낄 수 있다면 도전해도 좋다. 여유가 있다는 것이고 다시 일어설 수 있다는 의미라고 생각하기 때문이다. 강연자 송수연은 강연이 끝나고도 설렘을 이어갈 수 있었다.

강연대회와 나의 인연은 예술대학 앞에 걸려있는 현수막을 통해 시작되었다. '누구나 할 수 있지만 아무나 할 수 없는 이야기. 당신의 이야기를 들려주세요.' 위 문구가 나의 가슴을 뛰게 했다. 그 순간 내 머릿속에는 많은 청중 앞에서 강연하고 있는 강연자 송수연의 모습이 상상되기 시작했다. 집에 돌아와 컴퓨터 앞에 앉아 신청서를 작성하기 시작했다. 하지만 당장 나에게 놓여있는 졸업연주회와 임용고시, 대학원 진학 준비까지 해야 하는 벅찬 상황이 눈앞에 아른거렸다. 그러나 현수막을 보고 그 자리에서 밀려왔던 가슴 떨림은 계속되었고 졸업을 앞두고 강연대회는 나에게 소중한 경험이 될 것이라는 특별한 확신이 들었다. 부푼 마음을 가지고 신청서를 작성한 후 면접에 합격했다. 그러나 막상 실제 강연 준비를 하려고 하니 누군가에게 나의 이야기를 한다는 것 자체가 어색하고 힘들었다. 결국 '누군가에게 나의 강연이 도움이 된다면?, 한 사람이라도 나의 마음에 공감해준다면?'을 생각하며 내가 왜 강연에 도전하게 되었는지를 돌아보고 강연의 핵심내용을 갖출 수 있었다.

강연을 준비하면서 강연 마무리를 어떻게 해야 할지가 가장 어려웠고 감이 잡히지 않았다. 그러나 김경한 대표님과 피드백을 통해 답을 찾게 되었다. 답은 '진실성'이었다. 있는 그대로의 나를 보여주라는 조언을 듣고 D.T.C를 통해 발전해가는 '송수연' 그대로를 말하고 싶었다. 강연을 마무리하면서 나는 직업적인 꿈을 찾지 못했다고 솔직하게 이야기했다. 나에게는 선택할 수 있는 직업이 많다. 반대로 말하면 하나의 확실한 길로 가지 않는다는 것이다. 막연하지만 기획자, 연주자, 선생님, 교수님 등 다양한 삶의 선택지가 있다는 것에 설렘을 느끼기도 한다. 무엇이든 할 수 있다는 사실 때문에.

D.T.C 강연이 끝나고 청중들과 소통하며 이야기를 함께 나누었다. 한 청중이 물었다. '나도 비전이 있지만 꿈을 못 찾았다는 것에 공감하고 큰 위로가 되었다. 혹시 송수연 강연자는 새로운 도전을 할 때 두려움을 어떻게 이겨내는지 궁금하다.' 나는 두려움을 바로 이기려고 하지 않고 오늘 사소하게라도 바꿀 수 있는 것들을 통해 두려움을 이겨내려 한다고 진심을 담아 대답하였다. 이 질문을 해준 청중 덕분에 나의 강연이 한 사람을 위로해주고 공감할 수 있다는 것에 대한 확신과 짙은 감동이 밀려왔다.

앞으로 살아감에 있어서 강연은 나의 소중한 밑거름이 되었다. 대학을 졸업하고 사회에 나가야 하는 나를 다시 한 번 돌아보며 더욱 큰 기대와 비전을 굳건하게 할 수 있었다. 강연 코칭과 삶에 대한 조언을 해주며, 자신의 이야기처럼 공감하고 더 나은 방향으로 이끌어주신 김경한 대표님께 정말 감사하다. 나의 강연을 돌아보며 말하는 기술과 약간의 매끄럽지 못한 진행이 있었기에 100% 완벽했다고 말할 수 없다. 그러나 나의 강연이 완벽하지 않고 아쉬움이 남는 사람 냄새가 나서 더 좋았다. 이 D.T.C를 통해 나는 '강연자'라는 새로운 직업에 대한 나의 가능성을 *catching*할 수 있게 되었다.

직업으로서 '강연자'. 막연하지만 설레는 이름이다.

그녀가 다시 가야금을 잡을지 알 수 없다. 오랜만에 묻는 안부에 교사라는 꿈을 선택해 시험을 준비하고 있다고 했다. 노량진에 고시원을 잡고 음악 교사라는 꿈을 위해 공부하는 스스로를 초라하다고 표현했다. 3년 전 강연을 통해 만났던 송수연의 강연과 이야기를 다시 이야기해주었다. "그때의 송수연이 참으로 멋졌노라고." 그러자 그녀는 말했다. "마음은 여전히 그렇게 살고 있어요. 그래도 나이의 무게를 이기는 건 쉽지 않더라고요. 그래서 현실을 선택했어요." 도전을 멈추지 않고 계속해서 강연의 길을 걸어가는 대표님이 대단하다는 칭찬을 덧붙였다. 짧았지만 30분간의 통화에서 여전한 웃음소리를 들을 수 있었다. 새로운 상황이 주는 막연함을 설렘으로 느낄 줄 알고, 본인의 노력과 의지로 결과를 만들어 냈던 그녀이기에 무엇이든 할 수 있는 사람이라 믿는다. 그녀가 가야금 소리처럼 맑고 청아한 삶을 살아가기를 바란다.

D. 고독이 꼭 나쁜 것은 아니야

"부담감에 두렵다."

강연 무대에 오르면서 처음으로 두려움을 느낀 적이 있다. 2017년 크리스마스 이브, 국립대학 학생회에서 강연 요청이 왔고, 이제 막 강연을 시작했던 터라 별도의 협의 없이 요청에 응했다. 가수 에릭남, 김나영 님의 무대와 하상욱 시인의 강연이 있는 그 무대에서 강연을 하게 되었다. 처음으로 유명인들과 함께한 무대였다. 여담을 하나 소개하자면 행사 홍보 포스터에 다른 출연자는 멋진 프로필 사진을 사용했는데 내 사진은 조금 달랐다. 보낸 프로필에 있던 취업용 증명사진을 홍보 포스터에 넣어서 다른 출연진과 달리 내 사진만 딱딱한 모습으로 우스꽝스럽게 등장했다. 지금 보아도 황당한 모습이지만 잊지 못할 추억이다. 강연을 시작한 지 1년 남짓. 과분한 자리에 초청받았다. 사람은 객석을 가득 채웠고, 처음으로 수백 명 규모의 무대에서 강연이 시작되었다. 수백 개의 눈이 바라보는 무대 위에서 처음으로 두려움과 긴장감을 느꼈다. 잘할 수 있을까 걱정도 되고, 많은 사람의 시선이 오롯이 나에게 집중됨을 느꼈다. 큰 무대 위 홀로 서서 조명을 받고, 두 시간을 채워야 했다. 두 시간. 영화 한 편, 연극 한 편, 뮤지컬 한 편을 볼 수 있는 시간이고, 유명 연예인의 콘서트에 참여할 수 있는 시간이다. 그만큼 충분한 가치를 줄 수 있을까? 어깨가 무거웠다. 이전까지는 많아야 4~50명 내외의 사람들과 작은 공간에서 이야기를 나누는 느낌이라면 그 날은 정말 '강연자'로서 무대에 선 기분이었다. 누구에게 의지할 수 없고, 기대하는 관객들의 마음을 충족시켜야만 하는 자리였다.

"안녕하세요. 강연을 강연하는 청년 김경한입니다." 주사위는 던져졌고, 강렬한 조명을 단독으로 받으며 강연은 시작되었다. 군중 속의 고독이라는 말이 다양하게 해석될 수 있지만 그 날 내가 느낀 감정을 정확하게 설명해주었다. 한 사람의 화자와 수백의 청자가 마주했다. 입장과 목적이 다른 청중과의 긴장감 넘치는 대치였다. 누군가의 이야기를 듣고, 판단하고, 생각할 사람들의 무리 속에 나는 홀로 이야기를 시작했다. 아주 외로운 시간이었다. 강연 무대에서 느끼는 외로움을 알게 되었다. 이야기를 한다는 것은 누군가의 집중을 받는 일이고, 누군가의 생각이 더해지는 일이다. 청중과 호흡하는 강연이 누군가에겐 '함께'하는 일이 될 수 있다. 하지만 객관적 시선으로 바라본

강연은 나 혼자 다른 방향을 보고 서 있어야 하는 일이었다. 모두가 무대를 볼 때 그들을 보고 이야기하는 유일한 사람으로 견뎌야만 했다.

외로움은 홀로 무대에 서야 하는 상황 때문만은 아니다. 들을 준비가 되지 않은 사람 앞에서 이야기할 때 가장 크게 느껴진다. 돈을 벌기 위해 나와 맞지 않는 자리에 강연자로 서는 일은 세상에 혼자 남은 기분이 든다. 시수를 채우기 위해 어쩔 수 없이 들어야 하는 소양 교육과 같은 의무 교육에서는 이야기가 더 어렵다. 내 이야기가 듣고 싶어서가 아니라 그저 시간을 채우기 위한 자리에서 듣는 이들의 표정은 딱딱하고 어둡기만 하다. 당황스럽지만 나에게 말한다. "내 이야기에는 충분한 가치가 있다. 내 강연에는 충분한 재미가 있다. 내 위기에는 반전의 기회가 있다." 그렇게 홀로 무대에 오른다. 사람들 앞에 당당하게 선다. 언제나 사람들의 마음을 돌렸고, 이야기를 전했다. 이야기가 가진 힘이 있고, 해내고 말겠다는 의지가 있기에 무대에 오롯이 홀로 선 그 순간에도 언제나 나는 강연자였다. 환경과 조건을 탓하면 할 수 있는 게 없지 않은가? 무대에 홀로 있는 두려움과 외로움에도 끝내 해내는 것이 가장 중요하다. 세상의 이야기가 들리지도 보이지도 않아서 삶이 오롯이 홀로라고 느껴질 수도 있을 강연자 박관찬의 강연은 외로움을 고민하던 내 생각을 바꿔 놓았다. 그는 두려움과 외로움 앞에서도 주눅 들지 않고 스스로 삶의 주인공이 되었다.

「청년은 오늘도 첼로를 연주합니다」

안녕하세요, 제 이름은 박관찬입니다. 밥반찬 아니고요. 사람들이 제 이름을 많이 혼동하더라고요. 그래서 '밥반찬'이 아닌 '박관찬'으로 제 이름을 기억해주시면 좋겠습니다. 저는 대구대학교에서 법학 석사를 취득했고, 현재는 같은 대학 박사과정에서 장애학을 공부하고 있습니다. 또 장애인권언론 〈함께걸음〉에서 기자로 일하고 있고, 장애인식개선교육 강사로 활동하고 있기도 합니다. 그런데 저는 눈과 귀에 장애를 가지고 있습니다. 눈에 장애를 가지고 있는 사람을 시각장애인이라고 하죠. 그리고 귀에 장애를 가지고 있는 사람은 청각장애인이라고 합니다. 즉 저는 잘 보지도 못하고 듣지도 못하는 시청각장애인입니다. 우리 대한민국 장애인복지법에는 총 15가지의 장애유형을 규정하고 있는데, 시청각장애는 따로 규정을 하고 있지 않아요. 법에는 시각장애를 규정하고 어떤 지원을 해야 하는지 나와 있는데, 시각장애인이 앞을 보지 못하니까 음성도서를 지원해줄 수 있죠? 그런데 시청각장애인은 청각에도 장애를 가지고 있으니까 음성도서를 지원해준다고 해도 혜택을 받을 수가 없습니다. 또한 청각장애인에게 문자나 수어로 통역을 지원해준다고 해도, 시청각장애인은 시각에도 장애를 가지고 있기 때문에 그런 지원을 제대로 받을 수가 없습니다. 즉 장애인복지법에서 시각장애인과 청각장애인에게 지원하는 내용을 규정하고 있어도, 시청각장애인에 대한 지원을 받을 수가 없습니다. 그래서 시청각장애인은 복지의 사각지대에 있으면서, 장애의 특성과 정도에 따라 제대로 된 지원을 받지 못하며 어려운 환경에 놓여있습니다.

저 또한 지금 이 자리에 오기까지 시청각장애로 학업과 취업뿐만 아니라 일상생활에서도 많은 어려움을 겪었습니다. 시청각장애에 맞는 지원을 받지 못해서 현실의 높은 벽에 부딪혀 좌절할 때가 많았습니다. 그럴 때 한 번씩 영화를 보곤 했는데, 제가 지금까지 봤던 영화 중에서 가장 감명 깊게 본 영화를 그 시기에 봤어요. 일본영화 '굿바이'입니다. 저는 영화의 스토리보다 남자 주인공이 영화에서 첼로를 연주하는 부분에 주목했어요. 물론 저는 청각장애로 인해 첼로의 소리를 듣지 못할 뿐만 아니라, 첼로라는 악기도 그 영화를 보고 처음 알았습니다. 왜 첼로연주에 주목을 했냐면, 남자 주인공이 힘들고 마음이 괴로울 때마다 첼로를 연주할 때의 표정, 그 표정을 잊을 수가 없었거든요. 힘든 상황에서 잠시 벗어나 편안해 보이는 그 표정 말이죠. 그래서 저도 남자 주인공처럼 힘들고 어려울 때마다 첼로를 연주하고 싶다는 막연한 생각으로 첼로를 배우게 되었어요. 사실 제가 소리도 못 듣는데 어떻게 첼로를 배울 수 있을지 고민도 걱정도 되었던 게 사실이지만, 너무 감사하게도 좋은 선생님을 만나 열심히 첼로를 배울 수 있었습니다.

저의 하루에서 첼로를 연주할 때가 가장 행복한 시간이 되었을 정도로, 그냥 활로 첼로의 줄을 그을 수 있다는 사실 자체만으로도 저는 너무 기뻤어요. 그래서 낮과 밤을 가리지 않고 정말 열심히 연습했어요. 그런데 어느 날, 제가 외출을 하려고 집을 나서는데 누가 우리 집 문에 포스트잇을 붙여 놓았더라고요. 거기에는 '악기 소리가 너무 시끄러워요'라고 적혀 있었습니다. 저는 그때 깨달았어요. 제가 연주하는 첼로의 소리가 이웃들에게 얼마나 크게 들리는지, 얼마나 큰 소음을 되는지요. 그때부터 저는 집에서 연습할 수 없게 되었어요. 그래서 첼로를 가지고 밖으로 나가서 아무 벤치에 앉아서 연습했습니다. 처음에는 사람들의 시선도 신경 쓰였지만, 첼로를 너무 연주하고 싶었기에 나중에는 신경 쓰이지 않았습니다. 매일 같이 열심히 연습했어요. 하지만 날씨가 추워지고 겨울이 다가오니까 밖에서 첼로를 연습할 수가 없었어요. 첼로가 현악기라서 주변 온도에 예민하게 반응하거든요. 그래서 다음 해 봄, 날씨가 따뜻해질 때까지 기다려야 했습니다. 그런데 하루 중에서 첼로 연습하는 시간을 가장 행복하게 생각하는 저에게는 다음 해 봄이 될 때까지 도저히 기다릴 수가 없었어요. 너무 첼로를 연습하고 싶었던 거죠. 어떻게 하면 좋을까? 정말 많은 고민을 했습니다. 고민 끝에 용기를 내기로 했어요. 제가 사는 건물의 이웃들에게 편지를 썼어요. 1층부터 3층까지 모든 이웃에게 다 편지를 썼습니다. 지난여름 악기 소리로 큰 피해를 드려서 너무 죄송하다고, 그렇지만 제가 청각장애를 가지고 있어서 첼로 소리가 큰 피해를 주는지 정말 몰랐다고, 너무 죄송하다고, 하지만 하루에 첼로 연습하는 시간을 가장 행복하게 생각하고 있다고, 그래서 하루에 오후 1시부터 2시까지 딱 한 시간만 연습하게 해주시기를 바라는 내용을 편지에 담았어요.

편지를 이웃들의 집 문틈에 꽂으려고 하는데 손이 덜덜덜 떨립니다. 마음속에서 두 녀석이 말해요. 한 녀석은 '정말 이래도 괜찮을까? 잘못하면 여기서 쫓겨날 수도 있을 텐데'라고 말했어요. 다른 녀석은 '아니야, 첼로를 연습하고 싶다면 이렇게라도 해야 해.'라고 말했죠. 결국 용기를 내어 문틈마다 다 편지를 꽂아두고 도망치듯이 집으로 왔습니다. 그날 밤부터 편지에 적어두었던 제 번호로 하나둘씩 문자가 오기 시작했어요. 대부분 마음껏 연습하라는 내용이었는데, 그중에서도 저에게 큰 감동을 주었던 문자가 있었습니다.

"인생의 즐거운 부분을 마음껏 즐기지 못해서 속상하시겠어요. 편지 잘 받았고요, 당신이 듣지 못하는 첼로의 소리 제가 대신 들어드리겠습니다."

나중에 알고 보니 악기 소리가 시끄럽다고 포스트잇을 붙였던 이웃이 바로 그 감동적인 문자를 보낸 분이었어요. 그 이웃은 처음에 제 편지를 받고 첼로가 저에게 어떤 의미인지도 모르고 무조건 시끄럽다고 해서 많이 미안해했지만, 저는 그 이웃 덕분에 악기 소리가 이웃들에게 얼마나 큰 소음으로 들릴 수 있는지 알게 되었기 때문에 이 일을 계기로 서로 잘 이해하면서 좋은 이웃이 될 수 있었던 것 같아요. 그 뒤로 저는 계속 첼로를 연습할 수 있게 되었고, 장애인식개선 교육에서 연주를 하기도 하는 등 다양한 연주 활동을 하고 있습니다. 2019년 4월 2일 세계 자폐인의 날에는 어울림 예술단에서 발달장애인과 앙상블을 하기도 했어요. 사실 저 혼자 첼로연주를 하는 건 몰라도 제가 소리를 못 들으니까 다른 사람들과 앙상블을 하는 것만큼은 저도 불가능할 거라고 생각했어요. 앙상블은 다른 사람들과 박자를 맞추는 게 정말 중요하니까요. 그때 어울림 예술단 단장님이 해주신 말씀이 있습니다. "불가능한 건 가능하게 만들면 됩니다. 할 수 없는 건 할 수 있도록 바꾸면 됩니다." 당시 어울림 예술단에서의 데뷔무대는 단장님 표현으로는 '발달장애인과 시청각장애인의 인류 역사상 최초의 앙상블'이었다고 합니다. 못할 것 같아도 방법을 찾아보면서 도전하고 해내는 그 과정이 얼마나 의미있고 가슴 벅찬지 저도 어울림 예술단 활동을 하면서, 첼로를 연주하면서 느끼게 되었어요.

이 지구상에는 정말 다양한 악기가 존재하죠. 그중에서도 첼로는 연주자의 심장에 가장 가까이 닿아 있습니다. 그래서 연주를 할 때, 첼로의 소리는 직접 듣지 못해도 저의 심장을 통해 마음과 영혼으로 첼로를 연주할 수 있게 되는 것 같아요. 저는 제 첼로연주를 통해 '시청각장애를 가지고 있음에도 첼로를 연주한다.'는 게 아니라, 자기가 하고 싶은 활동이 있으면 그것을 하기 위해 방법을 찾아서 열정적으로 도전하는 거라는 메시지를 전하고 싶어요. 장애라는 건 극복의 대상도, 넘어서야 하는 그 무엇도 아니라는 거죠. 제 활동을 통해 장애인과 비장애인으로 나누는 이분법적인 시선이 너무 강한 우리 사회에서, 장애인과 비장애인의 구분 없이 모든 사람이 더불어 행복한 사회를 만드는 데에 조금이라도 도움이 되면 좋겠습니다. 그래서 청년은 오늘도 첼로를 연주합니다. 감사합니다,

장애인을 바라보는 우리의 시선이 어떤 의도를 담고 있건, 그들은 부담을 느낀다. 우리는 과연 무엇을 배려하고 있는 것일까. 원치 않는 호의는 상대를 불편하게 만들 뿐이다. 편견 없이 동료 또는 친구로 바라볼 수 있는 사회가 성숙한 사회가 아닐까? 첼로연주를 하고 싶었지만, 소리를 들을 수 없었던 그의 이야기는 마음을 아프게 했다. 그리고 가슴을 뜨겁게 했다. 아직 겪지 않은 미래를 불안해하고, 답답해하던 내가 부끄러워지기도 했다. 그는 장애 인식개선 강사로서 교육을 진행하고, 기자로서 인터뷰를 진행하며 하루하루를 뜨겁게 살아가며, 오늘에 최선을 다하고 있다. 그가 선택한 것은 좌절이나 절망이 아니라 희망과 도전이었다. 감히 말하지만 배울 점이 많은 사람이다. 그는 말할 때 호흡과 말소리가 섞여 나와서 숨이 가쁜 사람의 이야기처럼 들린다. 말은 할 수 있지만, 자신의 소리를 들을 수 없기에 정확한 발성을 배우기 어려웠다. 그래도 그는 하고 싶은 일을 할 수 있다는 것에 감사했다. 시청각장애를 안고 살아가는 그는 듣는 것은 안 되지만 아주 희미하게 볼 수 있었다. 희미하게 보이는 시각을 통해 글이나 수화로 대화를 했다. 장애인권언론 '함께걸음'의 기자로서 이야기브릿지에 인터뷰를 요청했다. 어떻게 인터뷰를 하는지 궁금했다. 인터뷰 현장에 통역을 해주시는 분이 함께 오셨다. 그가 질문하면 내가 답을 했고, 옆에서 통역보조인이 즉시

기록을 하고 그에게 보여주었다. 평소 하던 인터뷰보다 시간이 더 걸리긴 했지만 더 잘 듣고 더 잘 보려고 노력하는 그의 모습에 감동했다.

카린 포슘의 「야간시력」에서 "고독해도 괜찮다. 다만 고독해도 괜찮다고 말해줄 또 다른 사람이 필요할 뿐이다"라고 말한다. 고독이나 외로움은 어쩌면 당연한 감정이다. 하지만 우리가 힘든 이유는 괜찮다고 말해줄 사람이 부족한 것은 아닐까. 힘들 때 옆에서 묵묵히 이야기를 들어줄 친구 한 명만 있어도 성공한 인생이라고 한다. 무슨 죄를 짓더라도 내 편이 되어줄 가족도 있다. 인생이라는 무대에 우리는 모두 홀로 서 있다. 무대에 설 때는 혼자일지 몰라도 무대 앞뒤에서 나를 응원해주고 바라봐주는 사람들이 있다는 것. 그 사실만 가슴에 품고 살아도 지금의 외로움과 두려움은 조금 나아지지 않을까? 사람의 인연이 신기한 것이 나의 혈육인 둘째 누나와 그가 대학 시절 인연이 있었다. 대구대학교 사회복지학과를 전공하던 우리 누나는 그의 논문 작성과 대학 생활에 소소한 도움을 주었다고 한다. 대학에서 연결된 인연이 흐르고 흘러 다시 이렇게 만나 반갑게 안부를 물으니 세상이 참 좁다고 느낀다. 어쩌면 무대 위에 또는 인생 위에 홀로선 외로움을 극복할 수 있는 건 이런 소소한 일상과 인연이 있기 때문이 아닐까.

E. 위로도 조언도 그저 숨일 뿐

"주는 자가 받는 이를 오랫동안 세심히 지켜봐 온 시간이 선물 받는 이의 만족도를 좌우지하듯, 조언도 그렇다. 듣는 이의 성향과 아픈 곳을 헤아려 가장 고운 말이 되어 나올 때야 '조언'이지 뱉어야 시원한 말은 조언이 아니다." 작사가로 유명한 김이나 작가의 「보통의 언어들」에서 조언을 이렇게 설명한다. 조언을 포함해서 말의 속성이 그러하다. 말하는 사람의 의도와 관계없이 듣는 사람이 이해한 바가 곧 말의 '진의'가 된다. 사람은 단순히 단어로 말하지 않는다. 현장의 말투와 표정, 상황 모두가 결합 되어 말이 되고 이야기가 된다. 예를 들어 입사 축하기념으로 받은 꽃다발을 회사 책상 위에 올려두었다. 청소하다가 실수로 툭 치는 바람에 떨어져서 깨져버렸다. 그 와중에 평소 사이가 좋지 않던 동료가 다가와 말한다. "어떡하니? 예쁜 꽃인데, 조심 좀 하지. 다친 거 아니야?" 당신의 반응은? 문장만 봤을 때는 꽃이 예쁘다며 칭찬도 하고, 다쳤을까 걱정도 해주는 듯 보인다. 하지만 팔짱을 끼고, 옅은 미소를 지으며 다가왔다면? 여기까지. 이입하지 말고 적당한 거리를 두자. 비꼬는 느낌이라 기분 나쁠 게 분명하다. 말은 누가 어떻게 어떤 상황에서 하는지에 따라 어려운 상황을 극복하는 힘이 되기도 하고, 기분 좋은 상황을 망치기도 한다. 이렇게 직관적인 대화에서도 말은 분위기를 바꾼다.

어디에서나 말은 조금씩 힘이 더해진다. 우리가 숨을 보태기 때문이다. 그렇게 말은 이야기가 되어 주변을 맴돈다. 더 많은 사람의 생각과 감정이 첨가되기에 이야기의 힘은 강하다. 그럼 아무 말도 하지 않는 게 좋은 것일까? 무엇이 옳다고 단정할 수는 없지만, 이야기가 가진 힘을 긍정적인 방향으로 사용할 수 있다. 이것만은 옳다고 말하고 싶다.

이별은 세상에 흔한 이야기 중 하나이다. 하지만 누구나 나의 이야기가 되면 영화나 드라마 속 주인공이 된다. 마치 나만 특별한 일을 겪은 것처럼. 아무도 이해하지 못할 거라고. 사실 누구나 한 번쯤 겪어본 경험이다. 세상이 무너진 듯한 기분을 느낄 즈음 주위에서 말한다. '죽었다고 생각해. 어차피 안 돌아와. 시간이 약이라고, 사랑은 다른 사랑으로 잊는 거라고.' 옆에 있는 다른 친구는 또 이야기한다. '후회 남지 않게 하고 싶은 거 다 해봐. 잡아도 보고 마음껏 울어도 보고.' 따뜻한 위로를 받기도 하고, 냉철한 조언을 듣기도 한다. 이 상황에서는 답을 찾지 않아도 된다. 상대가 나에게 한 말의 의도는 그저 긍정적인 방향으로 삶이 나아가기를 바랄 뿐이다. 긍정적인 방향으로 이야기에 숨을 보태는 이들을 위해 힘들어도 한 발 내딛는 것이 우리가 위로받는 방법이다. 굳이 답을 찾는 이에게 말해주고 싶다. 선택도 책임도 결국 나의 몫이라고. 내가 감당해야 하는 것이라고.

타인에게 조언을 구할 때 무슨 이야기를 듣더라도 그렇게 결정해서 행동하겠다는 마음으로 조언을 구하는가? 20대 중반부터 좋아하는 일로 사업을 시작했지만 어려움이 많았다. 하나하나 극복하여 굶어 죽지 않을 정도가 되자 사람들은 나에게 조언을 구하곤 했다. 강연을 업으로 삼아 다양한 이야기를 듣고, 여러 사람을 만난 경험으로 무언가 해답을 줄 수 있겠지 싶어 찾아왔을 것이다. 무엇이 어떻든 조언의 결과는 항상 똑같다. 자신이 하고 싶은 대로 결정하는 것이다. 내가 한 조언이 본인의 생각과 일치하면 결정에 도움이 되었다며 엄지를 치켜든다. 반대로 내 조언과 본인의 생각이 다르다면 오랜 고민 끝에 본인의 선택을 한다. 그리고 말한다. '결정에 도움이 되었어요.' 나에게 하는 말도, 그에 따른 결정도 결국 답이 정해져 있었다. 쉽게 말해 내가 그들의 인생을 대신 살아줄 수 없다는 것이다. 그들이 조금 더 나은 쪽으로 한 걸음 나아가기를 바라는 진심을 담을 뿐이다. 위로와 공감을 하든 조언과 충고를 하든 결국 선택은 자신의 몫이다. 내 인생의 주인공은 오직 '나' 뿐이기 때문이다.

주변의 시선에 신경을 쓰고, 부모님이나 친구의 말에 휘둘리는 사람도 많다. 과연 그 사람들이 스스로 결정하지 않고 다른 사람에 의해 결정을 하게 된다면 그 결과에 대해 어떻게 생각할까? 잘되면 내가 한 것이 아니라는 생각으로 인한 공허함이 남게 되고, 안되면 남 탓하며 원망을 하게 된다. 그들은 결코 내 인생을 대신 살아주지 않는다. 스스로 결정하는 것은 아주 중요하다. 다만 다른 사람들의 말을 완전히 무시할 것이 아니라 참고하는 것이 필요하다. 삶의 고민이 많을 때나 힘들 때 여전히 나는 사람들에게 조언을 구한다. 그 조언대로 결정하거나 행동하지 않을 것을 알고 있다. 그러나 혹시 모를 문제를 하나라도 알게 될 수도 있고, 누군가의 작은 도움이 큰 힘이 될 수도 있기에 조언을 구한다. 어쩌면 자신의 이야기를 들어줄 누군가가 필요했던 것은 아닐까. 결정은 나의 몫이다. 어제도 오늘도 내일도 그렇게 살아가게 될 것이다. 대단한 성과를 얻은 성공한 사람이라도 완벽한 사람은 없다. 단지 한 번의 선택과 그에 따른 책임이 모여 자신만의 이야기이자 자신이 주인공으로 등장하는 이야기가 만들어질 뿐이다.

  말은 듣는 이의 해석에 따라 의도가 결정된다는 사실과 조언과 충고를 강요하지 않아야 한다는 것이 중요하다. 결국은 스스로 결정하게 된다. 조언이나 충고가 무용한 것은 아니지만 그렇다고 필수적인 것도 아니기에 좋은 마음으로 상대를 배려해서 고운 말이 되어 나올 수 있게 해야 한다. 말하는 이가 하고 싶은 말을 쏟아내는 게 좋은 충고도 좋은 위로도 아니라는 말처럼 주위에서 쏟아지는 말에 굴하지 않아야 한다. 누군가의 말에 흔들리지 않고, 자신이 주인공이 된 이야기를 가진 강연자 유대한을 만났다. 선택도 책임도 전적으로 본인의 몫이라는 그의 이야기는 위로도 조언도 아닌 따뜻함이었다.

「모든 시작은 서툴다」

안녕하세요. 전직 프로야구 선수 현재는 커피를 내리며 글을 쓰는 1인 독립출판 작가 유대한 입니다. 저는 초등학교 4학년 2학기 때 처음 야구를 시작했습니다. 늦게 시작한 야구라는 스포츠가 저에게

는 삶의 유일한 탈출구였습니다. 뛰고 노는 것을 좋아했던 학생이었기에 다시 생각해봐도 공부 대신 야구를 시켰던 부모님에게 감사한 마음입니다. 처음부터 야구라는 스포츠에 두각을 보이진 않았습니다. 심지어 중학교 입학 전 마지막 동계훈련 때 초등학교 코치님께서는 저를 따로 불러 이야기했습니다. "너는 중학교 가면, 야구를 그만두고 공부를 하는 게 좋을 것 같아. 가정 형편도 어렵고 실력도 평범하니." 코치님의 말에는 진심이 있었습니다. 하지만 전 야구를 계속하기로 선택했습니다. 야구에 대한 포부와 야망 때문에? 아닙니다. 공부가 하기 싫어서 야구를 선택했습니다. 이 순간 야구를 선택했기에 프로야구 선수라는 타이틀까지 달 수 있게 되었습니다.

세상은 정말 모르는 일이죠. 코치님의 말씀대로 했다면 저는 어떤 삶을 살게 되었을까요? 우리는 선택하는 법을 배워야 합니다. 결과가 어떻게 나오든 모든 일은 선택의 연속이죠. 그리고 그 선택을 겸허히 받아들이는 연습도 해야 합니다. 그 선택을 통해 넘어질 수도 있고, 실패할 수도 있습니다. 하지만 크게 개의치 마십시오. 전 제가 선택한 일에서 좋지 않은 결과가 나오면 속으로 이렇게 되뇌곤 합니다. "비관에 빠지지 말자. 남이 날 포기해도 스스로 포기하지는 말자!" 어차피 인생이라는 건 끝까지 가봐야 알 수 있으니까요.

프로야구선수가 되는 과정 또한 그리 순탄하지 않았습니다. 갑작스럽게 강직성 척추염이라는 희귀병을 앓게 되어 야구를 10년 이상 할 수 없는 시간을 보냈습니다. 그러나 저는 실패가 두려워 포기하지 않았습니다. 10년이라는 시간을 평범한 강직성 척추염 환자로 살다가 다시 야구를 시작한다고 했을 때 사람들이 모두 미쳤다고 말했습니다. 모두가 계속 안 되는 이유만 말했죠. 알고 있었습니다. 쉽지 않다는 것도 실패할 수도 있다는 것을요. 그렇지만 전 선택했습니다. 27살, 다시 야구를 시작하기로요. 정말 힘들더군요. 건강한 몸으로 하기도 힘든데 그것도 10년의 공백기를 보내고 다시 야구를 한다니 지금 생각해보면 미친 게 확실한 것 같았습니다. 꾸준히 운동을 해왔던 저보다 어린 선수들의 체력과 저의 체력은 정말이지 다르게 흘러가는 것 같았습니다. 10년의 공백기를 가진 저로서는 핸디캡이 더 많았죠. 하지만 속으로 또 되뇌었습니다. "비관에 빠지지 말자, 남이 날 포기해도 스스로 포기하지는 말자." 다시 이를 악물었습니다. 스포트라이트를 받는 유망주들과 운동을 한 덕분에 저는 프로야구 선수로서의 삶을 살 수 있었다고 생각합니다. 경쟁은 필연적인 것이죠. 그 경쟁에서 살아남기 위해, 그들보다 더 많이 움직이고, 던지고 뛰었습니다. 함께 운동한 후배들도 저의 노력에 감탄할 정도였으니까요. 저는 그렇게 저의 인생이라는 경기에서 늘 최선을 다하고 노력해 왔습니다. 그런 노력이 결실을 맺어 처음 완공한 고척 스카이 돔에서 1이닝 무실점, 구속은 무려 15km 향상된 상태에서 유니폼을 벗게 되었습니다. 씁쓸하죠. 왠지 더 좋은 장밋빛이 있어야 할 것 같은데 말이죠.

저의 야구 인생은 거기서 끝났습니다. 나이가 많았고, 1년 안에 나름의 큰 성장을 거뒀지만. 프로의 세계는 냉정하더라고요. 절대 평가보다는 상대평가가 강한 곳이 프로의 세계니까요. 더 큰 성공을 거두었으면 더 좋았겠죠. 만약, 억대 연봉을 받는 선수가 되었다면, 더 많은 일을 해낼 수 있었겠죠. 하지만 제 관점에서 전 희귀병과 나이, 환경을 이겨내고. 누구나 다 선망하는 프로선수라는 타이틀을 달아봤으니 제 인생 경기에서만큼은 성공했다고 생각합니다.

10년 동안의 투병을 이겨내고, 공백기를 넘어 다시 선수로 마운드에 올라보고 싶다고 말했을 때 미쳤다고 했던 사람들이 생각났습니다. 그저 환자에 머물러 삶을 살았다면 나를 그저 불쌍한 사람으로 쳐다보지 않았을까. 도전으로 작은 성공을 하나씩 이뤄나가는 삶. 거기서 멈추지 않고 사회에 나와 또 다른 도전을 선택했습니다. 그건 바로 작가로서의 도전입니다. 아직 베스트셀러나 유명한 책을 저술한 것은 아니지만. 벌써 2권의 책을 출간한 1인 독립출판 작가로 조금씩 작가 유대한의 삶을 성취해 가고 있습니다. 야구와는 또 다른 영역이지만, 여기서 대입할 수 있는 저의 능력은 바로 성실과 노력입니다. 매일 하나의 글을 쓰고자 했던, 다짐을 하루하루 지켜내다 보면. 또 생각지도 못하는 순간에 제가 바라고 열망하는 꿈을 이루는 시기가 오겠죠. 아무것도 없이 길을 나서는 것보다는. 내비게이션에 내가 갈 곳을 정해놓고 가는 것은. 그만큼 시간을 단축 시키고. 설사 잘못된 길로 들어서도. 금방 방향을 틀어 옳은 길로 갈 수 있습니다. 이렇듯 인생에서도 자신이 생각한 뚜렷한 목적의식을 가지고. 여러분들의 삶을 위해 정진해 가시기 바랍니다. 남의 눈과 시선으로 현재의 나를 평가하지 마세요. 어차피 우리의 인생만큼은 상대평가가 아닌 절대 평가이니까요. 명언 중에도 나오잖아요. "내 경쟁상대는 다른 누구도 아닌 어제의 나다." 어제보다 조금 더 나아진 삶을 살아갈 때. 여러분들이 바라고 원하는 모습에 더 가까워지는 삶을 실제로 경험해 보세요. 누군가의 시선과 평가 따위는 더 이상 내 꿈을 이뤄가는 데 중요하지 않다는 것을 깨닫게 되실 겁니다. 저는 여러 가지 직업군을 체험해 봤습니다. 서비스업 교육업 예체능업 설비시공업 요식업 등 모든 직업군을 겪어본 결과 직업군이 중요한 것이 아니라는 생각이 듭니다. 어느 직업군을 선택하든 그 선택이 타인에 의한 것이 아닌 온전히 내 뜻에 의한 선택이라면, 그 모든 것은 어차피 하나의 경험과 성공으로 가는 과정이 되어 언젠 간 빛나는 순간이 다가올 것입니다. 남이 정해놓은 무엇인가가 되려 노력하기보다 무엇을 해야 하며, 어떻게 할 수 있는지 노력해보세요. 무엇을 어떻게 잘 해낼 수 있는지에 중점을 두고 그것을 계속 생각하다 보면, 불현듯 내가 즐기며 잘할 수 있는 일을 찾게 되는 "유레카" 같은 시기가 올 것입니다. 인생은 순리대로. 케세라 세라. (뭐가 되든지 될 것이다!) 제가 좋아하는 문장입니다. (Qué será, será 영어식 표현 Whatever will be, will be) 하지만 아무것도 하지 않고, 행동을 취하지 않으면 그 어떠한 과정과 결과도 얻을 수 없습니다. 어차피 인생이라는 것이 경험하기 전까지 모르는 것이니까요. 열심히 하시되, 최선을 다하지 마십시오. 모든 결과와 일에 일희일비하기에는 우리의 인생에서 다른 기회가 정말 많습니다. 모든 일에 의미를 부여하기에는 우리 인생은 짧기 때문이죠. 결국엔, 그 모든 점이 모여 선을 이루는 날이 올 것입니다! 시련은 있어도 실패는 없는 삶을 만들어 가길 진심으로 기원하며, 응원합니다. 아! 그리고 조금 모자라고 어수룩해도 괜찮습니다. 늘 그렇듯 모든 시작은 서투니까요! 모든 시작은 서툴다! 유대한이었습니다.

야구 꿈나무에서 프로야구 선수가 되기까지 그의 삶을 사랑하는 많은 사람의 위로와 조언이 있었다. 가난한 집안 형편과 현실을 고려해서 야구를 그만두라고 조언해주었던 코치님. 강직성 척추염을 앓는 10년 동안 위로를 건넨 지인들. 10년의 공백기를 넘어 다시 야구를 하겠다고 했을 때 미쳤다고 말리던 가족과 친구들. 포기하지 않고 자신의 삶에 주인공이 될 준비를 마친 그의 노력 덕분에 끝내 마운드에 올라 마지막까지 공을 던졌던 야구선수 유대한을 만날 수 있었다. 아쉬움을 뒤로한 채 본인의 상황을 인지하고 떠나야 할 때를 알고 떠나는 마지막 모습까지 멋진 모습이었다.

지금은 책을 쓰고, 커피를 내리는 대표 유대한을 만날 수 있다. 카페 창업을 할 때 카페 인테리어를 도맡아 진행하는 디자이너이자, 카페를 운영하며 책을 쓰는 지금의 모습을 보면 과거 이 악물고 노력했던 그의 모습을 쉽게 찾아보기 어렵다. 배려심이 넘치고 선함을 넘어 순수함이 보이는 모습을 보고 있자면 굴곡 있는 과거의 이야기가 진짜 그의 이야기가 맞는지 아이러니할 정도이다. 세상을 바꿀 유명한 야구선수가 아니면 어떻고, 세상을 바꿀 유명한 책을 쓴 베스트셀러 작가가 아니면 어떤가? 강연을 들었던 한 사람의 마음을 바꿨고, 함께 강연했던 다른 강연자들의 생각을 바꿨다면 이미 충분하다. 가정을 꾸리고 현실의 삶에 충실히 살아가는 그의 모습을 보면서 다시 한 번 느낀다. 행복은 멀리 있지 않다. 내 인생을 내가 선택하고 책임지는 것이다. 위로와 조언도 결국 나의 선택을 위한 부가적인 이야기일 뿐이다. 누구도 내 인생을 대신 살아주지 않는다. 끝없는 선택으로 나의 이야기를 만들어가는 모든 사람에게 오늘하루 잘 살았노라고, 힘든 날이었지만 푹 자고 내일 다시 한 번 부딪혀보자고 말하고 싶다.

F. 내가 만드는 결말

'먹는 사람 따로 치우는 사람 따로' 이런 말을 들어본 적이 있다면 대부분 먹는 사람의 역할을 경험한 사람일 것이다. 치우는 사람이 주로 하는 말이기 때문이다. 이 말에는 많은 함축이 있다. 일을 시작한 사람과 끝내는 사람이 다르다는 것을 말하고, 일의 원인을 발생시킨 사람과 해결하는 사람이 다르다는 것을 말한다. 먹는 사람은 행복하고 치우는 사람은 억울하다는 게 보편적인 생각이다. 단, 다른 조건이 붙어있지 않을 때의 이야기이다. 만약 먹는 사람이 큰 수술로 인해 장기 입원한 환자라면 먹는 사람은 행복하고, 치우는 사람은 억울할까? 먹는 사람은 불편한 마음으로 미안할 것이다. 치우는 사람은 다른 불편한 게 없는지 물어볼 것이다. 입장의 차이가 있고, 상황의 변수가 늘 존재하는 게 우리 인생이다.

내가 먹는 사람이 될 수도 있고, 치우는 사람이 될 수도 있다. 자신이 어떤 입장이 될지 모르기에 섣부르게 판단하지 않았으면 한다. 중요한 건 먹었으면 치워야 한다는 것이다. 갑자기 무슨 잔소리냐고? 이야기의 본질은 자신으로 인해 문제가 발생했다면 책임지고 해결해야 한다는 사실이다. 일을 시작한 사람이 본인이라면 마무리까지 책임져야 한다. 기본 중의 기본임에도 이것을 지키는 사람이 얼마나 될까. 자신의 인생에서 선택은 언제나 본인의 몫이다. 그렇기에 나의 이야기가 어떠한 결과로 이어지든 본인의 삶을 책임져야 한다.

학교 다닐 때에 국어 수업 중 소설의 5단계를 한 번쯤 들어봤을 것이다. 발단-전개-위기-절정-결말로 이루어진 소설의 5단계가 있다. 사건의 발단이 된 내용이 등장하고, 전개되고 위기가 찾아오고 갈등의 고조에 이르러서 결말로 끝이 난다. 인생도 소설과 같다. 사건의 발단이 있고, 삶은 전개가 되고 위기가 온다. 절정에 치닫고서 결말을 맺는다. 내가 살아가는 나의 이야기도 단계가 있다. 발단, 전개, 위기, 절정, 결말의 단계는 삶의 과정에서 마주하게 되는 이야기의 고리이다. 이야기의 고리에서 결말을 하염없이 기다릴 것인지, 아니면 원하는 방향으로 만들어갈 것인지 선택할 수 있다. 내가 만드는 내 인생 소설의 결말은 무엇이 될지 상상하는 재미가 쏠쏠하다.

　대학 3학년 때 친구 세 명과 함께 축제 때 장사에 도전했었다. 그때는 우리가 겪게 될 앞날을 몰랐다. 경영학도 4명이 모여서 작당을 모의할 땐 무엇이든 할 수 있을 것 같다는 자신감이 앞섰다. 우린 항상 하는 일마다 최선을 다했고, 최고의 성과는 냈다고 자부했다. 이번에도 그럴 것이라는 기대감으로 부딪혔다. 결정된 장사 품목은 컵과일이었다. 과일이라면 어릴 적 농사를 짓던 나의 경험을 제외하곤 문외한인 영역이었다. 하지만 우리에겐 젊음이 있었다. 대학생에게는 큰돈이었던 20만 원씩 각출하여 80만 원의 자본금을 가지고 경매장을 찾아다니며 과일을 싸게 살 수 있는 곳을 찾아다녔다. 약 2주 동안 발품을 팔아서 우리는 수박, 파인애플, 바나나, 방울토마토, 키위까지 다섯 종류의 과일을 구매했다. 구매하고 보니 80만 원 상당의 과일 수량은 엄청나게 많았다. 자취하던 친구의 집을 점령하듯이 박스를 쌓아두었고, 남는 과일은 친한 후배 집에 부탁해서 맡겨두었다. 우리의 장사 열정은 아무도 막을 수 없었다. 축제 일주일 전부터 공강 시간마다 가서 과일을 손질했다. 컵에 담을 수 있는 먹기 좋은 크기로 잘라서 보관했다. 축제 1일 차. 과일과 필요한 장비를 옮기는 것부터 일이었다. 얼음, 아이스박스, 각종 집기, 컵, 과일 등 배보다 배꼽이 더 큰 지경이었다. 걸어서 20분 걸리는 거리를 여러 번 왕복하며 물품을 옮겼고, 드디어 장사 1일차, 얼마나 팔았을까? 첫날 20만 원 정도 팔았던 것 같다. 어디서나 말 잘하던 우리는 장사 앞에 무력했다. 지나가는 사람들에게 컵 과일을 판다는 게 쉬운 일이 아니었다. 낯가리며 삐죽삐죽 말을 건네면 사람들은 못 본체 지나쳤다. 3일의 축제 기간 중 최소한 80만 원은 벌어야 손해가 아니었기에 첫날 20만 원은 큰 충격이었다. 마음을 굳게 먹고 열심히 하겠다는 의지와 별개로 축제 2일 차에는 비가 왔다. 아무것도 할 수 없는 날이었다. 이제는 물러설 곳 없이 남은 하루에 모든 것을 쏟아야 했다. 대학생에게 20만 원은 큰돈이었고, 우리는 돈을 벌자는 초심에서 손해는 막아야 한다는 마음을 바꿨다. 대망의 3일 차. 우리는 정오부터 장사를 시작했다. 수업이 있는 평일에 정오부터 부스에서 컵 과일을 팔던 마음은 절실했다. 학교 내 인맥을 총동원해서 과일 사러 오라고 연락을 돌렸고, 학교생활을 잘한 덕분인지 많은 사람이 오고 가며 과일을 사주었다. 어둑어둑한 저녁 시간이 되자 사람은 몰려들었고, 우리에게도 중요한 시간이 다가왔다. 지나가는 사람들에게 주뼛거리며 말 건네던 첫 날의 샌님은 이제 없었다. 본전을 찾아야 한다는 마음으로 길가는 사람과 토크를 시작했다. 〈유퀴즈 온 더 블록〉이 무색하게 우리는 처음 본 사람에게 말을 걸고, 과일을 홍보하고 끝내 구매로 이어졌다. 내가 얼마만큼 간절했냐고? 신입생 시절 과팅할 때 만났던 여학생이 지나가자 나도 모르게 "우리 4년 전에 과팅에서 본 적 있는데 기억나요?" 말을 건네고 그렇게 컵 과일 2개를 팔았다. 4년 전 과팅이라니. 정말 이렇게 간절했다. 자정이 되자 축제는 거의 끝났고, 재료는 조금 남아 있었다. 남은 과일을 버릴 수도 없고 어떻게 할까 고민하던 중 축제 부스를 운영한 동아리를 찾아가 고생한 동아리원에게 감사의 과일을 선물하라고 동아리 회장들을 설득했다. 물론 과일도 50% 할인한 가격으로 따뜻하게 다가갔다. 결과는 완판이었다. 우리는 비가 온 하루를 제외하고 이틀간 총 140만 원의 과일을 팔았다. 한 달 동안 경매에서 과일을 사고, 수작업으로 썰고 나르고 팔아서 1인당 15만 원의 수익이 발생했다. 두 번은 못할 일이었다. 우리는 그 날 앞으로 장사하지 않겠노라 다짐했다.

어려운 여건에서도 결말을 기다리지 않았다. 포기하지 않았다. 우리가 시작한 일에 대해 끝까지 최선을 다해보았다. 우리의 결말을 스스로 만든 과정은 지금도 추억으로 남아 있다. 4명이 시작한 컵 과일 판매는 도입부터 결말까지 누구 하나 책임을 외면하지 않았다. 내 친구들을 좋아하는 이유는 책임감이 확실한 사람이고, 결말을 스스로 만들 줄 아는 사람이기 때문이었다. 그 후로는 축제는 무조건 즐기는 거라며 또 다른 사건을 만들지 않았다. 우리의 삶도 뜻하지 않는 사건에 휘말리게 될 수도 있고, 하기 싫은 일을 해야 할 때가 있다. 본인의 선택에 따른 상황일 수도 있고, 본인이 선택하지 않았지만 책임져야 하는 상황을 마주할 수도 있다. 그 삶을 외면한다고 모든 것이 해결되지 않음을 안다. 한 번의 경험을 하고 나면 내가 책임질 수 있는 일의 크기를 알게 되고, 내가 무엇을 선택함에 있어서 명확한 기준이 생긴다. 경험의 과정에서 선택과 책임을 배우며 내 인생 이야기의 결말을 바꿀 수 있다.

열심히 살아도 잘 안 될 때가 있다. 내가 하는 일에 매몰되어 시간을 보낸다고 해서 모든 일이 해결되진 않는다. 생각을 바꾸고, 시점을 바꾸고, 방법을 고민하면 변화의 여지는 생긴다. 내가 축구를 하고 싶은데 체력이 따라주지 않는다면 열심히 훈련을 할 것이다. 훈련을 해도 평균의 수준에도 미치지 못한다면 축구 선수의 꿈이 아니라 코치나 해설가의 꿈을 가지는 것도 방법이라는 것이다. 스위스의 철학자 카를 바르트는 말한다. "누구도 과거로 돌아가서 새롭게 시작할 수는 없지만, 지금부터 시작해서 새로운 결실을 볼 수는 있다." 눈에 보이는 것 중에 잘하는 게 하나도 없는 자신을 탓하지 않고, 보이지 않는 것 중 잘하는 것을 찾기 위해 노력한 강연자 박소미의 이야기가 있다. 그녀는 자신의 부족함을 깨닫는 것에서 멈추지 않고, 더 낮은 곳의 사람들을 위해 살아보겠다는 선택을 했다. 그것을 이루기 위한 극렬한 노력이 있었다. 그녀가 스스로 바꾸어가는 이야기의 결말이 궁금하다.

「나의 약함을 자랑하라」

저는 저 자신을 '25년의 동지'라고 이름 붙여보았습니다. 저의 인생을 돌아보니 25년이라는 시간을 살며 단 한 번도 떨어져 본 적 없는, 희로애락을 함께한 존재가 '나' 자신이라는 것을 깨달았기 때문입니다. 유럽에서 동양인도 없는 외로운 곳에서 살 때도, 대학입시와 반수로 홀로 책상에 붙어있을 때도, 가족들과 친구들도 모르는 고민으로 끙끙댈 때도 늘 제 자신은 저와 함께하고 있었습니다. 그래서 오늘은 25년, 저의 동지이자 앞으로도 영원히 함께할 존재인 저를 소개하도록 하겠습니다.

어떤 부분을 이야기하면 좋을까요? 저의 장점? 능력? 제가 이뤄낸 어떤 성과? 아닙니다. 셋 중 제가 이야기할 것은 어떤 것도 없습니다. 제가 오늘 여러분께 소개하고 싶은 이야기는 저의 '약함'입니다. 잘난 사람들은 자신의 강점과 장점, 성과를 이야기할 것입니다. 하지만 저는 오늘 이 자리에서 '약함'을 마음껏 자랑하려고 합니다.

저는 '특별한 재능이 없어 보이는 사람'입니다. 저는 신기할 만큼 음악, 체육, 요리, 컴퓨터, 청소, 춤 등 눈에 보이는 것들을 모두 잘하지 못하는 사람입니다. 하나의 예로 초등학교 시절, 저와 제 동생은 같은 날, 같은 시에 피아노를 시작했습니다. 동생의 손을 잡고 피아노 학원에 갈 때는 '이 쪼그만 귀여운 땅콩 같은 게 잘하면 얼마나 잘하겠나?' 싶었습니다. 하지만 제가 높은음자리표를 그리는 동안 동생은 피아노를 치기 시작했고, 피아노 영재라 불리기 시작했습니다. 제가 한 곡을 넘어가지 못하고 계속 치는 동안 제 동생은 피아노 대회를 휩쓸었고, 저와 동생의 격차는 벌어지기 시작했습니다.

피아노의 격차는 다른 재능에서도 이어졌습니다. 저는 눈에 보이는 것들을 잘하지 못하는 언니로 평가받게 되었습니다. 쭈뼛쭈뼛한 언니와 야무지고 싹싹한 동생같이 보였습니다. 이런 상황에서 제가 잘할 수 있었던 것이 하나 있습니다. 그것은 혼자 대성통곡하는 것이었습니다. 비교당하고 집에 돌아와 이불 속에서 우는 일이 제가 잘할 수 있는 일이었습니다. 저는 그렇게 홀로 오랜 시간을 울었습니다. 그런데 문득, 이런 생각이 들었습니다. '그래, 내가 보이는 것들을 모두 잘하지는 못하지만 보이지 않는 어떤 것을 잘하는 것이 아닐까?'

저의 인생에서 스포트라이트는 늘 저의 주변으로 향하는 것 같았습니다. 하지만, 어둠 속 웅크리고 있던 저에게 실낱같은 '희망'은 어둠 속에서 찾아왔습니다. 21살, 저는 뉴질랜드라는 곳에서 살게 되었습니다. 그런데 하필이면 같이 살게 된 사람들이 너무나 반짝거리는 잘난 사람들이었습니다. 그들은 어딜 가나 예쁜, 빛나는, 주목받는 사람들이었습니다. 저와 같은 방을 쓰는 언니는 성악가였습니다. 언니는 마치 빛나는 스포트라이트를 받으며 서 있는 꽃과 같았습니다. 언니와 저는 같은 교회를 다녔기에 저는 많은 시간을 언니 노래를 들으며 살았습니다. 그런데 어느 날 언니의 노래를 들으러 교회에 가 앉아있던 순간 저는 자리에 앉을 수도, 설 수도 없을 만큼 감정이 북받쳤습니다. 그러곤 문득, 이런 생각이 들었습니다.

'성악가의 노래를 듣고 사람들이 소름이 끼치는 것처럼, 나의 숨겨진 어떤 능력도 누군가에게 소름 끼칠만한 감동을 줄 수 있지 않을까? 눈에 보이는 것을 모두 잘하지 못했던, 특별한 재능이 없어 보이던 사람인 저는 그것이 '나의 특별한 재능이지 않을까?' 하는 생각이 들었습니다. 스포트라이트 뒤 어둠 속에 있던 사람은 그 어둠 속에서 울고 있는 다른 이들을 발견할 수 있었습니다. 환한 불빛 밑에 있는 사람들은 어두운 곳을 보려면 많은 시간이 필요하지만, 저는 "아너 여기 있구나? 여기서 울고 있었구나." 무대 뒤에 있는 사람이 무대 뒤에 있는 사람을 볼 수 있었던 것이지요. 그러자 세상을 바라보는 시각이 달라졌습니다. 이제는 아무리 능력이 없어 보이는 사람을 만나더라도 그 안에 어떤 능력이 숨겨져 있을 것이라는 시각이 생겼습니다. 제가 딱히 잘난 것 없어 보이는 그저 그런 사람이었기에 다른 사람의 숨겨진 능력도 알아볼 수 있게 된 것입니다. 스포트라이트 뒤에 있던 사람이기에 그 곳에 있는 이들의 마음을 헤아릴 수 있었던 것입니다. 그래서 앞으로 저는 약함 속 숨겨진 강함을 발견할 수 있도록 돕는 또, 믿어주는 역할을 하기로 했습니다. 그것이 저의 '특별한 재능'이기 때문입니다. 특별한 재능이 없어 보이던 사람인 저는 상대방의 영혼을 들여다보는 사람, '심리치료사'가 되고자 마음먹었습니다. 그렇게 저의 아킬레스건이던 '약함'은 저의 '직업'으로 재탄생 되었습니다. 저는 이제 특별한 재능이 없어 보이는 사람이 아닌, '상대방의 약함 속 강함을 발견하는 사람'이 되었습니다. 저는 스포트라이트 뒤에 선 그들의 약함 속 강함을 발견해주는 사람이 되었습니다. 저는 저의 약함을 통하여 NGO 한국컴패션 활동을 시작하게 되었습니다. 저는 그곳에서 '가난'이라는 약함을 가지고 있는 아이들의 손을 잡아주는 멘토 역할을 하였습니다. 저는 아이들에게 가난이라는 약함으로 인해 삶을 포기하지 않도록 약함이 강함이 될 수 있다는 사실을 가르쳐주고 싶었습니다.

저는 이주배경청소년지원재단 레인보우스쿨에서 교사로 활동하며 그들과 함께 하였습니다. 이주배경청소년은 한국인의 피는 흐르지만 중국, 베트남, 멕시코 등에서 온 친구들입니다. 이주배경청소년들이 가진 약함은 '이주 배경'이었습니다. 하지만 저는 이들에게 한 가지 사실을 가르쳐주고 싶었습니다. 이주 배경이 그들에게 약함이 될 수도 있지만, 사실 그들의 정체성과 강함이 될 수 있다는 사실을 알려주고 싶었습니다. 저는 그들과 서로가 가진 약함을 나누고, 어떻게 강함으로 자랑할 수 있는지를 함께 고민하였습니다. 그 결과, 저는 '다시 못 만날 최고의 선생님'이라는 칭찬과 함께 교사생활을 마무리할 수 있었습니다.

이렇듯 저의 아킬레스건인 약함은 저의 자랑과 직업, 희망이 되었습니다. 그리고 마침내 저는 이제 특별한 것이 없는 그저 그런 사람이 아닌 '약함을 자랑하는 사람'이 되었습니다. 저의 약함이 강함이 되었기 때문입니다. 저는 여러분의 약함을 들어주는 심리치료사로서 여러분과 여러분의 약함을 언제까지나 응원하겠습니다. 감사합니다.

강연자 박소미는 처음부터 끝까지 배려심이 넘치고 선한 사람이었다. 어릴 적 동생과의 비교에서 느꼈을 좌절에 완전히 공감하지는 못하지만 혼자 대성통곡하는 모습이 그려졌다. 그녀의 심성으로 동생을 질투하는 일은 더욱 어려웠을 것이다. 본인도 눈에 띄고, 주목받고 싶었으나 결국 본인은 보이지 않는 가치가 더 뛰어난 사람임을 알게 되고, 삶의 방향을 수정했다. 이 또한 선택이고 앞으로 책임져야 할 삶의 무게이다. 늘 주목받는 삶을 살아서 고민했던 나와는 다른 삶의 결이었지만, 배울 점이 있었고 느낀 것이 많았다. 무대 뒤 어둠 속에 있는 사람을 만나고 이야기를 듣기 위해선 무대 뒤 어둠을 이해하고, 그 속으로 뛰어들 수 있는 사람이 필요하다는 말은 지금 시대에 필요한 마음가짐이 아닐까. 생각만 하고 끝날 수 있는 일이었음에도 그녀는 현장으로 나가서 본인의 몫에 최선을 다했다. NGO활동과 이주배경 청소년을 위한 교육을 했다. 대학원을 진학해서 심리상담에 대해 더 심도 있게 학습했고, 마침내 현장에서 심리상담사로 일하고 있는 지금 그녀의 삶은 여전히 현재진행형이다. 어떤 결말을 만들어갈지 기대되는 박소미의 인생 소설은 더 많은 위기와 절정이 있겠지만 매 순간 기대가 되고 항상 응원하고 싶다. 끝으로 강연을 마친 후 그녀는 어떤 생각을 했을지 공유해도 좋을 것 같다.

「나도 몰랐던 '나의 이야기'」

저는 강연을 준비하며 저의 인생을 돌아보았습니다. '이번 강연에 나의 장점과 성과를 자랑하는 것은 어떨까?' 고민했습니다. 하지만 제가 정말 하고 싶은 이야기는 다름 아닌 저의 '약함'이었습니다. 저에게 자신 있는 이야기는 강점이나 성과 아닌 '약함'이라는 사실을 저는 알고 있었습니다. 그렇게 저는 '나의 약함을 자랑하라.'라는 주제를 선정하였습니다.

저는 '누군가를 위한 강연'을 통하여 '나의 이야기'를 발견하였습니다. 저 자신도 몰랐던 '나의 이야기'를 깨닫게 되었습니다. 잘난 사람들 틈에서 나의 약함이 꿈과 희망이 되기까지의 과정을 저 자신에게서 들었습니다. 강연을 통하여 자신도 몰랐던 '나의 이야기'를 저에게 듣게 된 것입니다. 그렇게 누군가를 위해 시작한 강연은 결국 저 자신을 위한 강연이 되었습니다.

인생에서 떼려야 뗄 수 없는, 앞으로도 영원히 함께할 존재, 25년 나의 동지, '나'. 저는 '나의 이야기'를 통하여 저 자신을 응원하는 존재가 되기로 결심했습니다. 완벽하지 않아서, 과정 중이기에 더 아름다운 존재인 저 자신을 응원하게 되었습니다. 저 자신을 응원할 수 있도록, 숨겨진 자신의 이야기를 발견할 수 있도록 도움을 주신 이야기브릿지에 감사의 말씀을 전합니다.

▶ 〈내 이야기의 주인공은 '나'〉를 마치며

말을 더듬던 자신의 단점을 극복하고, 하고 싶은 강연에 도전한 박상우. 불안한 20대 청춘임에도 자유를 위해 동티모르 봉사를 가서 새로운 가치를 깨닫고 온 송성한. 오랜 벗이었던 가야금을 멀리하고 막연함에 놓였으나 새로운 일로 설렘을 찾아 성과를 이룬 송수연. 앞이 보이지 않고, 다른 이의 소리도 들리지 않아 고독할 수 있음에도 희망과 감사함을 안고 살아가는 박관찬. 어려운 역경 속에서 다른 이의 말에 흔들리지 않고 본인의 삶을 묵묵히 이끌어 온 유대한. 동생과의 비교 속에서도 본인이 잘할 수 있는 것을 찾아 삶을 주체적으로 살아가는 박소미까지. 그들은 이미 자신의 이야기 속 주인공이었다.

내가 만난 이들은 옹골진 사람이었다. 다른 누군가가 없어도 스스로 빛날 줄 아는 사람이었고, 다른 사람을 빛내주는 사람이었다. 그렇게 자신만의 이야기를 만들어가고 있다. 이 순간 당신에게 묻고 싶은 질문이 있다. "당신은 지금 자신의 이야기 속 주인공입니까?" 모두가 확신에 찬 긍정을 표하기 바라지만, 아쉽게도 머릿속이 복잡할 사람이 더 많을 것이다. 그래도 괜찮다. 지금부터 나아가면 된다. 그렇다고 하여 방향성 없이 무작정 나아가라는 의미는 아니다. 내가 어떤 이야기를 채우고 싶은지, 나는 어떤 이야기를 가진 사람으로 살아갈 것인지에 대한 방향을 잡고서 그때 걸음을 떼도 늦지 않다. "너는 네가 생각하는 것보다 더 대단한 존재란다." 영화 〈라이온킹〉의 대사이다. 우리는 자신의 이야기에서 당당한 주인공이며, 당신의 생각보다 훨씬 더 대단한 존재임을 꼭 기억하기를 바란다.

#3
이야기가 모이면 인생이 된다

A. 그 누구도 규정되지 않기를

"그럴 줄 알았어. 네가 그럼 그렇지."

내가 잘못을 하면 누군가 기다렸다는 듯이 꺼내는 말이었다. 내가 마치 실수하기를 바란 것처럼. 나를 다 아는 듯이 이야기하는 게 싫었다. 중학교 2학년 때, 머리를 빡빡 밀고 거들먹거리며 걸어가는 나를 붙잡고 체육 선생님은 말했다. "공부도 못하는 게 운동이라도 한 번 해보자." 당황스러웠지만 어느새 운동장에서 창던지기를 준비하며 창을 쥐고 있는 나를 보았다. 태어나 처음 해보는 창던지기였지만 선생님께서 시키신 일이었으니 열심히 연습했다. 창던지기가 끝나니 투포환을 들고 오셨다. "이것도 한 번 던져봐." 군말 없이 투포환을 시작했다. 당시 너무 무서웠던 선생님이라 한 마디 말대꾸도 하지 못한 채 시키는 대로 착실히 수행했다. 운동장을 한껏 누비고 나니 들려오는 한 마디 "내일은 사격 연습 한 번 해보자." 아니, 갑자기 이게 무슨 일인가? 학교 잘 다니고 있는 나에게 왜 이러는지 알 수가 없었다. 다음 날 아침, 학교에서 마주친 선생님의 말씀에 모든 의문이 풀렸다. "이야, 너 공부 잘하더라? 내가 오해했네. 공부 열심히 해라." 그렇다. 내 성적표도 보지 않고, 그저 거대한 덩치와 강한 인상 그리고 빡빡머리를 보고 소위 말하는 문제아로 '규정'하신 것이다. 우리 학년 100명 중 내 전교 석차는 10% 이내였다. 평소 말이 많고 사건 사고에 자주 등장하는 학생이었지만 내가 해야 할 일은 충실히 하는 학생이었다. 하지만 누군가의 눈에는 말 많고 또래보다 덩치 큰 사고뭉치 그 이상도 이하도 아니었다. 억울하면서도 익숙했다. 초등학교 때부터 느끼던 감정이었기 때문이다. 때는 바야흐로 1999년 교실에서 난로를 쓰던 초등학교 저학년 시절에 무거운 등유를 들고 오는 건 내 몫이었다. 학교 내 창고를 정리할 때, 체육관에 배구네트를 설치할 때도 덩치 큰 남학생의 대명사였던 그 시절의 나는 인력사무소의 일용직 근로자처럼 동원되곤 했다.

고등학교 2학년 때는 도민체전에 출전하게 됐다. 50m 달리기를 6초 안에 들어오는 나를 보고 선생님의 부드러운 협박에 못 이겨 하동군 대표로 400m, 800m 중거리 선수가 되었다. 말이 되는가? 육상선수하면 떠오르는 이미지와 전혀 다른 내가 중거리 선수라니. 두 달 동안 선배들과 급하게 훈련을 하게 됐고, 최소한의 체력만 만들어서 도민체전에 나가게 됐다. 8명의 선수가 트랙에 올랐고, 각자의 트랙에서 몸을 풀고 있었다. 잊혀지지 않는 그 순간, 나는 2번 트랙이었다. 옆 트랙에 체고 출신 학생이 웃으며 말했다. "경기장 잘못 온 거 같은데?" 잔뜩 긴장한 표정으로 답했다. "응?" 나에게 돌아오는 말. "투포환 선수 아니었어? 착각했네." 사실 나도 웃었다. 사실이었기 때문에 기분이 나쁘지 않았다. 175cm에 80kg 나가던 건장한 체격의 내가 중거리 육상선수라는 게 말이 안 됐다. 두 달 훈련해서 대회를 나온 게 체육중과 체육고를 나온 학생들에게 실례라고 생각했다. 그렇게 나는 1등을 했다. 뒤에서. 좋은 경험이었다. 뒤늦게 트랙 잘못 온 게 아니냐는 이야기가 생각났다. 덩치가 있으면 달리기를 못 하는 건가? 물론 보편적이라는 개념이 있지만, 예외적이라는 말도 있지 않은가?

우리는 살면서 사람들을 규정하는 경우가 많다. 공부 잘하는 사람, 운동 잘하는 사람, 일 잘하는 사람, 말 잘하는 사람, 피도 눈물도 없는 사람, 배려가 없는 사람 등 다양한 규정이 있다. 하지만 한 가지 특성만으로 사람을 규정할 수 없다. 사람을 규정하면 그 사람은 말하는 대로 더 확고해진다. "넌 안돼, 할 수 없어, 포기해." 사람을 계속해서 규정하면 결국 그 사람은 스스로 단정 짓는다. "난 안돼." 사람은 실패로 인해 포기하는 것이 아니라 안된다는 말에 포기하곤 한다. 다른 사람의 규정에 동의하여 자신을 단정 짓는 것이다. 내가 누군가의 규정에 따랐다면 나는 공부를 못하게 됐을 것이고, 도민체전에 참여할 경험을 놓쳤을 것이다. 그 누구도 쉽게 규정되지 않았으면 한다. 물론 상대방의 말과 행동을 보고 판단할 것이다. 아무 근거 없이 규정하진 않을 테니까. 엄청난 잘못을 했거나 강한 인상을 남긴 상황이라면 어쩔 수 없지만 내가 알고 있는 것이 전부가 아니라는 생각을 가질 수 있는 여유가 필요하다. 청소년기를 방황하며 사고뭉치로 살던 강연자 안정욱은 좋은 멘토를 만나고, 스스로 삶을 개선해야겠다는 의지를 통해 원하는 삶의 방향을 되찾게 되었다. 규정된 그를 버리고 새로운 안정욱으로 인정받은 그의 삶을 통해 청소년 시기 교육의 중요성에 대해 절실히 느끼게 됐다.

「대한민국 청소년 스피커」

안녕하세요. 저는 대학진학을 목표로 하는 또래 친구들과는 달리 저는 조금 특별한 진로를 가지고 있고 그 꿈을 위해 살아가고 있습니다. 바로 강연이라고 하는 흔하지 않은 직업인데요. 저는 어렸을 때부터 대단한 사고뭉치였습니다. 부모님께서 매번 이야기하시는 에피소드가 있는데요. 4살 때 외삼촌의 결혼식으로 할머니가 저희 집에 오셨을 때 양은냄비를 머리에 뒤집어쓰고 할머니의 가방을 손에 쥔 채 할머니의 버선을 신고 활짝 웃으며 재롱을 피웠던 에피소드입니다.

저는 어디로 튈지 몰랐던 저는 심각한 병을 앓게 되었습니다. 바로 중 2병. 학교 입학 후에는 소위 말하는 비행 청소년의 삶을 살게 되었습니다. 자연스럽게 소위 나쁜 짓을 하는 친구들과 어울리게 되면서 학교 끝나면 학교 뒷골목에 숨어서 담배와 오토바이를 시작하였습니다. 오토바이를 타면 왠지 멋있게 보일 것 같은 망상에 빠져

타기 시작하였습니다. 하지만 현실은 오토바이 한 대에 3명이 위험하게 올라타서 도로를 누비는 막장의 인생을 살기 시작하였습니다. 술까지 마시기 시작하면서 어느덧 저는 학원이나 도서관과 같은 장소가 아니라 경찰서나 법원을 자주 가게 되었습니다. 이렇게 살다 보니 부모님은 물론이고 저를 아시는 어른들은 하나같이 말했습니다. "커서 뭐가 되려고 저러냐." 하지만 저는 이런 말을 들어도 전혀 개의치 않으며 '뭐라도 되겠지' 생각했죠.

이런 저에게도 정말 진지한 고민을 하게 된 시기가 찾아왔습니다. 중학교 졸업을 앞두고 고등학교 원서를 쓰는 시기였습니다. 같이 놀던 친구들은 공부와 담을 쌓고 살았기에 당연히 인문계가 아닌 특성화고를 진학하려 했습니다. 그리고 당시 저는 심각한 내적 갈등을 겪기 시작하였습니다. 중학교 시절 가족보다 더 오랜 시간을 같이 보냈던 소중한 이 친구들과 함께 고등학교를 진학한다면 고등학교 3년 역시 너무나도 행복할 것 같았습니다. 하지만 고등학교 3년을 다니고 졸업한 이후 시작되는 제 인생의 30년에 대한 계획은 한 치 앞도 알 수가 없었습니다. 그래서 저는 오랜 고민 끝에 인문계 고등학교로 진학했습니다. 주위에서 말했습니다. "네가 그 수준으로 인문계 가서 공부나 제대로 하겠니?" 사람들은 어차피 해도 안 되는 학생으로 절 바라봤습니다. 알고 있었습니다. 중학교 3년 동안 가족과 지인들에게 실망과 상처만 안겨드렸다는 것을요. 그래서 달라지고 싶었습니다. 다들 안 된다고, 늦었다고, 그냥 적당히 해서 취업이나 하라고 말했습니다. '난 정말 안 되는 걸까?' 좌절에 빠진 적도 많았습니다. 힘든 순간 오히려 학교생활을 더 열심히 했습니다. 한 가지 다행인 것은 고등학교에서 만난 친구들은 너무나 순수하고 착한 학생이었습니다. 좋은 사람 덕분에 저는 조금씩 변할 수 있었죠.

공부라는 것을 한 번도 해본 적 없는 저를 밤 10시까지 공부를 하게 만들었고, 말로만 듣던 모의고사와 지필고사를 열심히 준비할 수 있도록 도와주었습니다. 그 결과 열심히 준비한 두 시험에서 저는 스스로 만족할만한 점수를 받게 되었습니다. 그러다 문득 '인문계 고등학교를 왔기 때문에 어차피 3년 동안 싫어도 해야 할 공부, 정말 내가 하고 싶은 나의 꿈을 찾으면 그 꿈을 위해서 더 열심히 하게 되지 않을까?' 생각이 들었습니다. 다음 날부터 야자시간에 교과목공부를 하지 않고 무작정 꿈에 대해서 생각을 하기 시작하였습니다. 우선 꿈을 작은 글씨로 적어서 커다란 꿈이라는 단어를 그려보았습니다. 다음은 한국 직업 사전에 들어가서 대한민국에 있는 모든 직업을 하나하나 살펴보며 나와 맞지 않는 직업을 지우는 작업을 하기 시작하였습니다. 남기는 기준은 내가 정말 하고 싶은 일과 잘할 수 있는 일이었습니다. 2주간 이 과정을 통해 최종적으로 4개의 직업이 남았습니다. 개그맨, 레크리에이션 강사, 교사, 청소년 지도자. 저는 어렵지 않게 이 직업의 공통점이 말을 하는 직업이고 남들에게 배움이나 웃음을 주는 직업이라는 것을 알게 되었습니다. 평소 즐겨보던 한 프로그램이 문득 생각이 났습니다. '세상을 바꾸는 시간 15분'. 내가 하고 싶은 것과 내가 좋아하는 것을 더해보니 강연을 직업으로 선택하고 싶다는 생각을 하게 되었습니다. 그래서 저는 멘토가 되어주실 분을 찾기 시작하였습니다.

세상에 운명이 있을까요? 다른 사람은 모르겠지만 저는 있다고 믿습니다. 그 이유는 멘토를 바로 만났기 때문이죠. 학교에서 특강이 진행되었는데 유명하지도 않고 아직 대학생 같은 사람이 저희 앞에 섰습니다. 그분은 외부 강의에 큰 관심이 없어서 엎드려있던 저를 벌떡 일으키게 됩니다. 지역에서 강연 문화를 기획하고 있는 스타트업 이야기브릿지 대표 김경한님이었습니다. "강연은 유명한 사람, 성공한 사람, 전문적인 사람의 이야기만을 뜻하는 게 아니다. 강연은 평범한 우리 모두의 이야기이다. 이러한 강연의 정의를 사람들에게 강연하고 싶다. 그래서 나를 강연을 강연하는 청년이라고 말한다." 한 시간의 특강에서 자신이 살아온 이야기를 재미있고 가슴 뛰게 이야기해주었습니다. 저는 생각했습니다. '오늘부터 저 사람이 내 멘토다.' 저는 강연을 하며 살아가고 싶은데 어떻게 해야 할지 모르겠다고 말씀드리고 도움을 받고 싶다고 말했습니다. 연락할 방법을 몰라서 SNS 메시지를 보냈는데, 놀랍게도 흔쾌히 그러겠다고 답변해주셨고 쇠뿔도 단김에 빼자고 하시며 그날 저녁을 같이 먹게 되었습니다.

강연에 대한 교육과 철학을 공유해주셨고, 어떻게 사는 것이 중요한가를 강연을 꿈꾸는 저에게 맞는 내용으로 조언해주셨습니다. 제 인생을 강연으로 담아 준비해서 피드백을 받고, 강연을 위해 열심히 준비하고 연습했습니다. 그렇게 해서 저는 2018년 광주에서 활동하고 계시는 청소년 지도자 선생님들 약 200명 앞에서 제 인생에 첫 강연을 하게 되었고, 그때 받았던 박수는 아직도 잊지 못할 정말 제게는 너무나도 소중한 경험이 되었습니다. 이것을 시작으로 고등학교 진학을 앞둔 중학교 3학년을 대상으로 꿈과 진로에 대한 주제로 강연을 시작합니다. 그리고 광주에 있는 청소년들이 자유롭게 자신의 생각을 이야기할 수 있는 문화를 만들자는 취지에서 청소년강연문화기획팀 '세이그라운드'를 만들게 되었습니다. 6명의 팀원과 매주 만나며 회의를 하면서 문화기획에 대하여 고민을 하다가 세이메시지라고 하는 청소년 토크콘서트를 월마다 진행을 하고 있습니다. 이곳에서 나온 이야기들을 라디오라고 하는 매체를 통하여 사회에 공유하는 활동도 하고 있습니다. 각자의 이야기로 한편의 강연을 만들어주는 교육인 휴먼브랜딩 교육을 진행하며 스피치의 기초적인 교육활동도 진행하고 있습니다. 이 교육은 제가 멘토님에게 배운 것으로 배운 것을 나누자는 마음으로 임하고 있기도 합니다.

꿈을 찾기 전 저를 설명하는 사람들의 이야기는 꼴통, 문제아, 답 없는 인생과 같은 부정적인 단어로만 이루어져 있었습니다. 청소년 강연자로 새롭게 살며 지역사회 청소년 강연대회에서 대상을 수상하고 중앙선거관리위원회 강연콘테스트에서 최우수상을 수상하는 성과를 달성하며 꿈에 한 걸음 다가갈 수 있었습니다. 제가 살아온 모든 이야기가 모여 지금의 저를 만들었습니다. 내일이 더 기대되는 사람이 되도록 노력해보겠습니다. 지금까지 청소년 스피커 안정욱이었습니다.

그가 강연할 때면 나는 피식 웃곤 한다. 강연을 너무 잘해서? 강연이 재미있어서? 틀린 말은 아니지만 가장 큰 이유는 강연할 때 사용하는 단어나 말투가 나와 지나치게 닮아있기 때문이다. 평소 말투와 목소리는 완전히 다른데, 내 강연을 많이 듣고 나의 피드백이 영향을 미쳐서인지 강연할 때는 유사하다. 물론 그렇게 하라고 열변을 토했으니 당연한 결과지만 신기하면서도 대견한 기분이다. 청소년기를 질풍노도로 보낸 점과 그 과정에서도 삶에 대한 고민이 있었다는 점, 고민을 생각에 그치지 않고 행동을 옮겼다는 점도 나와 많이 닮아있었다. 그래서 더 끌렸는지 모르겠다. "배움이라는 것은 눈으로 읽고 머리에 채우는 것이 아니라, 몸으로 전해 받아 삶에 새기는 것이다." 조윤제 작가의 「다산의 마지막 습관」의 내용처럼 내가 청소년 안정욱을 좋아했던 이유는 배움을 아는 사람이었기 때문이 아닐까?

17살인 그가 강연 하고 싶다고 했을 때 사실 겉멋이 들었다고 생각해서 의도적으로 시간을 뒀다. 지쳐서 나가떨어지겠지 싶어 6개월은 아무것도 시키지 않고 지켜만 봤다. 그리고 6개월 후 연락을 하니 기다리고 있었다며 무엇을 하면 좋겠냐는 태도가 기특해서 강연에 대해 알려주고 대회를 나갈 수 있게 콘텐츠 제작을 도와주었다. 말뿐인 사람을 극도로 싫어하고 행동으로 보여주는 사람을 좋아하는 나에게 청소년 안정욱은 새로운 동기부여를 주었다. 그 후로 교육감 표창을 받고, 지역사회에서 청소년으로 여러 공익적인 일에 뛰어들며 강연자임과 동시에 활동가로 자리를 잡아갔다. 순탄하지만은 않았다. 대학진학에 뜻이 없어서 고등학교를 자퇴하겠다고 고집을 부려서 어머님이 나에게 설득을 부탁한 적이 있다. 호되게 혼내고 졸업의 필요성을 이야기하니 수긍했고, 결국 창업과 관련된 학과로 대학을 진학했고, 졸업까지 해냈다. 역동적인 청소년기를 보낸 경험 때문인지 청소년 교육에 관심이 높아져 현재는 교육 사업을 꿈꾸며 준비하고 있다. 교육의 중요성을 알기에 무엇이든 돕고자 한다. 멘토와 멘티 관계로 만났지만, 이제부터는 교육의 중요성을 공감하고 강연을 사랑하는 동등한 사회 구성원이자 동료로 살아가게 될 것이다.

청소년 교육에 진심으로 임하게 된 여러 사건이 있었다. 그중 가장 큰 사건이 바로 청소년 안정욱과의 만남이었다. 내가 겪었던 청소년기 일탈의 경험과 실업계 고등학교에서의 기억이 강하게 남아 있다. 청소년기가 얼마나 중요한지 깨닫고 나니 나보다 어린 청소년들의 삶이 눈에 들어왔다. 교육이 바뀌어야 청소년들의 이야기를 바꿀 수 있다는 확신이 들었다. 그래서 청소년들에게도 강연의 기회를 제공하기 위해 강연 교육 콘텐츠를 개발하게 되었다.

사람들은 교육제도가 바뀌지 않을 거라고 말한다. 특히, 네가 하는 교육이 아니라 입시 위주의 교육 사업이 돈이 된다고 말한다. "혹시 여기에 높고 단단한 벽이 있고, 거기에 부딪쳐서 깨지는 알이 있다면, 나는 늘 그 알의 편에 서겠다." 말한 무라카미 하루키의 말처럼 나 또한 이야기로 세상에 부딪쳐서 깨지더라도 청소년들의 편에 서 있고 싶다.

B. 기록이 건져 올린 삶

힘든 일이 있을 때 가끔 일기를 쓴다. 매일 일기를 쓰는 습관을 들이면 좋겠지만 군 전역 후 일기 쓰는 습관은 감쪽같이 사라졌다. 하지만 나는 기록이 얼마나 가치 있는지를 안다. 그때의 내 감정과 상황을 떠오르게 하는 몇 가지가 있다. 음악이 될 수도 있고, 사진이 될 수도 있다. 하지만 가장 확실한 것은 기록이다. 내가 상세하게 끄적인 단어와 문장이 그 날의 나를 가장 잘 설명한다. 환경에 적응하는 생물만 살아남는 '적자생존(適者生存)'에 이어 '적자생존(적는 자만이 살아남는다)'이라는 말도 있지 않던가.

삶이 힘들 때마다 그날의 사건과 감정을 기록해놓은 일기가 있다. 가끔 다이어리를 꺼내 지난날의 글을 읽을 때면 힘들었던 시절의 이야기만 가득해서 다시 읽고 싶지 않았던 적이 많다. 하지만 그 기록들마저 내 삶이라는 것을 받아들일 때 한층 더 성장할 수 있었다. 살면서 좋은 일만 있기를 바라는 건 욕심이다. 좋았다면 추억이고, 나빴다면 경험이다. 추억도 경험도 나의 이야기라는 점을 명심해야 한다. 이러한 이야기가 하나둘 모여 나의 인생이 된다. 인생이라는 단어를 꺼내니 뭔가 거창해 보이지만 사실 우리는 모두 제각각 개성 있는 인생을 살고 있다. 기록이 모이면 이야기가 되고, 이야기가 모이면 인생이 된다. 내가 힘들 때 끄적였던 기록이 실수를 반복하지 않도록 잡아주는 길잡이가 될 수도 있고, 내가 놓치고 살아왔던 가치를 상기시켜줄 수도 있다. 그래서 누군가에게는 기록이 저마다의 삶을 진흙탕에서 건져 올려줄 동아줄이 되리라 생각한다.

　인생을 기록한다는 것이 내 삶을 극적으로 바꾸어주지는 않는다. 하루 굶고 체중계에 올라 다이어트에 성공하기를 바라는 마음은 얼마나 어리석은 가. 꾸준함이 가져다주는 열매를 위해 우리는 오늘의 씁쓸함을 견딘다. 성실한 씁쓸함이 끝내 달콤함을 맛보게 한다. 모든 일이 그렇다. 단기에 성과를 내고자 하면 탈이 난다. 관계, 재테크, 다이어트, 연애, 결혼 그 무엇이든 충분한 시간이 필요하다. 기록 또한 그러하다. 충분한 시간과 나에 대한 작은 관심, 그리고 꾸준한 인내가 결합 되어야 무언가를 바꿀만한 힘 있는 기록이 열매를 맺는다. 독일의 문호 괴테가 전 생애를 바쳐서 쓴 「파우스트」는 60년이라는 기간 동안 집필되었다. 60년을 쓰고자 시작한 책은 아니었을 것이다. 묵묵히 쓰다 보니 60년이 흘렀듯, 당신의 기록도 그렇게 가치를 더한다. 단순히 오래된 것은 낡음으로 치부되지만, 인내와 고민으로 망라된 오래됨은 예스러움으로 빛날 것이다. 기록은 인내와 고민이 적절히 담긴 하나의 작품이다. 예스러운 기록이 당신의 삶을 더 빛나게 할 수도 있고, 진흙탕에 빠진 당신을 건져 올릴 수 있다. 오늘부터 나의 예스러움을 더해보는 건 어떤가. 나의 오늘을 잉크와 종이에 남김없이 담아낼 수 있기를.

　퍼스널 브랜딩의 시대가 되었다. 표현의 자유가 삶의 기술이 된 시대에 살고 있어서인지 누구나 글을 쓰고, 기록하고, 작가가 될 수 있다. 독립출판이

나 1인 출판도 활성화되었고, 글쓰기 플랫폼이 생겨서 기록의 편의성은 높아졌다. 누구나 언제든지 할 수 있지만, 첫 삽을 뜨는 건 결코 쉬운 일이 아니다. 개인 블로그를 운영해보면 안다. 내가 원하면 얼마든지 글을 쓸 수 있는 환경이지만 한 달을 꾸준히 쓰는 일조차 어렵다는 건 누구나 공감할 것이다. 매일은 아니더라도 본인이 쓰고자 하는 주제를 꾸준하게 기록하는 것만으로도 대단한 일이다. 그림책을 사랑하는 강연자 신혜지는 오랜 시간 자신의 이야기를 기록했다. 그녀의 블로그 '유달리 아름다운 것들'을 읽고, 유튜브 '교실책방'을 보는 것만으로도 그녀의 인생을 엿볼 수 있다. 이야기가 모여 인생이 된다는 것을 증명한 그녀의 강연에서의 그 순수한 열정이 아직도 기억에 남는다.

「기록이 건져 올린 삶」

안녕하세요. 저는 현재 초등학교에서 아이들을 가르치고 있습니다. 오늘 여러분과 나누고 싶은 주제는요. 기록이 건져 올린 삶입니다. 하루하루 바쁘게 살다 보면 거대한 우울감이 나를 덮쳐올 때가 있어요. 여러분도 그럴 때가 있나요? 2013년 3월 8일. 스물두 살 때 거대한 우울감이 제게 찾아왔습니다. 그때 저는 남들이 다하는 페이스북도 하지 않는, 저를 드러내거나 보여주는 걸 싫어하는 사람이었어요. 그런 제가 우울감을 마주한 그 날, 블로그를 개설하고 우울한 감정들을 기록하기 시작합니다. 물론 개인 다이어리에 쓸 수도 있었겠죠. 그렇지만 굳이 공개된 공간인 블로그에 기록한 이유는요. 아마 누군가 그래도 제 이야기를 들어주길 바래서였을 거예요. 조금 부끄럽지만, 그때 했던 저의 첫 기록을 잠깐 읽어드릴게요. 2013년 3월 8일 새벽 12시 20분, 가장 새벽 감성이 돋는 시간인데요. 페이스북도 하지 않던 내가 왜 갑자기 블로그를 해야겠다는 생각이 들었는지 모르겠다. 우울한 이 시점에 회포를 풀 나만의 공간이 필요하긴 했나보다. 이렇게 제가 기록을 시작한 이유는 거창하지 않습니다. 그저 저는 제 우울감을 털어낼 곳이 필요했어요. 그렇게 부정적인 감정들을 마주할 때마다 저는 기록을 하게 되는데요. 그런데 어느 날 제 글이 독자가 생겼습니다. 어디 사는지도 모르겠고 누구인지도 모르겠는데 그분이 자꾸 제 글을 읽고 아래 정성껏 댓글을 달아 주시는 거예요. '그런 것에 굴하지 않고 자신의 목소리를 꾸준히 담을 수 있다면 그걸로 충분하다고 생각해요.' '그림을 크게 그리되, 천천히 그러나 꾸준하게, 그러다 보면 멀리 갈 수 있고, 그 길을 같이 걷고 있는 친구들도 만날 거예요.' 이렇게요. 저는 이렇게 응원과 위로의 댓글을 받았어요. 누군가 내 글을 읽어주고 반응을 해 준다는 경험은 굉장히 특별하고 인상적이었습니다. 저는 제 기록의 방향을 전환할 필요성을 느꼈어요. 늘 부정적인 것들만 기록하던 제가 이번에는 제가 좋아하는 것들 잘하는 것들도 기록하고 싶다는 생각이 들었습니다. 그리고 저는 꾸준히 기록을 했고요. 어느새 8년이라는 시간이 지났습니다. 저에게는 처음 100여 편에 글이 쌓였는데요. 현재의 저는 '유달리 아름다운 것들'이라는 개인 블로그를 운영하면서 제 삶을 유달리 아름답게 만들어주는 그것들을 수집하고 기록하고 있습니다. 보시다시피 대단하지 않아요. 화려하지 않고요. 저는 100만 팔로워의 파워블로거도 아니고요. 기록을 가지고 책을 쓴 작가도 아닙니다. 하지만 8년 동안 꾸준히 한 공간에 기록했기 때문에 이렇게 여러분들 앞에 설 수 있게 되었습니다. 오늘은요 제가 기록을 하면서 느꼈던 기록이 힘과 가치에 대해서 여러분들과 좀 더 깊숙이 이야기를 나누고 싶은데요. 한 번은 이런 일이 있었어요. 교직원 회의가 끝나고 과목 선생님께서 저를 부르셨습니다. "신 선생님 5반은 진짜 가르치기 힘들다. 다른 반 애들은 딱딱 알아듣는데 5반은 왜 이렇게 말이 많지? 질문이 너무 많아!" 당시 신규 교사였던 저는 너무 당황스러웠어요. 얼굴이 새빨개지고 손에 막 땀이 나는 거예요. 그래서 죄송합니다. 이렇게 하고 교실에 들어와서 딱 앉았어요. 근데 감정이 가라앉지 않는 거예요. '어떻게 하지?' 하다가 늘 하던 대로 컴퓨터 앞에 앉아서 기록을 시작했습니다. 잠깐 읽어드릴게요. '처음에 그 선생님의 말을 부정했다. 이어 원망의 대상을 내가 됐다. 내 학급 운영 방식이 잘못됐나? 이내 화살은 아이들에게 돌아갔다. 왜 수업을 제대로 안 들어서 날 부끄럽게 하지?' 그러다가 마지막 부분에 제가 이렇게 썼더라고요. '아이들에게 미안해진다. 순간 다른 사람 말에 휘둘려 아이들을 그들의 시선에서 비난하고 혼낼 할 뻔했다. 아이들만의 사정이 있을 거다. 내일 툭 터놓고 이야기해봐야겠다.' 이렇게 제 기록에는요. 제 생각과 감정의 변화가 적나라하게 드러나 있습니다. 처음에 부정했다가 나를 원망했다가 아이들을 미워하다가 미안해하기도 했습니다. 결국에 내일 아이들과 이야기를 하기로 다짐을 하게 됐습니다. 이렇게 기록은요. 제 감정의 회로를 이성의 회로로 바꿔주었습니다. 덕분에 저는 다음날 아이들과 진짜 툭 터놓고 이야기할 수 있었고요. 아이들에게 각자의 이유가 있었음을 알게 되었습니다. 그래서 함께 노력해야 할 방향을 저희는 찾았고 정말 2주도 채 되지 않아서 그 교과 선생님께서 '요즘에 5반 애들 좋아졌어요.' 라고 피드백을 해주셨어요. 기록이 아니었으면 저는 감정에 치우친

교사였을 거예요. 하지만 기록 덕분에 조금 더 괜찮은 교사가 되지 않았나 싶습니다.

그렇게 기록을 하다가 그림책을 만나게 됩니다. 다들 좋아하는 게 한 가지씩 있으실 거예요. 뭐 낚시로 좋아질 수도 있고 영화도 좋아하실 수도 있고 등산을 좋아하실 수도 있겠죠. 저는 그림책에 푹 빠지는데요. 그림책을 읽고 나서 다가오는 벅찬 감동을 흘려보내고 싶지 않았어요. 흘러가게 그냥 내버려 두지 않고 꽉 붙잡고 싶었습니다. 그래서 다시 기록을 시작했습니다. 기록을 3년 동안 하다 보니 쌓이기 시작하는 거예요. 그래서 이걸 분류를 한번 해볼까 싶어서 세 가지로 분류를 하게 됩니다. 그림책에 입문한 분들은 첫 번째 카테고리, 마음대로 골라 담는 그림책에서 정보를 얻어 가시고요. 아이들과 그림책을 나누고자 하는 학부모님이나 선생님들께서는 세 번째 카테고리, 그림책 수업 사례에서 또 아이디어를 얻어 가시더라고요. 어느새 기록은 저의 전문 분야를 만들어주었습니다. 저는 다른 학교에 가서 그림책 관련해서 강의도 하게 됐고, 그림책이나 그림책 수업 관련해서 문의가 들어오면 설명을 할 수 있게 되었습니다. 기록은 제가 무엇을 좋아하고 무엇을 잘 하는지 깨닫게 해주었습니다. 덕분에 또 하나의 도전을 할 수 있게 됐는데요. 바로 제가 유튜버가 됐습니다. 물론 지금은 귀여운 시작 단계지만, '교실 책방'이라는 유튜브 채널을 만들어서 그림책을 소개해주는 어린이 플랫폼을 만들었어요. 과거에는 sns에 부정적이었던 제가 유튜버가 되었다니. 기록이 아니었으면 감히 상상할 수 없는 도전이었다고 저는 생각합니다.

이렇게 저는 감정도 기록하고, 좋아하는 것도 기록했습니다. 마지막으로 제가 실패한 것을 기록했던 이야기를 하고자 합니다. 제가 고학년 아이들을 맡았을 때 교실 문을 탁 열고 들어갔어요. 근데 깜짝 놀랐습니다. 학생들이 입에 담기 힘든 비속어를 곳곳에서 사용하고 있는 거예요. 이거는 진짜 확 잡고 가야겠다는 생각에 아이들이 자주 사용하는 비속어를 목록으로 제작해서 교실에 게시해 놓았습니다. 그리고 이렇게 말했죠. "지금부터 앞에 있는 비속어를 사용하는 친구는 하교 후에 남아서 반성문을 쓰고 갈 거예요." 며칠간의 효과가 있었습니다. 근데 곳곳에서 부작용이 속출했어요. 저는 그 실패의 순간들을 기록으로 남겨 놓았습니다. '잘못을 인정하지 않거나 서로를 흘뜯고 감시하는 모습. 친한 친구끼리는 동맹을 맺고 눈감아 주는 모습이 교실 곳곳에서 목격됐다. 이 목록을 만든 것은 완전히 잘못된 선택이었다. 교실에서 비속어를 퇴출하고자 했는데 오히려 아이들에게 비속어를 노출 시킨 꼴이라니. 급하게 학급회의를 열고 이 목록에 부작용을 이야기하며 아이들과 나는 이 목록을 삭제했다.' 이렇게요. 제가 이 실패의 순간들을 굳이 구구절절 기록으로 남긴 이유는요. 물론 실패를 다시는 반복하지 않기 위해서도 있었겠죠. 하지만 저는 우리 모두 완벽한 사람이 아니기에 실패를 공유해야 한다고 생각했어요. 실패를 공유함으로써 우린 성장할 수 있다고 믿었어요. 그래서 제 기록에는 댓글이 달리기 시작합니다. 누군가는 제 고민의 깊이 공감을 해 주시고요. 누군가는 저에게 좋은 조언을 해주셨어요. 제 기록에 아래에는 작은 대화의 장, 공론의 장이 펼쳐집니다. 물론 저를 위한 기록도 있지만, 누군가에게 작은 영향을 끼치는 기록. 그게 바로 기록에 가장 큰 기쁨이 아닐까 싶어요.

기록이 저를 어떻게 변화시켰나요? 기록은 저를 조금 더 이성적인 사람으로, 제가 좋아하는 걸 가꾸게 만드는 유튜브로, 제가 누군가에게 영향을 끼칠 수 있는 사람으로 만들어주었습니다. 여러분이 어떤 이유에서 기록을 시작하는지는 중요하지 않다고 생각해요. 다만 그 기록을 꾸준히 끌고 가세요. 그러면 여러분들이 무엇을 좋아하는 사람이고 어떤 순간에 행복감을 느끼는 사람인지 발견하실 수 있을 거라고 저는 확신합니다. 마지막으로 제가 좋아하는 문장을 읽어드릴게요. '무엇이든 영향을 받을 수 있는 자가 어디에도 영향을 끼칠 수 있다.' 제가 기록으로부터 받은 그 긍정적인 영향이 오늘 조금이나마 여러분들에게 영향을 끼칠 수 있었으면 좋겠습니다. 그리고 여러분들이 지금 그 자리에서 하는 그 기록이 또 다른 사람에게 선한 영향력을 끼쳤으면 좋겠습니다.

그림책을 진심으로 사랑하는 강연자 신혜지는 그림책 지도사 2, 3급 자격증을 취득하고, 영어 그림책 수업도 틈틈이 들으며 자신이 좋아하는 일을 잘할 수 있는 일이 되도록 노력하고 있다. 그녀는 사실 강연대회 면접 때 강연에 대한 피드백을 듣고 눈물을 흘리기도 했다. 좋은 콘텐츠가 더 빛날 수 있을 것 같아서 날카롭고 상세하게 피드백한 것이 오히려 상처가 되었다고 했다. 본인의 일과 삶에 대해 언제나 진심이기 때문에 누군가의 부정적인 피드백이 가슴을 파고들었을 수 있다. 그 사건도 블로그에 고스란히 담아두었다며 나에게 귀띔해주기도 했다.

그림책을 교실에 접목하여 즐겁게 일하는 모습을 보며 '덕업일치'가 떠올랐다. 좋아하는 일이 직업이 되면 저렇게 매일매일 행복할 수 있구나. 혼자 생각했다.

다른 반 선생님의 조언이나 충고를 흘려들을 수 있었지만, 그녀는 그렇지 않았다. 더 나은 자신의 모습을 위해 기록했고, 그 기록은 다른 사람의 힘을 모았다. 소통의 장이 된 블로그 댓글은 여전히 사람들에게 소통의 역할과 정보 공유의 역할을 하고 있다. 교사라는 직업을 가지고 새로운 일에 도전하는 일이 쉽지 않을 거라는 생각을 했다. 물론 나의 선입견이자 편견이었다. 나도 모르게 내 편견이 면접 때 피드백으로 표출되지 않았을까 하는 생각도 든다. 하지만 그녀는 보란 듯이 해냈고, 당당하게 수상했다. 그 과정에 대한 소감을 공유해도 좋을 것 같다.

"당신의 이야기를 삽니다."

이 문구에 끌려 이야기브릿지의 청년강연대회 'Young Voice'에 신청하게 됐어요. 화려한 경력이나 엄청난 성과가 없더라도 청년이라면 누구에게나 이야기를 할 수 있는 무대가 주어진다는 점이 굉장히 매력적으로 다가왔어요. 어떤 사람이든지 본인 안에 이야기 하나쯤은 갖고 산다고 생각해요. 재밌고, 슬프고, 아련하고, 신박하고, 매력적인 이야기들이요. 우리는 잠재적으로 그 이야기를 타인에게 말하고 싶은 욕구를 갖고 있지만, 사실 말을 할 기회는 그리 많지 않아요. 저는 말하고 싶었어요. 뭐든지요. 하지만 면접 날 돌아온 피드백은 "신혜지님이 하고 있는 것은 강연이 아니라 강의예요. 강의는 지식을 전달하는 게 주 목적이지만 강연은 사람의 마음을 움직이는 게 목적이에요. 신혜지님만이 할 수 있는 진짜 이야기를 해줘야 해요." 이었습니다.

'강연에는 소질이 없나?'란 생각보다는 내 이야기를 대중들에게 꺼낼 수 없다는 생각에 아쉬움이 밀려왔습니다. 탈락했다고 생각하고 집에 왔는데 "합격"했다는 문자를 받았어요. 그때부터 저는 제가 하

고 싶은 진짜 이야기를 찾아 나섰습니다. 8년 동안 해놓은 기록을 뒤지기 시작했어요. 강의가 아니라 강연을 하기 위해서요. 아주 평범하고 대단치 않은 인생이지만, 그래도 누군가에게 전해줄 것이 있다고 확신했어요.

총 4번의 피드백을 받았습니다. 대면 2회, 비대면 2회. 이야기브릿지 대표님이 해주신 피드백을 녹음해놓고 계속 돌려 들으면서 강연 흐름을 수정해 나갔습니다. 욕심을 부려 이것저것 빼고 추가하니 어느새 강연은 뒤죽박죽이 돼 있었습니다. 기록에 대한 이야기를 하고 싶었는데, 저는 어느새 기록이 아닌 다른 이야기를 하고 있더라고요. 수정, 수정, 수정의 연속이었습니다. 대본뿐만 아니라 강연 기법도 신경 써야 했습니다. 강연은 일종의 퍼포먼스였기 때문에 손짓, 발짓도 더 풍부하게 사용해야 했고 목소리에도 감정의 변화를 실어야 했습니다. 출퇴근길에도 계속 반복하며 연습했고, 집에 돌아와서는 제 모습을 영상으로 남겨 몇 번이고 돌려봤습니다.

그리고 본선 당일. 너무 떨리더라고요. 자유자재로 하고 싶은 말을 구사하는 다른 청년들의 모습에 기가 눌리기도 하고요. 그래서 제 자신을 다독였어요. 비교하지 말고, 내가 처음 이야기브릿지를 신청한 이유만을 생각하자라면서요. 제가 하고 싶었던 것은 남들보다 잘 말하는 것보다 진짜 내 이야기를 누군가에게 해보는 것이었으니까요. 다른 분들의 강연을 보면서 울컥하기도 하고, 웃음 짓기도 했습니다. 이렇게 말 잘하는 이야기꾼들이 다들 어디에선가 열심히 살아가고 있다는 사실에 든든해지기도 하고요. 살면서 이렇게 많은 관심과 응원을 받았던 적은 처음이었습니다. 수험생일 때도 임용고시생일 때도 이 정도는 아니었어요. 강연 대회의 온라인 평가 기간에 제 강연을 보고 피드백해주신 분들의 댓글을 보며 정말 행복했습니다. 결과에 상관없이 이거면 됐다고 생각했어요. 이야기브릿지를 통해 또다시 내일을 살아갈 힘을 얻었습니다. 어디에선가 제 부족한 강연을 보고 기록을 꿈꾸는 청춘들이 있었으면 좋겠습니다.

강연대회를 할 때마다 심사할 때 따뜻하고 친절하게 해주면 좋겠다는 피드백을 받는다. 의도한 것은 아니지만 그렇게 보이는 건 어쩔 수 없다. 강연대회를 지원하고, 면접에 오기 위해 강연을 준비하기까지 얼마나 많은 고민과 노력을 했을지 알기에 장난처럼 웃으며 심사하기가 어려운 것일지 모른다. 또는 면접이지만 그 시간조차 작은 무언가라도 얻어가길 바라는 간절한 마음으로 내용이나 기술적인 부분에 대해 상세히 이야기해주는 것이 지적하고 혼내는 것으로 느껴질 수도 있다. 면접 때 시연을 못 했다고 해서 수고했다는 인사와 함께 그냥 보내는 것이 옳은 일인가 나날이 고민했다. 면접을 보는 것만으로도 배운 게 있고, 얻은 게 있다고 느끼는 대회를 만들자는 것이 철칙이었다. 상처를 받을 수도 있고, 충격을 받을 수도 있다. 죄송한 마음이다. 그러나 그 과정을 통해 얻어가는 사람이 단 한 사람이라도 있다면 더 날카롭게 심사하고, 확실하게 의견을 제시할 것이다.

인생의 목표가 '성공'이었던 날이 있었다. 성공에 대한 정의도 제대로 내리지 못한 채, 무조건 성공하겠다는 마음뿐이었다. 그러다가 문득 하루하루가 불안과 근심으로 가득한 내 모습을 마주했다. '무엇을 위해 성공하려는 것인가?' 당장 오늘의 행복을 찾아야겠다는 생각을 하게 해 준 사람 중 한 명이 그녀였다. "누군가 나에게 나중에 커서 무엇이 되고 싶으냐는 질문에 나는 '행복'이라고 답했다. 그러자 그는 내가 질문을 잘못 이해했다고 말했다. 나는 그에게 당신이 인생을 이해하지 못하고 있는 거라고 말했다." 유명한 가수 '비틀즈'의 존 레논이 말한 행복의 정의이다. 강연자 신혜지는 여전히 아이들과 함께 행복한 수업을 하고 있고, 유튜브와 블로그를 통해 사람들과 소통하고 있다. 무엇보다 사랑하는 그림책에 더욱 진심이며, 대학원에 진학했다. 아이들을 가르치면서 본인의 배움에도 소홀하지 않게 살아간다. 현재는 행복으로 채우면서도 자기 계발을 멈추지 않는 그녀는 나의 동기부여 촉매제가 되었다. 기록은 단순히 저장이 아니라 공유와 성장의 가치를 가지고 있으며, 내가 주인공인 한 편의 이야기임을 가슴에 담는다.

C. 완벽하지 않아도 괜찮아

"강연은 성공하면 할게요."

강연을 한 번 해보는 게 어떻겠냐는 질문에 마치 짜기라도 한 듯 똑같이 돌아오는 대답이다. 새로운 경험에 도전하는 일이 두려운 건 어쩌면 당연할지도 모른다. 내가 강연을 처음 준비했던 순간을 떠올리면 어떤 이야기를 할지 고민했던 시간이 설렘으로 기억된다. 고민이 설렘이라니 이해하지 못할 수 있다. 그렇게 부담스러운 일이 어떻게 설렘이 될 수 있는지. 하지만 강연대회를 통해 100명 정도의 평범한 청년 강연자를 만나고 피드백하면서 느낀 것이 있다. '내가 강연을 한다?' 분명 엄청난 부담이 있다. 대부분 내가 무슨 강연을 하냐며 손사래를 친다. 나중에 성공해서 멋있게 강연하는 꿈이 있다는 이야기도 많이 들었다. 살면서 많이 들어보지 않았는가? 모든 건 타이밍이다. 강연을 할 수 있을 때, 기회가 주어질 때 망설임 없이 잡는 것도 능력이다. 완벽하지 않아도 괜찮다. 성공의 기준이 각자 다르기에 어쩌면 죽는 날 꿈에서 하는 강연이 유일한 기회일지도 모른다. 건강하게 하루를 사는 것이 성공일 수 있고, 맛있는 음식을 계절마다 먹으러 다니는 것이 성공일 수 있다. 대학을 무사히 졸업하는 것, 좋은 사람과 행복하게 연애하는 것, 부모님과 여행을 해보는 것. 성공은 각자의 기준이 있다. 무언가 이루고 성공한 사람만 강연할 수 있다고 생각한다면 큰 오산이다. 빛나는 무대에서 강연하는 사람들의 삶을 생각해보면 그들의 삶 또한 완벽하진 않을 것이다. 겉으로 성공한 듯 보이는 사람도 남들이 알 수 없는 속사정이 있기 마련이다. 매일 성공하는 삶은 없다. 중요한 건 작은 성공의 경험을 축적하는 것이다.

인생을 비유하는 사례로 마라톤과 롤러코스터가 있다. 공통점은 길다는 것과 굴곡이 있다는 것이다. 겸손을 표방하여 지금은 어렵고, 성공하면 무언가를 하겠다는 말은 역설적으로 자만이다. 본인의 삶은 완벽하게 성공할 수 있다는 말이 되기 때문이다. 성공해야 강연을 할 수 있다는 인식은 어디서 시작되었을까? 강연=성공이 공식이 되어버린 건 여러 이유가 있겠지만 대중매체의 영향이 크다. TV에 나와서 자신의 삶을 이야기하고 사람들에게 박수 받는 모습이 자연스럽게 그려지는 것이다. 강연의 사전적 뜻은 '일정한 주제에 대하여 청중 앞에서 강의 형식으로 말함'으로 규정되어있다. 일정한 주제는 성공 경험이 아니라 나에게 있었던 경험으로 충분하지 않을까? 강연을 성공과 동일시하는 것은 청소년들에게 진로나 꿈에 대해 물어보면 당연하게 직업이 나오는 것과 같다. 사회적 분위기가 그렇게 형성된 것이다. 꿈은 실현하고 싶은 희망이고, 진로는 길을 나아간다는 의미이다. 건강하게 취미생활하면서 자기 주도적 삶을 살겠다는 것이 꿈이 될 수 있고, 행복한 가정을 꾸려 정원이 있는 전원주택에서 주말마다 삼겹살을 구워 먹을 여유가 있는 삶이 진로가 될 수 있다. 하지만 청소년에게 꿈은 직업이다. 누군가 수학보다 재미없는 이 공식을 깨버렸으면 좋겠다고 생각했다.

그리곤 이내 나의 어리석음을 깨달았다. 모두가 그렇게 생각하기 때문에 바뀌지 않는다는 사실을. 깨버리는 누군가가 나타나길 기다리는 것이 아니라 내가 깨버리는 사람이 되어야겠다고 생각을 바꾸었다.

진로=직업이 아닌 것처럼 강연=성공 또한 잘못된 생각이다. 누구나 이야기할 수 있다. 완벽하지 않아도 자신의 이야기를 할 수 있다. 아니 완벽하지 않아서 이야기할 수 있다. 모든 게 완벽한 신과 같은 사람이 '나는 이렇게 하니까 되더라.' 말하면 무언가를 얻고 성장하기보다는 그저 부러움에 그치지 않을까? 완벽하지 않은 사람의 이야기에서 더 많은 인사이트를 얻고 성장할 수 있으며, 내 삶에 적용할 수 있는 실용성을 갖출 수 있다. 그래서 다시 이야기하고 싶다. "완벽하지 않아도 괜찮아. 당신의 이야기가 궁금할 뿐이야." 특별하지 않은 자신의 삶 때문에 다른 사람의 삶이 부럽다고 생각하던 사람이 있다. 가장 가까운 사람과 비교하며 자신을 한없이 낮추던 그녀는 끝내 자신이 가진 색을 인정하고 받아들이는 법을 배웠다고 이야기했다. 강연자 김희진은 얼핏 보기에도 따뜻함이 느껴졌다. 그녀는 주황색의 사람이었고, 밝고 적극적인 사람이었으며, 강연을 훌륭하게 마친 멋진 사람이었다. 그녀는 자신을 왜 주황색이라 말하는 걸까.

「나는 이런 색을 내고 있다」

"희진씨, 편안하게 생각하시면 돼요. 그냥 나는 이런 목소리를 내면서 살고 있다. 이걸로 간단하게 글을 써주시면 됩니다. 의식의 흐름대로 말이죠."

처음 글 쓰는 것을 제안받았을 때 들었던 말이다. '나는 어떤 목소리를 내면서 살고 있나?' 한참을 생각해봤다. 다시 연락해서 말하고 싶었다. "저는 아무래도 글을 쓰기가 어려울 것 같습니다." 이 세상에서 내가 어떤 목소리를 내면서 살고 있는지 감히 생각할 수 없었다. 당장 시작한 새 학기로 분주한 하루를 살아내느라 몸이 감당하지 못해 감기를 며칠째 달고 다니고, 시간만 나면 축 늘어져 쉬기 바쁜 나의 삶이 어떻게 책에 담길 수 있을까. 흔히 말하는 평범한 수준의 삶도 살아가지 못한다고 생각하는 나는 어떤 목소리를 내고 있을까. 이 세상에는 나보다 더 좋은 목소리를 내는 사람이 많다. 그 사람들이 글을 쓰는 것이 좋겠다는 생각이 들었다. 그래서 글 쓰는 것을 거절할 마음으로 버스를 타고 병원에 가고 있었다. 거절해야 겠다는 생각이 자리 잡으니 생각은 가볍게 정리되었다. 그러다 우연히 본 사진 한 장이 생각이 났다. 어떤 커뮤니티에 올라온 사진이었다. 틴트를 사고 싶은데 둘 중 어떤 색이 더 예쁜지 추천해 달라는 내용의 글과 두 개 틴트 색을 비교해 놓은 한 장의 사진이었다. 그 사진을 같이 보던 친구와 나는 각자의 취향대로 틴트 색을 골랐다. 다른 사람들은 어떻게 생각할지 궁금해서 아래 댓글을 보니 의견은 팽팽했다. 그중에 눈에 띄는 댓글 하나. '똑같은데?'

그 아래 댓글은 더 인상적이었다. '하늘 아래 같은 색조는 없다.' 색조 화장품을 보고 똑같아 보인다고 하면 항상 듣게 되는 말 같은 것. 왜 갑자기 이 사진과 이 댓글이 생각났는지 모르겠다. 하지만 조금은 가벼운 마음으로 이 글 쓰는 제안을 받아들이기로 했다. 글쓰기를 제안해주신 분이 말한 '나는 이런 목소리를 내면서 살고 있다.'라는 문장이 '나는 이런 색을 가지고 살고 있다.'라는 말로 받아들여지니 마음이 한결 편안했다. 그렇다. 하늘 아래 같은 색조는 없듯이, 하늘 아래 같은 목소리를 내는 사람은 없다. 즉 사람들은 각자 모두 다른 목소리를 내며, 자신의 색깔을 가지고 살아간다. 평범한 것 같은 나도 이 세상에 하나뿐인 목소리를 내면서 내 색깔을 가지고 살아간다는 것을 알아서였을까. 아니면 내 글이, 내가 내는 목소리가, 내가 가지고 있는 색이 특별하진 않아도 다른 사람과 똑같지는 않을 것이라는 확신 때문이었을까. 나만의 이야기를 써보기로 했다. 나만 낼 수 있는 목소리를. 나만 가지고 있는 색을.

어렸을 때 그림을 그리면 내가 쓰는 색을 꼭 정해져 있었다. 노란색, 분홍색, 하늘색, 초록색, 검정색 ……. 매번 그림을 그릴 때 쓰는 색이 비슷해서인지 내 색연필과 크레파스의 크기는 제각각이었다. 자주 쓰는 색은 짧거나 없었고, 한 번도 쓰지 않은 색도 많았다. 사용하지 않아서 늘 새것 같던 주황색. 무지개를 그려야 할 때만 사용하던 색. 언제부터였을까? 그런 주황색을 가장 좋아하게 된 것이. 주황색이 나를 닮아있다는 생각을 하면서부터 나는 주황색을 새로운 시선으로 바라보게 되었다.

나는 쌍둥이 언니가 한 명 있다. 한날한시에 똑같이 엄마 뱃속에서 태어났는데도 우리는 달라도 너무 달랐다. 혈액형부터 성격, 생김새까지. 같은 건 하나도 없다. 내가 왼쪽을 외치면 오른쪽을 외칠 사람이 우리 언니이다. 너무도 달랐던 우리 자매는 엄마 뱃속에서부터 고등학교를 졸업할 때까지 항상 같이 다녔다. 같이 다니다 보면, 서로가 비교 대상이 되는 것은 어쩔 수 없었다. 심지어 정반대의 외모와 성격으로 인해 여러 사람의 입방아에 올랐다. 내가 생각하는 언니는 정말 착하다. 어렸을 때는 어디가 조금 모자란 게 아닐까 싶을 만큼 착해서 나의 괴롭힘 대상이 되기도 했다. 정이 많고 사교성이 좋았으며, 차분하게 다른 사람 이야기를 들어주는 사람. 색으로 표현하면 하얀색과 같은 사람. 그런 사람이 우리 언니다. 반면에 나는 언니랑 정반대이다. 착한 언니를 괴롭히고 장난치는 걸 좋아하며 씩씩하고 활발한 사람. 이야기하는 것을 너무도 좋아하는 사람. 색으로 표현하면 주황색과 같은 사람. 하얀색이 어떤 색과도 잘 어울리듯, 우리 언니는 누구와도 잘 어울렸다. 그래서 어디를 가든 예쁨도 많이 받고 인기도 참 많았다. 어렸을 때 그림을 그리면 내가 항상 사용하는 색 중에 주황색이 없었던 이유가 어쩌면 주황색이 다른 색과 잘 어울리지 않고, 좀 밝고 튀어서였던 것 같다. 그런 색과 비슷한 나는 남들과는 좀 다르게 밝고 튀는 사람이었다. 가끔은 내 주장이 너무 강해서 다른 사람이랑 어울리기를 어려워하기도 했고 부딪히기도 했다. 그래서 누구와도 잘 어울리고 인기도 많은 언니가 항상 부러웠다. 내가 잘하더라도 나보다 더 잘해버리는 언니 때문에 나는 언제나 특색없고 안쓰러운 그런 사람이 된 것 같았다. 나도 분명 언니보다 나은 것이 있을 텐데. 주황색은 그저 다른 색과 잘 안 어울리는 밝고 튀는 색이 아니라 그 색만 가지고 있는 장점이 있을 텐데.

언니를 부러워하는 마음으로 힘들어했을 때 엄마와 친구가 해준 말이 기억에 남는다. "엄마가 봤을 때 언니보다 희진이가 더 따뜻한 사람인 것 같아. 그런데 사람들은 잘 모르는 것 같아. 근데 엄마가 둘을 봤을 때는 희진이가 더 따뜻해." "김희진, 너는 오래 아주 오래 봐야 좋은 사람인지 알 것 같아." 따뜻한 말 덕분에 나는 주황색이 그냥 밝고 튀는 색이 아니라 오래 보고 있으면 따뜻한 그런 색이라는 것을 알게 되었다. 하얀색처럼 다른 색과 잘 어울리지는 않지만 계속 보고 있으면 하얀색보다 따뜻한 그런 색. 그때부터였던 것 같다. 주황색이 좋아지기 시작한 때가. 따뜻한 색이라는 것을 알았을 때. 주황색을 가만히 보고 있으면 나랑 참 닮았다는 생각이 많이 든다. 주황색에 대한 조금은 애틋한 마음이 흔들렸을 때가 있었다. 대학을 진학한 후의 일이었다. 대학에 와보니 현실은 내 생각과 달랐다. 내가 원하는 전공을 공부하는 것도 아니었고, 서울로 대학을 진학한 것도 아니었다. 공부를 잘하는 것도, 인간관계를 잘하고 있는 것도 아니었고, 예쁜 것도 아니었고, 다들 잘나고 잘하고 있어 보이는데 나 혼자만 잘난 것도 잘하는 것도 없다는 생각이 들었다.

그때였다. 하얀색이 문득 부러워진 날. 서울에 있는 대학을 다니며, 하고 싶은 공부를 하는 언니와 주어진 환경에서 본인의 몫을 잘해내는 대학 동기들, 캠퍼스를 지나가는 다른 사람들도 모두 잘살고 있는 것처럼 느껴졌다. 그 사람들이 부러웠다. 그래서 한동안 주황색의 나를 멀리하게 되었다. 내가 가지고 있는 색은 초라해 보이고 다른 색들이 너무 예뻐 보여서 그 색깔이 되고 싶다는 생각을 매일같이 하곤 했다. 힘든 날이 계속되어 지쳐갈 즈음에 언니와 오래 통화를 하게 됐다. 그때 언니가 해준 이야기는 힘들던 그 시간에서 나를 끌어냈다. 학교생활과 인간관계, 공부까지 완벽하기만 했던 언니가 힘들다고 말했다. 신경 써야 할 것도, 해야 할 공부와 일도 너무 많고 지친다고 했다. 마냥 좋아 보이던 언니한테 그런 얘기를 들으니 조금 당황스러웠다. 언니는 "다 좋아 보이는 것 같은 사람도 각자만의 힘듦은 다 있어."라고 말했다. 언니랑 통화가 끝나고 많은 생각이 들었던 밤. 그때 평소에 좋아하던 노래의 가사가 생각이 났는데 이 노랫말은 그때도 지금도 나를 참 많이 위로해주고 잡아주는 듯하다.

'한없이 부럽게만 느껴진 당신이 혼자서 어깨를 들썩이며 울고 있

었지. 그래 당신도 나와 똑같은 사람인걸. 자신의 나약함에 고민하는걸.'

어쩌면 다른 사람들이 보기에 나는 꽤 괜찮은 사람일 수 있다. 아니 어쩌면 부러움의 대상일 수도 있다. 하지만 그런 나도 내 부족함과 연약함 때문에 고민하는 한 사람에 불과하다. 내가 가진 색이 아니라 다른 사람이 가진 색이 더 예쁘다고 생각해서 그렇게 되고 싶다고 생각하는 사람. 그런데 내가 부러워하던 언니도, 친구들도 나와 같은 생각을 한다는 것을 알았다. 사람들은 모두 각자 자신만의 색을 가지고 살아가는 것 같다. 자신이 어떤 색을 가지고 있느냐에 따라서 그 사람의 성격도, 삶도 모두 다르다. 그런데 가끔은 내가 가지고 있는 색이 아니라 다른 사람이 가지고 있는 색이 부러울 때가 있고, 내가 가지고 있는 그 색보다 다른 사람이 가진 색이 더 예뻐 보일 때가 있다. 내가 하얀색 같은 언니를 부러워했던 것처럼. 대학에 와서 다른 사람들의 삶이 더 좋아 보였던 것처럼.

하지만 이제는 알게 되었다. 내가 언니보다 더 따뜻한 사람이라는 엄마의 말처럼, 내가 부러워하던 사람들도 자신의 부족함 때문에 고민하는 것처럼, 내가 가진 색이 다른 색보다 더 예쁠 때가 있다는 걸, 자신이 가지고 있는 색에 완전히 만족하며 살아가는 사람은 많지 않음을 알게 되었다. 이제는 그냥 내가 가지고 있는 색을 보다 분명하게 내면서 살아가기로 했다. 밝고 튀어서 때로는 다른 사람과 어울리기 어려워할 때가 있어도 따뜻한 마음을 가지고 그 마음을 알아주는 사람들과 어울리면서 살겠다고. 특별할 것 없이 지긋이 평범해 보이지만 그냥 내 삶을 있는 모습 그대로 살아가려고 한다. 비슷한 색은 있어도 나와 완전히 같은 색은 절대 없으니까. 그래서 우리의 인생이 더 재밌는지도 모르겠다. 살면서 나와 비슷한 색을 가진 사람을 만날 때도 있고, 나와 잘 어울리는 색을 만날 때도 있고, 나와 완전히 다른 색을 만날 때도 있다. 비슷하면 비슷한 대로, 어울리면 어울리는 대로, 다른 색들과의 조화가 안 되면 또 그 나름대로 매력이 있다는 것을 알게 될 테니까, 앞에서 말했던 노랫말 앞부분 가사 중 이런 가사가 있다.

'하지만 난 그대와 얘기해보고 싶어. 좋은 친구가 될 거라고 생각해.'

그리고 마지막에 이런 가사가 있다.

'내가 조금만 용기가 있었다면 따뜻한 가슴으로 안아 줄 텐데.'

내가 가지고 있는 색을 내면서 내가 가지지 못한 색을 부러워하는 것이 아니라, 나의 색과 다른 색을 인정하고 함께 어울리면서 살아가고 싶다. 용기 있게. 따뜻하게.

비를 맞은 강아지처럼 떨던 그녀의 첫인상이 기억에 남는다. 손을 바르르 떨며 마이크를 잡고 이야기하던 그녀. 눈도 제대로 맞추지 못할 만큼 수줍음이 많던 사람이었지만 강연에는 진심이었다. 강연대회를 위한 면접장에서 언니와 자신을 비교했던 순간을 말하며 눈물을 보였다. 마음속 상처는 생각보다 빠르게 아물지 않았다. 참고 견뎌내기에 겉으로 티가 나지 않을 뿐. 지금 시대에 중요한 단어로 자주 등장하는 것이 자존감이다. 김희진의 이야기는 이 시대를 살아가는 청년들에게 자존감에 대한 화두를 던진 것이다. '나는 지금 잘살고 있는가?' 생각보다 많은 사람이 이미 한 번쯤은 자신에게 던진 질문이었을 것이다. 그리곤 답을 찾지 못한다. 왜? 애초에 답이 없는 질문이었으니까. 잘살고 있다는 기준을 어디에 두는지에 따라 결과는 다르다. 돈, 외모, 가족, 친구, 직장 등 무엇이 얼마나 어떻게 되어야 하는

지에 따라 우리의 삶도 질적으로 변화한다. 어떻게 해서라도 정답에 수렴하는 결과를 찾고 싶다면 완벽한 것은 없다는 사실을 인정하면 된다. 자존감을 높이는 것은 어쩌면 '인정하는 것'에서 시작된다고 볼 수 있다. 타인을 시기하고 질투하며 비교 대상으로 인식하는 것이 아니라 인정하면 된다. 나에 대해서도 비하하고 후회할 것이 아니라 인정하면 된다. 스스로 인정하는 법은 완벽하지 않아도 괜찮다는 것을 받아들이면 된다.

올림픽에 근대 5종이라는 스포츠가 있다. 펜싱·수영·승마·크로스컨트리·사격으로 구성된 다섯 가지 종목을 겨루어 각 종목의 점수를 합산한 총점으로 순위를 정하는 경기이다. 올림픽을 보다가 한 번은 이런 생각이 들었다. '펜싱, 수영, 승마, 크로스컨트리, 사격 각각 스포츠 종목으로 경기를 하지 않나? 왜 다섯 가지를 하나의 스포츠로 하지?' 그러다가 문득 궁금해졌다. '수영선수가 근대 5종 경기 선수가 되면 메달을 따는 데 있어서 유리한 거 아닌가?' 하는 호기심이 생기려 할때 답을 찾았다. 하나의 종목을 뛰어나게 잘하는 선수가 있고, 여러 가지 종목을 골고루 잘하는 선수가 있다. 근대 5종경기 선수와 수영선수가 수영으로 경쟁하면 수영선수가 이길 확률이 높다. 왜? 수영을 유독 잘하니까. 나머지 종목도 각 분야에 선수가 있기는 마찬가지다. 하지만 근대 5종은 다섯 가지 종목을 모두 잘해야 한다. 한 가지에만 특화된 것이 아니라 균형 있게 잘해야 하는 것이다. 우리의 삶도 같은 원리이다. 공부를 잘하는 사람, 노래를 잘하는 사람, 운동을 잘하는 사람, 인간관계를 잘하는 사람이 다양하게 있다. 그 중 하나를 뛰어나게 잘하는 사람과 여러 가지를 잘하는 사람이 있다. 10km 마라톤을 완주하는 것으로 운동을 잘하는 사람이 되기도 하고, 3km를 빠르게 달리는 것으로 운동을 잘하는 사람이 되기도 한다. 이야기를 잘하는 사람도 마찬가지다. 말이 끊이지 않게 잘 이어가는 사람, 다른 사람의 말을 경청하며 전체적인 이야기를 주도하는 사람, 큰 목소리로 분위기를 좌지우지하는 사람을 우리는 이야기를 잘하는 사람이라고 한다. 우리는 모두 자신만의 색이 있고, 각자가 잘하는 것이 있고, 각자의 기준이 있다. 완벽하게 해내는 것보다 중요한 건 일단 하는 것과 한 것에 대해 인정하는 것이 필요하다. 그렇게 자신을 채워가는 것이다.

강연자 김희진은 여전히 밝고 에너지 넘친다. 최근에 미국 여행을 다녀오면서 귀여운 접시 하나를 선물해주었다. 곁에 있는 사람을 기분 좋게 만들어주는 그녀는 다른 사람을 배려하고 편하게 만들어주는 능력이 탁월했다. 노란 캐릭터 접시는 내가 가장 자주 사용하는 식기가 되었다. 사용할 때마다 고마움을 떠올린다. 선물이 그녀의 색처럼 밝아서일까? 접시를 사용할 때면 주황색의 그녀를 한 번 떠올리게 된다.

D. 남 부끄럽지 않게 아닌 나 부끄럽지 않게

'남사스럽게 그러면 쓰나?'

분명 한국말인데 번역이 필요하다. 경상도에서 고등학교까지 나온 나에게 익숙한 말이다. 의미를 해석하면 "다른 사람 보기에 부끄럽게 그렇게 하면 되겠니?"라는 말이다. 자주 사용되는 말이라 특별할 것 없다고 생각했으나 이제는 생각이 좀 다르다. '남사스럽다'는 다른 사람 보기에 부끄럽다라는 다른 사람의 시선을 의식해서 나온 표현이다. 그 어떤 국가보다 우리나라는 다른 사람의 시선을 의식한다. 식당에 들어가서 메뉴를 보며 우리가 해야 할 적당한 말은 메뉴를 말하는 것이다. 그러나 나는 말한다. "뭐 먹을래?" 식당만 그럴까. 편의점에 들어서서 말한다. "뭐 살 거야?" 다들 한 번쯤은 해본 말 아닌가. 식당가서 상대에게 묻지 않고 자신이 먹고 싶은 메뉴만 말하거나 살 물건만 골라서 나온다면 뒷말이 나온다. 사람이 딱딱하다느니, 자기만 안다느니, 경우가 없다느니. 한 번 사는 인생인데 왜 다른 사람의 시선을 이렇게도 신경 써야 하는지 의문이다.

다른 사람에게 보여주기 위한 삶을 살아가는 대표적인 문화가 SNS이다. 여행을 가서 사진 한 장, 맛집을 가서 사진 한 장, 비싼 숙소에 가서 사진 한 장. 일상에서 가장 빛나는 순간을 찰나에 담아 다른 이와 공유한다. 자기만족이라는 사람도 있지만 봐주는 사람이 한 명도 없다면 과연 SNS를 하는 사람이 있을까. 삶이 힘들고 지칠 때 SNS를 켜면 이미 낮아진 자존감이 바닥을 치고, 세상에 불행한 사람은 나뿐이라는 생각까지 들게 한다. 이러한 현상이 극단화되어 카푸어 또는 하우스푸어를 양산하고 욜로족이라는 말을 만들어서 미래를 준비하기보다 오늘을 즐기는 사람도 생겨났다. 유행이 지났다고 하지만 여전히 저축이나 적금보다 여행이나 맛집 등의 행복과 만족이 중요한 사람이 많다. 덤으로 SNS 인증까지.

SNS는 찰나의 순간을 이야기하는 공간이다. 타인에게 보여주기 위한 공간이면서 자신을 기록하는 공간이기도 하다. 사진과 짤막한 글이 그 순간의 나를 표현해주고, 요즘의 나를 설명한다. 그래서 이야기에는 언제나 허구와 사실이 공존한다. 완벽한 사실을 우리는 정보 또는 지식이라 부른다. 이야기와 정보는 다르기에 적절한 수사와 꾸밈은 허용된다. 하지만 요즘의 이야기와 SNS는 1%의 사실을 기반으로 한 99%의 허구를 담기도 한다. 다른 사람의 차 앞에서 사진을 찍기도 하고, 명품가방을 중고로 구매해서 사진만 찍고 다시 되파는 사람도 즐비하다. 순간의 관심과 부러움을 사기 위해 자신에게 부끄러운 행동을 하고 있다. 부끄럽지 않다면 이미 내성이 생긴 것이다. "So What? 뭐 어때? 잠깐 행복하면 됐지." 퍼스널 브랜딩의 폐해가 바로 이런 게 아닐까. 아니면 말고 식의 이미지 메이킹이 불러온 파장은 처참하다. SNS를 통해 다른 사람들의 삶을 쉽게 접하니 비교가 늘고, 본인의 상황이나 수준을 정확하게 인지하지 못하는 경우도 많다. '영끌족' 영혼까지 끌어모아 집을 구매한 사람. 내 주위에도 월마다 200만 원 가까이 되는 금액을 30년간 갚아야 하는 지인들이 있다. '저 사람들도 사네? 나도 사야 할 것 같은데.' 이런 마음으로 집을 구매했다면 영끌족 대열에 합류한 것이다.

삶의 기준을 오로지 나에게 두고 지냈던 경험이 있다. 대학 시절 냉장고 바지를 입고 크록스를 신은 모습으로 당당하게 강의장에 들어섰다. 옆자리에서 수군대는 이야기를 들었지만 창피하지 않았다. 나와 함께 냉장고 바지에 크록스 신고 강의장을 함께 입장하던 친구들이 있었기 때문이다. 무엇보다 나와 내 친구들이 올 A+의 좋은 학점을 받고, 남들에게 인정받는 스펙을 가지고 있었기에 보이는 겉모습에 치중할 필요성을 못 느꼈다. 물론 나의 개인적인 생각이다. 생각해보면 자존감이 높고, 나 자신에게 당당할 때는 언제나 기준이 나에게 있었다. 심하게 프리한 모습으로 캠퍼스를 누비면서도 고개 숙이지 않았다. 확실한 건 내 삶에 당당하고, 주위에 좋은 사람이 있었던 그 순간만큼은 누구에게도 부끄럽지 않았다. '네가 좀 이상한 사람 아니야?' 혹시 방금 이렇게 생각했다면 다시 집중해주시라. 취업을 내려놓고 강연을 일로써 시작했을 때 처음부터 잘 풀리진 않았다. 4년 정도 지나서 조금씩 수입이 생겼고, 좋은 성과를 낼 수 있었다. 그러자 사람들의 시선이 달라졌다. 일례로 스마트폰을 편하게 사용하기 위한 스트랩이 있다. 손가락을 끼워서 스마트폰을 안 떨어트리고 사용하게 하는 띠인데, 지인에게 천 원짜리 스트랩을 선물 받았다. 고가의 유명 브랜드의 로고와 문양이 같았는데, 지인이 지나가는 말로 물었다. "와, 그 브랜드에서 스트랩도 만들어요? 비싼 거 사용하시네요." 사실 나는 이 말을 들을 당시에 그 브랜드를 알지 못했다. 과거에 새로 산 반바지를 입고 가다가 만난 여자 후배들이 "오빠, 그 옷 돈주고 샀어요? 당장 버려요."라는 말에 충격받았던 나였다. 브랜드에 문외한이면서 패션 테러리스트인 나에게 고가의 브랜드 스트랩을 착용했냐는 말에 웃음이 났다. 그때 사람이 명품이 되어야 한다는 것을 배웠다. 다른 사람의 시선에 맞춰 살아가기보다 나의 주관대로 살아가는 게 진짜 성공하는 길이다. 나는 오늘도 통제할 수 없는 자발적 패션 테러리스트로 살아가고 있다.

'남 부끄럽지 않게'가 아니라 '나 부끄럽지 않게' 살아가는 삶의 태도가 필요할 때라 생각한다. 유독 다른 이의 시선을 신경 쓰는 우리나라의 문화도 점진적으로 바뀌어야 한다고 믿는다. 오롯이 나에게 집중하기에도 부족한 시간이고, 내 주변 사람 챙기기에도 벅찬 삶이니까. 누군지 모르는 한 명의 관심을 받기 위한 삶이 아니라 나를 가장 아끼고 걱정하는 사람을 웃게 하는 삶을 사는 게 중요하다. 나부터 다른 사람의 시선을 전혀 신경 쓰지 않는다면 거짓말이다. 그러나 오늘을 행복한 순간으로 만들기 위해 노력하고 있다. 어떤 노력을 해야 할지 막막하다면 매사에 최선을 다해 결과를 만들어 내는 강연자 김우영의 이야기를 들어보자. 열정 넘치는 그녀의 이야기를 듣는다면 어떤 태도로 어떻게 노력해야 하는지 고민하는데 도움이 될 것이다.

「남 부끄럽지 않게 아닌 나 부끄럽지 않게」

안녕하십니까! 오늘 여러분 앞에서 '남 부끄럽지 않게 보다, 나 부끄럽지 않게.'에 대해 함께 이야기 나눌 '내가 좋아하는 것을 찾고 있는 김우영'입니다. 방금, 제 자기소개 어떠셨나요? 어디 회사 소속 누구입니다. 어디 학교 무슨 과 누구입니다.가 아니라, 내가 좋아하는 것을 찾고 있는 김우영이라고 했죠? 저는 최근, 공적인 업무 외에 누군가를 만나서 나를 소개할 때, 꼭 이렇게 소개하곤 해요. 오늘은 내가 좋아하는 것을 찾고 있다고 했지만, 매번 소개가 바뀝니다. 웃음이 많은, 나를 사랑하는, 행복함을 기록하는, 성장통을 즐기는 김우영입니다. 이런 식으로요. 그러면 사람들이 아? 웃음이 많으세요? 라고 하며 내 얼굴을 더 유심히 들여다보고 행복함을 어디에 기록을 하시는 건지 물어봐요. 대학과 회사를 소개할 때보다 내 겉모습이 아니라 진짜 나의 관심사를 이야기하며 대화를 이어갈 수도 있고요. 그 전에 저는 어땠는지 궁금한가요? 공기업 일반공채 최연소 입사자, 대학 최초 여자 부학생회장, 공모전, 대외활동 수상 다수, 학점 4점대, 초중고 전교회장 및 학생회 역임, … 예전의 제가 자랑하고 남들에게 절 소개할 때 꼭 덧붙이던 내용입니다.

이제는 이런 것에 너무 얽매이지 않습니다. 겉보기엔 아무런 걱정 고민 없어 보였던 저의 숨겨진 이야기를 들려드릴게요. 저희 아빠는 제가 6살 때 교통사고로 인해 장애인이 되셨어요. 아빠가 병원에 입원하면서 전남 함평 시골에서 오손도손 재밌게 살고 있던 우리 가족은 뿔뿔이 흩어졌어요. 그리고 저는 그때부터 고등학교 졸업 이후 수도권으로 대학을 갈 때까지 할머니 손에서 자라게 됩니다. 그래서 초등학교 때 사진이 몇 장 없어요. 사진을 찍어줄 부모님도 없고, 주말에 가족끼리 나들이를 가거나 놀러 갔던 경험이 단 한 번도 없거든요. 한순간에 다리 한쪽을 잃은 아빠, 집안의 생계를 책임지게 된 엄마. 어두워진 집안 분위기. 일반적으로 '일찍 철 들었다.'라는 말을 칭찬으로 생각합니다. 하지만 저는 칭찬이 아니라고 생각해요. 그만큼 그 어린아이가 그 나이에 맞는 생각과 행동을 하지 못하고, 부정적인 세상에 잠식되어 가는 과정을 일찍 경험한 거니까요. 그 어린 아이는 바로 저였습니다.

받아쓰기 100점, 학급 반장 임명장, 상장, 이런 걸 받아 가면 부모님이 너무 좋아했어요. 괜찮은 척, 잘하는 척, 외롭지 않은 척, 보고 싶지 않은 척, 연기의 연속이었습니다. 지금도 잊을 수 없는 기억이 하나 있습니다. 초등학교를 입학하고 3월 한 달 동안은 학교에서 급식을 주지 않고 일찍 집에 가게 되었습니다. 그 당시 할머니와 같이 살기 전이여서 저는 항상 계란후라이에 간장을 비벼서 밥을 먹었어요. 가스레인지에 키도 닿지 않아 항상 의자를 디디고 계란을 깼었어요. 혼자서 고픈 배를 채워보려 애쓰던 그 안쓰러운 아이가 제 기억에서 지워지지 않습니다. 그러던 도중, 친구가 생겼어요. 친구가 물어봐요, "오늘 우리집에 놀러 갈래?" "좋아!" 하고 따라갔죠. 친구 집에는 내가 매일 혼자 밥그릇에 비벼 먹던 계란 간장밥이 아닌 엄마가 해주는 따뜻한 국과 고기가 한상 가득 차려져 있었습니다. 놀고 있으면 간식을 챙겨주셨고, 흙장난하고 들어온 친구의 옷을 받아서 털어주셨어요. 괜히 주눅이 들어서 더 시무룩했던 것 같아요. 친구 어머니는 자연스럽게 가정사를 물어보셔서 솔직히 대답했을 뿐인데, 다음날 학교에서 저는 불쌍한 애가 되어 있더라고요. 그때부터 저는 밝고 활기찬 사람으로 보여야겠다는 생각을 했습니다. 아빠가 아픈 게 부끄럽다는 생각은 한 번도 해보지 않았어요. 하지만, 제가 여기서 의기소침하고 우울하게 산다면 사람들은 제가 그런 이유를 부모님의 부재라고 생각하더라고요, 그래서 더 활발하고 적극적으로 살고자 노력했어요. 그럼 적어도 불쌍하다는 생각 대신에 기특하다는 생각을 하거든요. 그게 사랑받는 방법이라고 생각했습니다. 그래서 저는 '김우영'이라는 사람을 만들어 가기 시작했어요. 나중에는 뭐가 진짜 나인지 헷갈릴 지경까지요. 저한테 실패나 우울이라는 단어는 존재해선 안 되는 단어가 되었습니다. 저에게 기대하는 사람들을 실망시키고 싶지 않았어요. 그래서 저를 더 옥죄었고, 결과가 실망스러우면 그 결과를 인정하지 않고 거짓말까지 하게 됐어요. 실패한 결과 속에 있던 과정은 쓸모없는 노력이라고 생각했어요. 결론적으로는 이 모든 게 저를 점차 마음이 아픈 사람으로 만들었습니다. 내가 아니라 남에게 인정받고 잘 보이기 위해 힘쓰는 삶. 성과 없는 노력은 노력이라고 쳐주지도 않고 왜 더 잘하지 못했어? 라고 하며 자신을 채찍질하는 삶. 그 당시의 나는 겉으로는 웃고 있었지만, 사실 속은 엉망이었어요. 회사 이름, 학점, 학교 입결, 공모전 수상 경력으로만 나의 가치를 평가할 수 있다고 생각했고, 나의 배경이 없다면 제 주변의 사람들이 저를 싫어하게 될 거라는 생각을 했습니다.

그래서 더 놓을 수가 없었어요. 만들어 낸 김우영을 지키기 위해 진짜 김우영을 계속해서 숨겼습니다. 그러던 어느 날, 한 친구가 말했어요. "야 김우영, 너는 왜 너 힘든 걸 이야기 안 해? 끙끙 대지 말고, 애쓰지 말고 그냥 힘들면 힘들다. 못하면 못한다고 이야기해도 돼." 그 이야기를 듣자마자 눈물이 주르륵 났어요. 그리고 방언이 터진 것처럼 지금까지의 제 이야기를 모두 그 친구들에게 털어놨어요. 말하고 나니 정신이 차려지더라고요. '아 큰일 났다. 이제 얘네가 나 싫어하면 어떻게 하지.' 그런데 놀랍게도, 친구들은 아무렇지도 않았어요. "그게 왜? 야 왜 그걸 지금 말해. 고생했네. 괜찮아. 뭐 어때." '진짜 나'를 보여주면 싫어할 거라는 예상과는 달리 제 주변 사람들은 있는 그대로의 저를 바라봐주었어요. 항상 완벽한 모습만 보여줘야 한다고 생각했어요. 그래야 사랑받을 수 있다고 믿었어요. 하지만, 내가 애쓰지 않고 편안하게 있어도 그런 나의 진짜 모습을 좋아하는 사람들이 있다는 것을 늦게나마 느꼈어요.

그날 집에 돌아와서 다이어리를 꺼냈습니다. 그리고 빼곡히 내가 좋아하는 것을 적었어요. 남들한테 보여주기 위한 것들 말고 그냥 오로지 내가 좋아하는 거요. 따끈한 정종에 어묵, 얼음 동동 띄운 얼음물, 귀뚜라미 소리가 들리는 밤 산책, 가을 하늘, 무등산, 카페에서 읽는 책, 아이돌 댄스를 따라 추는 거. 진짜 이런 것까지 써야 할까? 하는 것까지 다 썼어요. 노트 반 권을 빼곡히 채우고 나니 그 자리에 진짜 내가 보였어요. 아재개그를 좋아하고, 대화 중 말실수에 집 가서 후회로 이불을 뻥뻥 차고, 인간관계를 고심하는 조금은 찌질한 진짜 그냥 김우영이요. 그 뒤로, 제가 완벽하게 바뀌었냐고요? 아니요. 그건 아니에요. 여전히 저는 바쁘고 공부하고 도전하는 걸요. 달라진 건 딱 하나. 결과가 안 좋아도 겸허히 받아들여요. 노력한 나의 과정을 있는 그대로 칭찬해줘요. 남에게 보여주기 위한 성과가 아닌 제가 하고 싶은 노력만 해요. 누구도 내 최선에 실망할 자격은 없는걸요. 나 부끄럽지 않게 사는 일상이면, 그걸로 충분하죠. 제 소속이 저를 증명해주진 않아요. 같은 회사, 같은 대학 나왔다고 해서 다 똑같은 사람은 아니잖아요? 트로피에 집착하는 삶은 나의 노력을 오히려 가치 없는 것으로 만들었습니다. 이제 저는 타인의 인정을 갈구하며 사는 삶이 아니라 스스로가 당당한 삶을 살아가고 있습니다. 제가 저 자신에게 부끄럽지 않은 삶은 매사에 최선을 다하는 것이라 생각합니다. 그래서 하루하루 최고는 아니더라도 최선을 다해 살고 있어요. 우리는 모두 처음 사는 삶이고 오늘의 나는 항상 처음이라 실수할 수 있잖아요, 과거에 저는 그걸 받아들이지 못했어요. 하지만 이제는 남들의 시선을 생각하며 남 부끄럽게 살지 말자. 라고 말하는 게 아니라. 나 부끄럽게 살지 말자, 라는 말이 맞는 것 같더라고요.

지금껏 당신의 자기소개는 어땠나요? 그리고 오늘부터, 당신의 자기소개는 어떻게 변할 것 같나요? 트로피가 뭐가 소중해요. 남의 판단이나 시선이 뭐가 중요해요. 남 부끄럽지 않게 사는 거 말고, 나 부끄럽지 않게 산다는 마음가짐으로 새로운 자기소개를 만들어봐요.

제 이름은 김우영이고, 가을을 좋아하고, 기차를 좋아해요. 나 부끄럽지 않게 매일 최선을 다해 사는 것이 제 삶의 새로운 방식이랍니다. 감사합니다.

"제 이름은 김경한이고, 겨울을 좋아하고, 이야기를 좋아합니다. 어제보다 나은 오늘이 되기를 바라며, 누군가의 삶이 벼랑 끝에 있을 때 마지막으로 생각나는 사람이 되기를 바랍니다." 나의 새로운 자기소개이다. 자기소개를 시켰을 때 이렇게 말하는 사람이 있다면 반드시 한마디 건넬 것이다. 소속을 밝히고, 나이를 말하는 관례적인 소개가 아니라 진짜 나를 소개하는 것에서부터 주체적인 삶이 시작된다. 누군가의 기준을 충족시키며 다른 사람의 짧은 박수 소리를 쫓아다니기엔 우리 삶은 너무 짧다. 자신의 이야기를 꺼내놓는 일의 시작은 아마도 자기소개가 될 것이다. 어떻게 나의 이야기를 꺼내야 할까를 고민한다면 강연자 김우영의 방식이 최고의 방법이 아닐까. 항상 밝게 웃고, 선한 분위기가 흐르는 그녀에게도 그림자는 있었다. 그러나 과거의 그림자 유무보다 현재 그녀의 이야기가 작은 영향력을 미친다는 사실이 중요하다. 강연 이후 그녀는 관제사 시험에 합격하여 직장 내에서 새로운 일에 도전하게 되었다. 심지어 관제사를 준비하던 기간에 직접 문제를 만들어서 풀어보는 방식으로 공부를 하다가 그 문제를 모아 수험서를 출판했다. 출판 이유를 물어보니 시중에 관제사 수험서가 따로 없어서 공부할 때 어려움을 느꼈는데, 거기서 멈추지 않고 본인이 공부하면서 만들어본 문제로 출판하자는 생각을 했다고 한다. 정말 본보기가 되는 모습이 아닐 수 없다. 다른 사람의 시선 속에 살지 않겠다고 다짐한 그녀. 앞으로 자신에게 부끄럽지 않게 살기 위해 어떻게 나아가는지 바라보고자 한다. 삶의 기준을 나에게 두고 싶다면 간단한 자기소개부터 시작해보자. 어떠한 문장으로 자기소개를 채우고 싶은가.

E. 내가 나를 상담하는 시간

"각성된 인간에게는 한 가지 의무, 즉 자기 자신을 찾고 자신 속에서 확고해지는 것, 자신의 길을 앞으로 더듬어 나가는 것 외에는 아무런 의무도 없다." 베스트셀러로 유명한 「데미안」에서 자신을 찾고, 확고해지는 과정을 인간의 의무라고 말한다. 내가 어떤 사람인지 알고자 하는 것은 많은 이의 소망이기도 하다. 그러나 우리가 궁극적으로 궁금해하는 것은 어떻게 나에 대해 정확히 이해할 수 있냐는 방법론이다. 실제로 내 강연을 마치고 Q&A를 받으면 자주 나오는 질문이기도 하다. 아주 부담스러운 질문이다. 나 또한 미완의 인간인데, 마치 삶을 통달한 사람처럼 그럴듯한 답변으로 넘어가기엔 거대하고 장엄한 질문이다. 내가 경험한 범주 안에서의 답변만 있을 뿐이다. '제가 좋아하는 일을 어떻게 하면 찾을 수 있나요?'라는 질문에 이렇게 답한다. "혹시 최선을 다해 무언가에 몰두해본 경험이 있나요? 무언가에 정말 후회 없이 최선을 다해본 사람만이 내가 한 일에 대해 정확한 평가를 할 수 있습니다. 좋아하는 일인지, 잘하는 일인지 정확하게 알고 싶다면 가슴에 손을 얹고 정말 후회 없이 최선을 다했다고 생각할만한 일을 경험한다면 도움이 될 것 같습니다." 만족스러운 답이라고 생각할 수도 있고, 관례적인 말로 들릴 수 있다. 내가 느낀 경험 중에서 답을 찾아야 하기에 짧은 식견으로 내놓은 최선이었다.

각자의 이야기를 '강연'으로 콘텐츠화했던 초기에는 강연을 자기표현의 기회라고 역설(力說)했다. 자신의 이야기를 하나의 콘텐츠로 만들어보고, 퍼스널 브랜딩의 기회를 제공하는 것이라고 말했다. 강연대회를 하며 감정이입에 대한 부분이 매우 큰 영역임을 깨닫게 되고, 사람들이 이야기를 꺼내는 목적이 역량개발이나 퍼스널브랜딩에 그치는 것이 아니라 자기 이해와 자가상담의 영역까지 확장한다는 사실을 알게 되었다. 오히려 자가상담 또는 자기 이해가 더 큰 목적이지 않을까 생각한다. 어떠한 기회에서든지 강연이 끝나고 강연자들이 나에게 찾아와서 하는 말이 있다. "대표님. 강연을 준비하면서 내가 어떻게 살아왔는지, 살면서 무엇을 했는지, 어떤 생각을 가지고 살고 있는지 되돌아보게 됐어요."

이야기브릿지를 운영하면서 가장 보람을 느끼는 순간이다. 사실 나에게도 다른 사람에게 약해 보이는 것이 싫어서 개인적인 이야기나 과거의 이야기를 하지 않았다. 나의 아픈 과거나 못난 이야기가 나를 얕보게 하는 꼬투리가 되지 않을까 생각했다. 그러던 중 예민하고 모난 성격 탓에 프로젝트를 하면서 구성원과 갈등이 발생했는데, 홧김에 나의 모난 성격이 여기서 비롯된 것 같아 미안하다며 사적인 과거사를 이야기한 적이 있다. '나보고 뭘 어떻게 하라는 거야.'라는 마음으로 꺼낸 이야기였는데 여기저기서 훌쩍이는 소리가 들렸다. '응? 이게 무슨 일이지.' 당황스러웠다. 왜 진작 그런 이야기를 해주지 않았냐며 힘들었겠다고 위로해주는 사람들의 진심을 마주했다. 이야기하면서 묻어뒀던 감정이 올라와서 나도 눈물을 흘리고 말았다. 한순간에 갈등은 사라졌고, 나는 나의 과거를 정면으로 마주했으며, 사람들은 나를 조금 더 이해하게 되었다. 자칫 오해하면 불행했던 과거로 인해 모든 것이 용인된다는 의미로 오역될 수 있다. 위 이야기의 핵심은 자신의 진술한 이야기가 타인에게 '나'를 이해시키는 것뿐만 아니라 자기 이해까지 가능하다는 것이다.

과거의 마음 아픈 사연이나 힘들었던 순간을 이야기하면 사연 팔이 아니냐고 비꼬는 사람도 있다. '사연 팔이'라는 저급한 말은 사용하지 않기를 바란다. 나는 요즘 자신의 이야기를 가치 있게 판다는 의미를 담아서 '스토리셀러'라고 설명한다. "세상을 분석하는 건 이론과 논리의 힘이겠지만, 세상을 바꾸는 일은 이렇게 간절한 호소가 서로의 마음을 동하게 만들 때 가능할 테다." 마사 누스바움의 「타인에 대한 연민」에서는 뛰어난 논리는 세상을 분석하지만 세상을 바꾸는 것은 간절한 호소라고 말한다. 나는 스토리셀러의 이야기가 세상을 바꿀 수 있다고 믿는다. 강연을 통해 만난 사람들은 세상을 조금 더 나은 방향으로 한 걸음 나아가게 만들었다. 그들과 그들의 이야기를 들은 청중의 삶에 작은 파동을 일으킨 것이다. 내가 묻어둔 이야기 한 편이 세상을 바꿀 수도 있다. 작은 이야기들이 모여 한 사람의 인생이 된다니 상상해보면 엄청난 일이다. 나를 마주 보고, 차근차근 이해하는 과정을 거쳐 끝내 자신과의 상담을 하게 되는 것이 이야기의 힘이다. 무언가를 가르치거나 새로운 개념을 설명하는 강의가 아니라 자신의 이야기를 꼭 해보고 싶었다는 강연자 윤예지를 만났다. 온전히 나에게 집중할 수 있는 강연의 기회가 새롭다며 과감하게 도전했다. 그녀에게 강연은 다른 사람이 알 수 없는 자신의 마음을 하나씩 깨달아가는 과정이 되었다. 닫혀있던 그녀의 마음 속 문을 하나씩 열어보고자 한다.

「Happy Breath-day」

우리는 모두 숨을 쉬며 살아갑니다. 숨쉬기, 다양한 방법이 있죠. 코로 쉬는 거, 입으로 쉬는 거, 깊은 숨, 얕은 숨, 또 한숨도 있습니다. 여러분은 어떻게 숨 쉬세요? 저는 원래, 굉장히 얕은 숨을 쉬던 사람이었는데요. 이제는 깊은 숨을 쉬며 살아가게 된 저의 이야기를 들려 드리려고 합니다. 사람마다 잘하는 게 있죠. 제가 잘하는 건 참 많은데요. 그중 하나는 바로, '숨기는 거'에요. 제가 숨겼던 첫 번째는 수능에서 답안지를 밀려 썼다는 사실입니다. 재수해서 본 수능인데, 저는 정말 제가 재수가 없다고 생각했어요. 이 사실을 숨기기 위해서 실패자가 아니라, 성공한 사람이 되기 위해서 저는 대학 시절 내내 정말 악착같이 살았습니다. 아르바이트는 물론이고요. 영어 동아리, 봉사활동, 대외활동 등 이 모든 활동을 하느라, 저의 하루 일정은 정말 빽빽했습니다. 그런 저를 보고, 친구들은 이렇게 말할 정도였죠. "야, 너 진짜 그렇게 어떻게 사냐." 라고요. 그 와중에 저는 하나 더 숨겼는데요. 바로 제 마음이었어요. 그렇게 힘든 것도 숨기면서 열심히만 사니까 제 마음이 지치더라고요. 저는 제 지친 마음도 숨겼습니다. 힘이 들 때면 저는 핸드폰을 꺼내 SNS에 글을 올리곤 했는데요. 글은 매번 이런 식이었어요 '아 힘들어, 그래도 최선을 다해야지' '아 오늘 너무 지치네, 그래도 애써 가는 거야'

단 한 번도 제 글을, '아 힘들어' 이렇게 끝내지 못했어요. 그렇게 끝내면, 제가 연약한 사람이 된 거 같아서요. 사실 그 모습도, 연약한 모습도 저의 모습이었는데 말이에요. 그렇게 저에게 일어난 사건이나 감정을 숨기는 게 일상이 되어 갔어요.

저의 겉으로 드러나는 모습과 제 안의 모습이 점점 그 간격이 넓혀 가기 시작했죠. 그리고 7년 전 여름, 저의 숨기는 삶은 정점을 찍게 됩니다. 저는 중학생 때부터 교환 학생을 너무너무 가고 싶었는데요. 드디어, 기다리던 미국에 가기 한 달 전 저는 너무 설레서, 이것저것 준비하고 있었어요. 그러던 어느 날, 가슴이 쿵 하고 내려앉는 소식을 듣게 됩니다. 엄마가 유방암 2기 진단을 받으신 건데요. 정말 착잡하더라고요. '내가 지금 떠나는 게 맞나?'하고 죄책감에 너무 괴로웠습니다. 그런 저의 이 마음을, 또 이 사실을 저는 제 친구들에게 말하지 못했어요. 대신에 SNS에는 이렇게 글을 올렸죠 '나, 드디어 꿈꾸던 미국에 간다'라고요. 숨기면 좋을 줄 알았는데요, 아니더라고요. 어느새 저는, 힘들어도 힘들다는 말을 못 하는 사람이되었어요. 그리고 제 속에 있는 말을 하지 못하니까, 숨이 잘 안 쉬어지더라고요. 깊고 편안하게 숨을 쉬기보다 얕고 짧은 숨만 간신히 쉬어갔습니다. 그렇게 살아온 제가 깊은 숨을 쉬게 해준 사람이 있는데요. 이 사람에게는 내 속마음을 말해도 되겠다 싶어서 심호흡을 크게 하고, 이렇게 말했습니다. "나, 사실 사람들이 되게 밝아서 좋다 하거든? 근데 나 되게 어두워." "알아." "어떻게 알았어?" "다 보여. 내 눈엔 다 보여." 저는 너무 부끄럽고 당황했습니다. 최선을 다해 숨겨왔던 저의 어두운 모습들이 다 드러난 거 같아서요. 그런 제게, 그는 이렇게 말했어요 "그래도, 좋아해 그 모습도." 내 모습 그대로 받아들여지는 느낌이 참 따뜻했습니다.

아마 그래서 결혼을 결심했나 봐요. 신기한 게요, 내가 어둡다고 고백했는데 제 마음은 밝아지더라고요. 그때가 아마, 숨기기 급급해 좁아진 제 숨구멍이 툭 하고 열리는 순간이었던 거 같아요. 숨이 깊이 쉬어졌습니다. 그래서 지금은, 숨지 않고 잘 살아가냐고요? 아니요, 그렇지만은 않아요. 그러려고 애써가는 중이에요. 힘들 때, 특히 하늘로 먼저 이사를 간 저희 엄마가 보고 싶을 때는 더, 평상시보다 더 두텁게 제 마음을 숨깁니다. 엄마가 보고 싶은 순간이 정말 많은데요. 그럴 때마다 숨기면, 결국 탈이 나요. 제 속마음이 곪아 터지거든요. 그 지경에 이르러서야, 저는 깨달아요. '아 내가 또, 힘든데 안 힘든 척하고 살았네'

이렇게 숨기고 깨닫고, 숨기고 깨닫는 과정이 반복되니까요. 이제는 정말이지, 나오고 싶어졌습니다. 겉의 얼굴이 웃고 있는 동안 일그러질 대로 일그러져버린 저의 내면의 얼굴을 보니, 과감하게 나오고 싶어졌어요. 숨지 않고 나오니까요, 숨이 쉬어지더라고요. 숨이 더 깊이 쉬어지니, 쉼이 제 삶에 찾아왔어요. 대학 시절에는, 저는 완전 그냥 일 중독자였거든요. 아이러니하지만, 일에 몰입하는 것으로 저를 숨겼습니다. 일에 몰입할 때는, 제가 성공하는 느낌도 들고 제 마음을 굳이 들여다보지 않아도 괜찮았어요. 아니, 괜찮은 거 같았어요. 이제는 제 마음이 힘들 때 그 마음을 그대로 들여다보고 만납니다. 그랬더니, 숨이 잘 쉬어졌어요. 그리고 쉼을 갖는 여유도 생겼습니다. 그리고 내가 들이쉬고 내쉬는 이 숨이 다른 사람의 숨과 연결이 되더라고요. 숨은 보이진 않지만, 그 힘이 강력했어요. 제가 숨기지 않길 참 잘 했다고 느끼는 순간이 있는데요. 어느 날, 그날따라 너무 엄마가 보고 싶은 거예요. 그래서 글을 올렸습니다. 비록 두서가 없기도 하고, 씩씩한 글이 아니었지만요. 그날 저녁, 이름도 얼굴도, 한 번도 만나본 적도 없는 한 명의 SNS 팔로워로부터 메세지를 하나 받게 돼요. 그렇게 저희는 약속을 잡아 만났고요. 단 2시간 만에 친구가 됐어요. 같은 경험을 한 선배님을 만나서일까요. 저는 어떻게 제가 애도의 과정을 겪어 나갔는지 그 과정에서 누가 어떤 도움을 주었는지를 술술 얘기해갔어요. 처음이었어요, 내가 처음 보는 사람에게 내 이렇게 깊은 속 얘기를 하다니. 제 이야기가 다 끝나자, 친구가 이렇게 말해줬어요 "예지야 고마워. 너의 이야기를 들으니까 내 마음이 참 편안하고 위로가 되었어." 제가 한 거라곤, 뭔가 크고 특별한 게 아니라 그저 내 마음을 숨기지 않고 말했을 뿐인데 그게 위로가 된다고 참 신기하고, 또 한편으로는 감사한 경험이었습니다. 우리는 모두 잘 살고 싶습니다. 저도 그랬어요. 저는 숨기는 게 잘 사는 방법이라 생각했어요. 그런데요, 숨길 때 그 순간은 괜찮은 거 같아요. 하지만 시간이 지날수록, 숨이 막히고 답답해지더라고요. 반대로, 숨지 않고 나오니까요. 그 처음 첫걸음, 입을 떼기가 힘들어서 그렇지 시간이 지날수록, 제 마음은 편해지고 자유로워졌습니다. 제가 좋아하는 글귀가 하나 있는데요. '힘들 때 힘을 빼면, 힘이 생긴다.'라는 글이에요. 저는 이 문장을 살짝 바꾸어서 오늘 강연을 마무리 해보려고 하는데요. 힘들 때 숨지 않고 나오면, 숨이 쉬어집니다. 지금까지 저의 강연을 들어주셔서. 감사합니다.

다들 크게 숨 한 번 쉬시고. 숨 막히게 힘든 세상을 살아가는 모든 이들에게 하고 싶은 말이 담겨있다. 우리는 숨을 쉬고 있다는 사실을 별로 인지하지 않고 살아간다. 너무 중요해서 너무 당연해진 숨. 한숨 쉬는 이들은 살려 달라, 도와달라 외치는 말인데 우리는 우울해 보인다며 잔소리하거나 한숨 쉬지 말라고 닦달하곤 한다. 한숨 쉬고 살아가도 괜찮다. 어머니에게 예기치 않게 찾아온 병으로 시작해서 깨닫게 된 숨쉬기. 어머니의 빈자리를 그저 잊으려고, 티 내지 않으려고 감정을 억누르기엔 사랑은 너무도 크다. "상처받은 채로 있기보다는 치유되는 게 낫다." 호다 코트비, 제인 로렌치니 작가의 「오늘 나에게 정말 필요했던 말」에서 말한다. 힘든 일이 생겼을 때 혼자 참는 것보다 누군가에게 말해서 조금이라도 치유될 수 있다면 적극적으로 이야기하자. 나누면 반이라고 하지 않던가. 강연자 윤예지가 앞으로 더 깊은 숨을 마음껏 쉴 수 있기를 바랄 뿐이다.

그녀는 아버지와 동생, 그리고 사랑하는 남편을 만나서 행복한 하루하루를 꾸려가고 있다. 숨을 쉬는 것에 그치지 않고, 다른 사람이 크게 내쉴 수 있게 이야기를 깊이 있게 들어주는 사람이다. 사랑의 언어를 강의하는 프리랜서 강사로 살아감과 동시에 독실한 기독교인으로 전도사의 역할도 충실하게 해내며 살아간다. 그녀의 삶을 지켜보고 있노라면 저렇게 큰 욕심 부리지 않고 행복한 하루를 만들어가며 살고 싶다는 생각을 하게 된다. 좋은 사람을 만나 마음속 답답함을 덜어냈지만 결국 아픔과 슬픔을 덜어내는 것은 본인의 몫이다. 숨을 크게 쉬는 것으로 조금씩 덜어낼 수 있는 부정적 감정이라면 그녀는 언젠가 모두 털어내리라 확신한다. 행복한 삶을 살아가기 위해 무엇이 필요한지 알고 있는 사람. 그래서 더 멋있는 그녀. 자신을 마주 보고 자신과 대화를 할 줄 아는 그녀가 부럽고 대단해 보이는 요즘이다.

▶ 〈이야기가 모이면 인생이 된다〉를 마치며

사고치는 불량학생으로 규정될 수도 있었던 안정욱이 전국구 강연대회에서 수상하는 그 순간이 있기까지, 본인의 감정과 일상을 기록하며 일회일비하지 않고 다른 사람에게 선한 영향력을 미치는 신혜지가 되기까지 많은 어려움이 있었을 것이다. 쌍둥이 언니와 비교하며 힘들어하던 김희진과 타인의 시선에서 벗어나 자신의 시선으로 '나'를 바라보기로 한 김우영, 크게 숨 쉬고 살아갈 이유를 찾은 윤예지. 모두가 소중한 삶의 조각을 줍고 채우며 하나의 퍼즐을 완성했다. 그 길을 걸어오며 분노와 슬픔, 외로움, 공허함, 상실감 등의 부정적 감정도 품었을 것이고, 기쁨과 행복, 만족감, 성취감, 설렘 등의 긍정적 감정도 품었을 것이다. 그리하여 순간의 감정과 그때의 이야기가 모여 그들의 인생을 만들어왔다. 앞으로 어떤 이야기를 써갈지 알 수 없으나 분명한 것은 내실 있는 이야기를 채워가며, 감정에 목마른 또는 삶에 메마른 이들에게 본인의 이야기를 한 잔 따라줄 수 있는 사람이 되리라 믿는다. 누군가의 이야기에 목말라하는 사람으로만 살아가기엔 우리의 인생도 다양한 퍼즐로 즐비하지 않은가? 몇 조각 주워서 퍼즐을 만들어보는 건 어떤가? 모양이 맞지 않는 퍼즐 때문에 머리가 아픈 순간도 있겠지만 그 어느 때보다 고도의 집중력으로 조각을 살펴보고 퍼즐에 집중할 당신이 떠올라 벌써 웃음이 난다. 그리고 퍼즐을 다 맞췄을 때의 성취감은 물론, 결과물도 예쁘게 코팅해서 잘 보이는 곳에 걸어놓는다면 더할 나위 없다. 내 이야기를 들여다보고, 다듬는 데 집중하고 결과물을 글이나 영상으로 남겨 놓는 순간, 누군가에게 선뜻 이야기 한 잔을 따라주며 흐뭇해하는 당신을 발견할 수 있으리라 확신한다.

#4

<이야기> 하고 싶은 이유
& 꺼내기 어려운 이유

A. 기질과 환경

우리는 태어나면서부터 정서, 운동, 자극에 대한 반응성, 혹은 자기 통제에 대한 개인차를 가지고 있다. 이를 '기질'이라고 한다. 내가 더위를 많이타는 것은 1월에 태어난 겨울 출생이라서가 아니라 나의 타고난 기질이고, 성격이 급해서 밥을 빨리 먹는 것 또한 나의 기질이다. 여름에 더위를 심하게 느껴 쉽게 무기력해지고, 땀이 폭포처럼 쏟아지는 것을 바꿀 수 있을까? 30년의 독학과 연구 끝에 알았다. 땀 냄새가 짙어지고, 에어컨을 찾아서 허둥지둥 돌아다닌다는 것 외에는 달라질 게 없다는 것을. 밥을 빨리 먹는 것이 건강에 좋지 않다는 말에 이 또한 고쳐보자고 결심했다. 밥은 최소 20번이상 씹고 삼키자는 규칙을 세웠다. 그러나 규칙을 지킬 수 없었다. 식도는맛있는 음식 앞에 무기력하게 열렸고, 음식은 미끄럼틀을 타고 속도감 있게하강했다. 분명하게 알게 된 하나는 기질을 바꾸는 일이 무척 어렵다는 사실이다. 그렇다고 포기해야 할까? 더운 여름마다 폭포수 흐르는 겨드랑이를 벗 삼고, 엉덩이까지 흠뻑 젖어서 옷 입은 채로 샤워한 사람 마냥 다녀야하는가.

기질을 바꾸기 어렵다면 다른 방법이 있다. 바로 '환경'을 바꾸는 것. 더위를 많이 타서 생활이 어렵다면 에어컨이 있는 공간 위주로 동선을 미리 짜놓고 움직일 수 있다. 외출이 필요한 일을 최소화하고, 에어컨을 쐬며 이동할 수 있는 차량을 구비 하는 것도 방법이 된다. 나의 환경을 바꿔보는 것이다. 무턱대고 기질을 바꾸려고 안간힘을 쓰거나, 무모하게 버티다간 더 큰문제에 직면할 수 있다. 열사병에 쓰러지거나 과한 땀 배출로 타인에게 불쾌감을 줄 수 있다. 그 뿐인가. 나는 앉았다 일어날 때마다 자리에 찍혀있는 엉덩이 도장이 싫었다. 땀을 인주 삼아 살포시 찍어낸 엉덩이 도장은 타인에게 불쾌감을 주기에도 충분했다. 그래서 환경을 바꾸는 데 최선을 다했다. 최대한 얇은 옷과 슬리퍼를 이용해서 더위를 최소화하고, 환경에는 미안하지만, 이동 시에는 대중교통보다는 자차를 이용했다.

기질이 유전적 영향으로 결정된다는 의견이 지배적이지만 또 다른 의견이 있다. 유전적 요인을 기반으로 환경적 요소와의 상호작용을 통해 기질이 표현된다는 것이다. 어쩌면 타고난 기질도 환경을 통해 조금씩 바뀔 수 있지 않을까? 그저 환경으로 기질을 보완하는 것이 아니라 환경이 기질을 바꿀 수도 있지 않을까? 그런 기대가 기질에 작은 변화를 일으키는 시작이라 생각한다. 자신의 기질을 바꾸고자 노력했던 강연자 김미현의 이야기가 있었다. 착한 아이로 살아야 했던 자신의 삶이 어딘가 잘못됐다는 생각으로 변화를 꾀했던 그녀. 자신이 만든 틀 안에 갇혀있었던 건 아닌지 고민하게 되었다.

「미련한 미현이」

미련한 미현이. 대학교에 들어오고 생긴 별명입니다. 친구들이 문자 자판에 있는 'ㅎ'을 'ㄹ'로 오타를 내면서 미현이 아닌 미련이라고 불리게 되었고, 벌써 2년째 저는 김미련으로 살고 있습니다. 대학교에서 생긴 별명이었지만 어느새 고등학교 친구들도 미련이라 부르기 시작했고, 결국은 김미현이 아닌 '김미련'이라는 별명이 익숙하고 편해졌어요. sns 계정도 미현이 아니라 미련으로 쓰게 됐고 종종 이름을 말할 때도 미련이가 좋았습니다. 하나의 고유한 별명을 가진 기분이었어요. '미련'이라는 단어에는 두 가지 뜻이 있습니다. 하나는 깨끗하게 잊지 못하고 남아 있다는 '미련이 남다.' 다른 하나는 바보 같다는 뜻으로 '미련하다.' 저를 부르는 김미련의 미련은 후자의 '미련'이라는 의미가 담겨있습니다. 이유 없이 놀리는 것이 아니라 저는 미련한 짓을 꽤 많이 합니다. 여기서 말하는 미련한 짓이란 제 이미지를 지키기 위해 반사적으로 나오는 행동들이 대부분이었습니다. 어렸을 때부터 성실하고 착하다 또는 예의 바르다는 칭찬을 많이 듣고 자라왔던 저는 '착한 아이 증후군' 그 자체로 성장했습니다. 칭찬을 갈구하지는 않지만, 욕을 먹는 일은 절대 하고 싶지 않았고 남들 눈에 내가 조금이라도 나쁘게 보이진 않을까 하고 두려워하기도 했습니다. 그래서인지 내 생각을 말하기보다 상대의 의사를 먼저 확인하는 습관이 생겼습니다. 지금까지 과거형으로 말한 이유는 이전까지는 이런 행동이 '배려'라고만 생각했기 때문입니다. 지나고 보니 원래부터 착한 사람이라서 그랬던 게 아니라 '눈치'를 많이 보는 것 때문이라는 사실을 깨닫게 되자 정말 미련 그 자체인 나를 자책하게 되었습니다.

그저 착하고 책임감 강한 든든한 딸로, 남들에게 민폐를 끼치고 싶지 않은 누군가의 친구이고자 했습니다. 그래서 원하던 전공을 포기하고 부모님이 원하던 전공을 받아들였고, 하고 싶었던 동아리 활동도 눈치를 보면서 편한 마음으로 즐길 수 없었습니다. 온전히 저를 위하지 못했고 단지 책임감이 강하고, 착하고 성실하며 든든한 큰 딸이자 친구로 저를 가두기 시작했습니다. 그 틀의 이름은 '미련'이었습니다.

시간이 흐르고 스트레스는 쌓여만 갔습니다. 앞서 말했듯 저는 쉽게 털어놓지도 못하는 성격이었기 때문에 속앓이만 깊어져 갔습니다. 그렇게 자존감은 떨어지고 우울함은 깊어져 갔습니다. 당시 저는 '이 세상에 없어도 되는 사람이다.'라고까지 마음에 새기고 다녔고 모든 것을 내려놓고 싶었습니다. 그렇게 덜컥 휴학을 저질러버렸습니다. 그리고 저를 정비할 시간, 온전히 나만을 위한 시간을 가져야겠다고 다짐했습니다. 그 결과로 제가 원하는 삶이 무엇인지, 저는 어떤 사람인지 결론을 내리고 싶었습니다.

미련과 미현 사이, 책임감이나 배려(눈치)를 다 내려두고 내가 정말 원하는 삶이 무엇인지 고민하고 싶었고 미련한 짓들로 인해 속에서 다치고 삐거덕거리는 저를 돌보고 싶어 무작정 휴학을 저질렀습니다. "휴학하고 뭐해?" "휴학 왜 했어?"라는 가벼운 질문에 괜히 휴학이라는 하자를 얹고 가는 사람이 된 것 같아 두렵기도 했지만 모든 것을 책임지겠다는 마음으로 이겨냈습니다. 그리고 단단해지겠다는 다짐을 한 뒤 매일 휴학 일기를 쓰며 1년이라는 시간을 가졌습니다. 그리고 2학기, 다시 학교로 돌아온 저는 정말 단단해졌음을 느꼈고, 동시에 성장했음을 깨닫고 있습니다.

휴학 기간 중 기억에 남는 것은 홀로 도망치듯 갔던 템플스테이였습니다. 불교를 믿는 것은 아니지만 템플스테이로 피신을 가야만 했습니다. 다른 대학에서 같은 전공으로 학교를 다니던 친척 오빠가 대기업에 취업하고 잠깐 광주에 내려온다는데, 무작정 휴학을 한 상태에서 걱정까지 한 아름 안고 있는 마당에 괜히 비교당할 것 같아 불편해졌습니다. 그렇게 생각지 못한 템플스테이가 시작되었죠. 평화로운 템플스테이 둘째 날 아침, 스님과 차를 마시며 대화를 하게 됐는데 이야기가 진로 쪽으로 흐르게 됐어요. 너무 답답한 마음에 혼자 주절거리며 말했습니다. '저는 어떻게 살아야 하는 걸까요?'라고 당돌하게 질문했던 것 같습니다. 그땐 뭐라도 답을 주실 거라 믿었던 것 같아요. 스님께서는 "앞으로의 나만 볼 게 아니라 지금까지의 나도 나 자신입니다."라고 하셨어요. 무슨 의미인지 완전히 알아듣지는 못했지만, 괜히 뜨끔했습니다. 이해하기 전에 먼저 와 닿는 느낌이 더 강했습니다. 미련과 미현 사이. 수석으로 합격했던 간절히 바라던 전공을 두고, 부모님의 반대로 인해 울면서 부모님이 원하는 전공을 선택했던 것도 나, 막살겠다고 호언장담해 놓고 장학금에 솔깃해 원치 않던 전공 공부를 열심히 했던 것도 나, 그러던 중에 드럼도 배우고 밴드 활동도 한 것도 나, 정말 바쁘게 살았던 것도 나였구나. 내 생각으로는 모든 것이 미련한 선택이었지만 결국 선택한 것은 미현이었구나. 이게 하나씩 보면 아픈 추억이었고 제 발목을 잡는 미련들이었는데 모아서 돌이켜보면 이만큼 오게 한 것도 그 경험들이었다는 것을 새삼 느끼게 됐어요. 어쩌면 단순한 추억들이 아니라 경험과 학습이었던 것이에요.

그리고 이제는 사랑하는 것을 포기하지 않아야겠다는 다짐도 하게 됐어요. 내가 좋아하는 것들을 책임감이라는 이유 또는 배려를 가장한 눈치 때문에 '착하고 밝은 아이'라는 타이틀에 얽매여 포기하는 행동을 하지 말자는 것입니다. 제 미련한 성격, 그리고 착하고 밝은 아이라는 타이틀은 남에게 도움을 구하거나 따뜻한 포옹, 진지한 고민 상담도 함부로 하지 못하게 했습니다. 내 부정적인 상황이 남들에게 좋은 영향을 주지 않을 거란 생각 때문에요. 그래서 혼자 속앓이하다가 심한 날에는 몸이 아프기도 했어요. 이제는 미련한 시각을 버리고 사랑하는 것들을 포기하지 않을 것입니다. 그리고 책임이라는 것이 포기하는 행위에서 비롯된 것이 아니라 포기하지 않았을 때의 결과까지 사랑할 수 있을 때 진정한 책임이라는 것을 지금이라도 알았기에 '미련'보다 '미현'으로서 거는 기대에 책임

을 지려고 합니다. 이후로는 미련한 미현이가 아니라 내 삶에 책임
질 줄 아는 멋진 미현이로 살아가겠습니다. 감사합니다.

불행인지 다행인지 나는 '착한 아이 증후군'를 가지고 있음에도 인지하지
못하고 살았다. 시골에서 태어나 언제인지 기억이 나지 않는 그 시절부터
일손을 도왔다. 철마다 해야 하는 일이 끊이지 않던 시골에서 철이 들기 전
부터 삽을 드는 건 어쩌면 당연했다. 40kg짜리 가스통을 어깨에 메고 시골
집을 누비며 배달했던 어린 시절. 중요한 시험을 앞두고 아버지가 허리디스
크로 인해 배달을 할 수 없게 되자 엄마 혼자 배달을 해야 했다. 눈 한 번 질
끈 감고 모른 척 집을 나서도 됐지만 나는 그럴 수 없었다. 시험보다 엄마를
돕는 일이 먼저였다. 농번기에 놀러가자는 친구의 전화에도 배 박스 포장과
선별기를 돌려야 하기에 욕구를 참아냈다. 내가 일하지 않으면 부모님이 2
배 아니 3배로 일해야 한다는 사실을 알기에 스스로 포기했다. 부모님을 돕
겠다고 욕구와 욕망을 억눌렀던 10대 소년이야말로 '착한 아이 증후군'이
아니었을까. 언제까지 이렇게 살게 될지 고민하던 중 대학을 진학하면서 집
을 벗어나게 되었고, 자연스럽게 문제가 해결되었다.

환경을 바꾸는 것은 이 시대의 청년들에게 어려운 문제이다. 운에 맡기기
엔 위험이 따르니 거리 두기부터 시작해보는 건 어떨까. 적당한 거리를 두
는 것만으로 변화가 시작될 수 있다. "추운 겨울, 한 무리의 고슴도치가 옹
기종기 모여 있다. 얼어 죽지 않으려고 서로 가까이 붙어 체온으로 몸을 덥
힌다. 하지만 너무 가까이 붙으면 가시에 찔리고 만다. 서로 붙고 떨어지기
를 반복하다가 결국 '서로를 견딜 수 있는 가장 적절한 거리'를 발견한다."
쇼펜하우어의 '고슴도치 딜레마'이다. 적당한 거리를 찾기 위해 여러 어려움
을 겪게 된다는 의미이다. 많은 시행착오를 통해 내가 유지할 적당한 거리

를 찾는 것이 중요하다.

적당한 거리를 두지 못하고, 기존 환경에 머문다면 아무것도 바뀌지 않을 것이다. 모든 사람에게 좋은 소리만 듣고 싶고, 눈치 보며 배려하던 미련한 미현이는 착한 사람임이 분명하다. 그러나 영화의 유명한 대사처럼 호의가 계속되면 권리인 줄 아는 사람들로 인해 미련한 사람이 되어버렸다. 선한 그녀도 사회를 살아가기 위해 타인에 대한 배려가 아닌 자신을 사랑하는 법부터 배워야 했다. 그녀는 자신의 환경으로부터 거리 두기를 경험했다. 가장 익숙했던 가정과 환경을 멀리하고 찾은 템플스테이에서 만난 스님의 한마디가 그녀의 변화를 촉발했다. 변화된 환경에서 만난 작은 불티가 커다란 변화의 불꽃이 되었다. 다른 사람에게 이야기를 꺼내기 어려워하는 사람이 있다. 다양한 이유가 있겠지만 기질이 원인이라면 과감히 환경을 바꿀 필요가 있다. 환경을 바꾸는 게 어렵다면 거리 두기부터 시작해보자. 그녀가 변화를 결심하고 처음으로 도전한 것이 바로 이 강연대회였다. 수상 후 그녀의 이야기는 어떠했을까.

언젠가부터 잘 아는 사람들과의 이야기는 '잘 아는 사람'이기 때문에 진솔함이 걸러지고는 했습니다. '다들 힘들고 지쳤는데 나 혼자 이겨내지 못하는 것 아닐까?', '내가 털어놓으면 부정적인 이야기들이 서로 더 힘들게 하는 거 아닐까?' 이런 고민이 더해졌고 저는 그저 나약한 상태로 점점 방치되고 있던 것 같습니다. 어쩌면 서로의 진솔한 이야기는 저만 담아둔 건 아닐 것입니다. 다들 시작하면 털어놓을 이야기들이 많겠지만 그저 진지해지고 싶지 않아서, 상황을 가라앉게 하고 싶지 않아서 담아두고 있을지도 모릅니다. 우리는 언제부터 이렇게 속마음을 깊숙이 썩히고만 있게 된 걸까요?

저는 털어놓지는 못하지만 다른 사람들의 이야기를 잘 듣는 편입니다. 위로도, 칭찬도, 그리고 필요하다면 부족한 생각이지만 조언을 해주기도 했습니다. 이렇게 서로 어느 정도 잘 아는 사람들과의 대화에서 저는 '일방적'이었습니다. 제 이야기는 제대로 꺼내지 않지만 상대의 이야기에는 진심이었습니다. 2017년 제2회[1] 전대미문을 알게 됐습니다. '잘 아는 사람들'의 필터에서 벗어나 또래 대학생들의 이야기를 생생하게 듣고 싶은 욕심이 생겼고, 저도 공감하고 느낄 수 있는, '상호적'인 시간으로 채워지리라 기대했습니다.

그렇게 2회 전대미문을 혼자 방문했습니다. 중앙에 홀로 앉아 사람들의 이야기에 집중하면서 이런 생각이 들었습니다. '나 또한 이런 이야기를 할 수 있을까?' 당시 휴학 중에 고민이 많았던 저는 누군가에게 울림을 주는 이야기를 하고 싶다는 생각을 하게 됐습니다. 요즘도 전대미문의 강연자 이야기가 종종 떠오르곤 합니다. 이번 전대미문에 도전할 수 있었던 것은 그 청년들의 이야기가 저를 자극하며 용기를 주었기 때문인 것 같습니다. 저는 이번 전대미문에 지원하는 순간까지도 불렸던 '미련'이라는 별명을 내세웠습니다. 친구들이 문자 자판에 있는 'ㅎ'을 'ㄹ'로 오타를 내면서 얻게 된 '미련'이라는 별명은 이젠 애칭처럼 느껴지지만 동시에 제 이야기를 정의 내릴 수 있었던 단어였습니다.

마음과 생각을 바꾸고 처음으로 도전한 일이 전대미문이어서 정말 감사합니다. 지원 직전까지 떨리고 고민도 많았는데, 아르바이트 퇴근길에 선발되었다는 연락을 받고는 주저앉아 울면서 '나 또한 이런 이야기가 될 수 있을까?'라는 질문을 다시 떠올리게 되었습

---

1) 이야기브릿지의 전신인 청년강연단체 〈영보이스토리〉에서 기획했던 대학생강연대회.

당신의 이야기를 삽니다 177

니다. 이야기를 정리하고 연습해보며 무대에 서기 전까지 그 답을 정리해나가는 기간을 가졌던 것 같습니다. 무대에 서서 풀어낸 이야기는 미련한 제 비밀들이었습니다. 그럼에도 터놓고 '상호적'으로 소통할 수 있었다는 것에 또 감사했습니다. 강연이 끝나고 무대를 내려와 객석으로 돌아가던 중에 밖으로 나오시던 관객 한 분이 강연 잘 들었다며 응원해주던 순간 이렇게 누군가에게 전달됐다는 것만으로도 제게 큰 의미가 됐던 것 같습니다. 그리고 술자리에서 터놓고 한 시간을 말해도 허공에 사라졌을지 모르는 이야기가 마이크를 잡고 전달한 10분의 이야기로 더 오래 남을 수 있었단 사실 역시 제겐 큰 경험이 됐습니다. 저는 뭔가 대단한 일을 해낸 사람은 아닙니다. 기록에 남을 일을 한 사람도 아닙니다. 그렇지만 나에 대한 그리고 나를 위한 이야기를 쏟아낸 그 10분이 제게 엄청난 역사로 남았습니다. 그 날 이후 일상으로 돌아와 수업을 듣고, 아르바이트를 하고, 친구들을 만나며 평소와 같은 생활을 하고 있지만 앞으로 제가 도전할 경험들에 대해서는 아주 큰 도약이 될 수 있었습니다. 미련하게 포기하지 않을 것, 포기하지 않고 용기를 낼 수 있게 도움을 주신 김경한 대표님 정말 감사합니다.

미련한 미현이는 어느새 멋진 사회인이 되어 직장생활을 하고 있다. 대학에서 건축학을 전공했던 그녀는 누구보다 멋지게 본인의 삶을 짓고 있는 중이다. 본인의 노력 끝에 나에 대한 감사를 더해주니 감읍할 따름이다. 이야기하고 싶었던 누군가에게 기회를 준다는 것은 짜릿한 일이다. 그녀의 변화에 있어서 첫 도전의 기회를 제공하게 되어 뿌듯하다. 이야기에 미쳐서 강연에 뛰어든 후로 누군가의 꿈을 이뤄주는 키다리 아저씨가 된 날도 있고,

누군가의 울음 섞인 푸념을 들어주는 인생 선배가 되어주기도 하고, 누군가의 가장 빛나는 순간을 기억해주는 살아있는 카메라가 되기도 한다. 망설이고 두려워하던 그들이 이야기하겠다고 결심하기까지 얼마나 많은 고뇌가 있었을지 예상이 된다. 그러나 이야기하고 싶은 이유는 다양했으리라. 모든 이야기를 미리 알 수도 없고, 이야기하고 싶은 이들의 마음을 모두 이해할 순 없지만 내가 할 수 있는 일은 끊임없는 기회를 만들어주는 것이다. 이야기를 꺼내기 어려워하고 망설이는 사람들에게 언제든 편하게 다가와 툭 터놓고 이야기해도 된다고 어깨 한 번 두드려주는 사람으로 기억되고 싶다.

B. 어떻게 보일까의 두려움

말을 할 때는 화자의 의도보다 청자의 해석에 대해 고민하는 게 중요하다. 내가 하는 말의 외도와 관계없이 상대는 전혀 다르게 받아들일 수 있다. 화자가 충분히 고민하고 꺼낸 이야기도 오해의 소지가 있는데, 다른 이의 이야기를 전달하는 과정에서는 이야기의 왜곡이 더 쉬워진다. 잘못 전달된 이야기는 누군가의 선입견을 만들어내고, 이는 정보가 부족한 상황에서 타인을 평가하는 오류를 만들어낸다. 직접 만나보고 판단해도 늦지 않지만, 우리는 누군가의 이야기로 타인을 쉽게 평가하고 판단한다. 그렇듯 우리는 다른 사람의 시선으로부터 완전히 자유로울 수 없는 사회를 살고 있다. 가정, 학교, 직장 등 사회의 구성원으로 살아가기에 조심하고 또 조심한다. 사회의 구성원으로서 조심스럽게 말하고 행동하는 이유는 '타인에게 어떤 모습으로 보일까?'하는 고민으로 이어지기 때문이다. 우리는 어떻게 보일지에 대한 고민을 하며 오늘을 떠나보낸다.

나는 여행에서 만난 낯선 이에게 내 생각과 경험을 더 깊이 있게 말하곤 한다. 가족은 너무 가까워서 어렵고, 친구나 지인들에게 말하면 나를 어떻게 볼지에 대한 두려움이 앞선다. 눈앞에서는 공감하고 이해해주며 고개를 끄덕이지만 뒤돌아서 다른 말 하는 사람을 겪다 보니 어느새 모임에서 입을 닫는 나를 발견한다. 하지만 '나'라는 사람에 대한 사전 정보 없이 편안한 분위기에서 만난 사람에게는 꽁꽁 싸놓은 진짜 이야기를 편하게 털어놓는다. 나를 어떻게 생각하든 상관이 없기 때문이 아닐까. 요즘 내가 하는 일이 잘 안 풀리고 불안한 마음이 들 때, 가족들에게 말하면 걱정이 배가 되어 돌아온다. 친구들한테 이야기하면 발 없는 말이 천 리 가듯 하나둘 나를 안쓰럽게 보곤 한다. 연인에게 말하는 건 자존심이 상한다. 혼자 속으로 삭이는 것이 가장 현명할 때도 있다. 그렇게 속앓이하는 날이 가끔 있다. 그러다가 가끔 사업을 하는 다른 대표님을 만나거나, 우연히 커뮤니티에서 알게 된 사람과 몇 마디 나누다 보면 어느새 내 이야기를 술술 털어놓곤 한다. 어쩌면 살고 싶어서, 버텨내고 싶어서 살길을 찾아 그렇게 이야기하는 것일지도 모른다.

세상에 다른 사람이 어떻게 생각할지 두려워 말하지 못하는 사정이 얼마나 많을까. 그중에서도 가정에서 일어나는 문제는 내 얼굴에 침 뱉기라고 생각하기에 유달리 어렵다. 요즘 들어 배우자의 외도, 이혼, 자녀 문제 등으로 인해 어려움을 겪는 이가 많다. 특히 이혼은 대한민국이 아시아에서 1위를 차지했다. 주위에도 어렵지 않게 이혼을 경험한 사람을 만날 수 있다. 요즘 이혼은 흠도 아니라지만, 이혼한 사람들은 이 말을 가장 듣기 싫은 말로 꼽았다. 쉽게 말해 이혼이 흔해졌다고 해서 상처가 덜한 것은 아니다. 자존감은 낮아지고, 슬픔과 분노가 채워지는 일상이 된다고들 말한다. 익명의 힘을 빌려 주위에 있는 이혼을 경험한 사람들의 이야기를 조금 나눠볼까 한다. 5년 정도 알고 지낸 후배 A가 있었다. 같이 밥 먹고, 이야기도 많이 나눴던 사이였다. 서로의 연애고민을 상담하며 문제를 지적해주던 A가 어느 날 갑자기 진지하게 할 말이 있다고 했다. 사실 그 때까지는 몰래 만나는 사람이 있다거나 나이 차가 너무 많이 나는 사람을 만난다는 이야기가 떠올랐다. 그리고 카페에서 만난 A는 갑작스럽게 이혼 경험을 이야기했다. 20살에 결혼을 했고, 일 년 만에 이혼을 한 경험과 더불어 5살 아이가 있다고 고백했다. 그 때 A의 나이 26살이었다. 평범하게 대학을 다니고, 나와 같이 밥을 먹으며 내가 기획한 행사에 종종 놀러오곤 했었다. 그 많은 시간을 보내면서도 정말 감쪽같이 몰랐다. 눈치가 없는 것인지, 상대가 최선을 다해 숨기려했는지 정답을 알 수는 없지만 크게 놀라지는 않았다. 말 그대로 그럴수 있다고 생각했다. 그 때부터 결혼과 이혼, 현재 20대 중반의 엄마로서의 고충을 이야기해주었다. 성인이 되어 사회에서 만난 사람에게 이야기하는게 처음이라 했다. 누군가는 부담이라 느낄 수 있겠지만, 내가 A에게 그 정도의 신뢰를 주었다는 것과 누군가의 어려움을 들어줄 수 있음에 오히려 너무 감사하게 느껴졌다. 그렇게 터놓고 나니 이후의 관계는 더 편안하고, 단단해졌다. 대학 졸업 후 본인의 꿈을 위해 더 열심히 공부하고, 노력하는 모습을 보니 나보다 어린 나이지만 배울 점이 많다는 생각을 하게 되었다. 생각한대로 칭찬해주니 나를 '자존감 지킴이'라고 부르며, 내가 힘들 때 누구보다 진심으로 들어주고 위로해주었다.

직업 특성상 다양한 직군과 연령대의 사람을 만나곤 한다. 많은 사람 중에 왠지 나랑 잘 맞을 것 같았던 B를 만난 것도 필연이었을지 모른다. 20대 후반의 나이에 이미 결혼해서 아이가 있었던 B에게 연애 상담을 여러 번 했다. 그런데 갑자기 B에게서 이혼 절차를 진행하고 있다는 이야기를 듣게 되었다. 공적인 자리에서 아이가 있다는 사실을 말하고, 이혼을 바로 꺼내기가 부담스러워서 결혼했다는 것까지만 이야기 한 것이었다. 5살이 된 아이와 B는 앞으로 함께 나아가야 했고, 고민이 많았다. 아이를 돌봐줄 가족들이 있었기에 20대의 청년이 홀로 아이를 키워낼 수 있었다. 우리 사회에서 홀로 아이를 키운다는 것은 거의 불가능에 가까운 일이다. 그럼에도 주 양육자로서의 의무가 있고, 부모와의 유대를 위해서 B는 많은 시간을 할애해야만 했다. 그 흔한 술자리 한 번 편하게 하기 어렵고, 일에 대한 제약도 많을 수밖에 없었다. 인격적으로 너무 좋은 사람이었기에 무엇이라도 일로써 함께하고 싶었다. 그렇게 유대를 쌓으며 서로의 고민 친구가 되었다.

이혼을 경험한 사람들의 이야기를 듣자니 유사한 점들이 있었다. 굉장히 큰 상처였다는 점과 쉽게 꺼내기 어렵다는 사실이었다. 특히, 아이가 있는 경우에는 행복만큼이나 따르는 애로사항이 많아졌다. 돌봄이 필요하기에 일하거나 공부를 하는 시간에 도와줄 가족이 필요했고, 아이와의 시간을 보내야하기에 일하는 시간 외에 개인시간을 가지는 것이 어려웠다. 20대의 청년들이 자기 시간을 자유롭게 가지지 못한다는 것이 얼마나 힘들지 헤아리기 어려웠다. 그럼에도 아이들에게서 행복을 얻고, 에너지를 채우는 사람들을 보면서 멋지다는 생각을 하게 되었다.

만약 내가 이혼을 경험했다고 생각해보면 다른 사람들이 어떻게 볼지에 대해 고민하며 잠 못 드는 밤을 보냈을 것이다. 이야기 꺼내기 어려운 이유는 타인의 시선 때문이 아닐까. 그러나 그 시선을 받는 것도 나, 바꾸는 것도 나임을 알았으면 좋겠다. 이혼을 숨기거나 외면한다고 달라지는 건 아무것도 없다. 오히려 당당하지 못할수록 동정과 연민의 시선 속에 더 오랜 시간을 보내야 할지 모른다. 분명하게 경험과 상황을 이야기하고, 지금 나의 감정을 명확하게 전해야 상대도 그대로 받아들일 수 있다. 그렇게 하나의 매듭이 지어져야, 새로운 시작을 꿈꿀 수 있다. "속여라, 네가 그렇게 될 때까지. 자신이 드러내고자 하는 자신 있는 자세를 취하다 보면 조금씩 자신이 그리는 모습의 내가 되어갈 수 있다." 류쉬안 작가의 「심리학이 이렇게 쓸모 있을 줄이야」에 나오는 구절이다. 내가 괜찮아질 때까지 나를 괜찮다고, 더 멋지게 새 출발 할 거라고 이야기하는 게 중요하다. 혼자만의 생각으로 그치는 것이 아니라 끊임없이 이야기해야 한다. 힘들고 아픈 시간이었지만 앞으로 나를 위해 더 잘 살아갈 거라고.

우리가 하는 착각이 하나 있다. 나의 이야기를 다른 사람이 무겁게 받아들이고, 진지하게 고민하며 마치 제 일인양 끌어안을 것이라고 생각한다. 세상은 그렇게 달콤하지 않다. 다른 사람의 일까지 끌어안고 살기엔 우리의 삶은 바쁘고 벅차다. 내가 이야기를 던질 때는 볼링공 무게였던 것이 상대가 받아내고 담아갈 땐 테니스공이 되는 게 현실의 모습이다. 무거운 볼링공을 던졌다고 걱정하지 말자. 상대는 테니스공을 바닥에 통통 튀기며 제 갈 길을 갈 테니. 어떻게 보이는가에 머물지 않고, 나를 어떻게 채우느냐에 몰두하는 사람들의 내일이 궁금하다.

C. 어떻게 보여주냐의 기회

자신이 선택하지 않았음에도 삶에 지대한 영향을 미치는 일이 있다. 가정환경, 부모, 외모, 재능이 그렇다. 외모는 성형으로 바꿀 수 있고, 재능은 다양한 경험을 통해 찾을 수 있다. 그러나 가정환경과 부모는 바꿀 수 없다. 아니 바꾸려 할수록 문제가 더 확연히 드러난다. 가난한 경제 상황, 폭력적인 부모, 조손가정이나 한부모 가정을 경험한 사람은 자신의 나약함을 먼저 배우곤 한다. 하지만 삶이 시작부터 꼬였다는 핑계로 주저앉는 것을 정당화

할 순 없다. 2018년 평창동계올림픽 여자 쇼트트랙팀이 3000m 계주에서 초반부터 넘어지고 말았다. 쇼트트랙에서 넘어지는 것은 패배 또는 실격과 같은 상황이다. 4년을 준비했지만 넘어지면서 모든 것을 물거품이 되는 듯했다. 하지만 포기하지 않고 다시 일어나서 다른 국가보다 한참 늦게 다시 출발했고, 마침내 완주했다. 완주했을 뿐만 아니라 신기록을 세웠다. 한 편의 영화 같은 이야기였지만, 그것은 단순히 운이 따라준 결과가 아니다. 죽을 만큼 연습하고 훈련한 4년의 결과가 악조건에서도 신기록을 세울 수 있었던 이유였을 것이다. 그들은 갈고 닦은 그들의 땀을, 그리고 시간을 증명했다. 모두가 어렵다고 생각한 상황을 오히려 완벽하게 활용해 극적인 성과를 보여줬다. 반전과 역전의 이야기에는 상황에 머물러 있지 않고, 치열하게 노력한 시간이 있었을 것이다. 무엇보다 중요한 것은 용기 있는 첫걸음을 내디뎠기 때문에 가능했다.

이미 주어진 환경에 순응하여 걸음을 멈추는 이들이 많다. 그들은 말한다. 폭력적인 부모 때문에, 능력 없는 부모를 잘못 만나서, 가난한 집안 사정 때문에 '나는 안 돼.'

상황을 외면하거나 무시하는 것만큼 순응하는 것도 문제가 된다. 그럼 어떻게 해야 하는가. 주어진 환경을 '인정'하는 것부터 시작해보자. 상황을 수동적으로 받아들이는 순응이 아니라 능동적으로 받아들이는 인정. 문제를 인정하고, 용기 내어 걸어보자. 한걸음. 인정으로부터 시작하되 순응하지 않고, 앞으로 나아가되 지나간 상황을 바꾸려고 하지 말고, 오롯이 나의 이야기로 새롭게 써 가는 것이다. 나의 환경은 이러했다고, 앞으로 이렇게 살아보려 한다고 당당하게 이야기하자. 내가 어떻게 살아왔는지보다 앞으로 어떻게 보여줄 것인가를 고민하는 사람으로 살아가기를 기대한다. 기회가 오면 놓치지 않고, 노력한 결실을 보여줄 수 있기를. 주어진 상황에 좌절했던 강연자 박선미는 원망이라는 감정을 앞세워 현재에 순응했었다. 그러나 문제라고 생각했던 엄마의 부재는 그녀를 새로운 이야기로 떠밀었다. 그녀는 엄마가 돌아가신 후 3년 만에 비로소 엄마 이야기를 꺼낼 수 있었다. 그녀는 강연대회 면접장에서부터 눈물을 보였다. 강연 피드백을 할 때도, 연습할 때도 눈물을 멈추지 못했다. 그 슬픔이 고스란히 전해져 주체하지 못하고 같이 울었던 기억도 난다. 하지만 그녀는 이야기를 발판 삼아 멋지게 나아갔다. 그동안의 노력을 보여줄 기회를 놓치지 않고, 끊임없이 성장한 그녀의 이야기.

「엄마는 그래도 되는 줄 알았습니다」

저희 아버지는 검소하게 사셨습니다. 단순 노동직, 즉 노가다라고 불리는 고된 일을 하시며 일이 없는 날이면 비가 와도 나가서 박스나 병을 모아 다음날 고물상에 팔아 생계를 이어가셨죠. 어머니는 조금 아픈 분이셨습니다. 정신장애를 가지고 있어서 매일 수십 개의 약을 드셔야 했고, 약을 먹지 않은 날이면 이웃과 싸우고 물건을 부수는 일이 허다했습니다. 분이 안 풀린 날은 집에 들어와 주방에 놓은 그릇을 던지고, 방문을 발로 차곤 했습니다. 그때는 너무 어려서 어머니가 아프셔서 그런지 모르고 어리둥절한 상태로 가만히 서 있곤 했습니다. 심지어 감정이 격해진 날에는 옷걸이나 효자손으로 저를 피멍이 들게 때리셨습니다. 아픈 부인과 두 명의 자식을 보며 아버지는 어떠셨을까요. 너무 힘들어서 어머니와 이혼하고 도망치고 싶은 날도 있고, 때론 자신의 목숨을 던지고 싶은 날도 있지 않았을까요? 어느 날, 아버지의 친구가 놀러 오셔서 아버지와 술을 드셨습니다. 아버지 친구께서 술에 취해 한마디 하셨습니다. "네 아버지가 얼마나 힘든지 알기는 하냐? 우리 집에 찾아와서 죽고 싶다고 아파트에서 뛰어내리겠다고 난리가 났었다." 저는 그때 그 사실을 믿지 못했습니다. 그냥 그 아저씨가 미웠습니다. 하지만 지금 와서 생각해보니 어쩌면 아버지의 극단적인 선택을 막아주신 고마운 분이 아닐까 생각합니다. 제가 가장 힘들 때 옆에 계셨던 저희 아버지에게 고맙다고, 사랑한다고 꼭 이야기 하고 싶네요. 존경스럽고 감사합니다.

어렸을 때의 기억이 잘 나진 않지만, 가난하고 불안한 환경에서 자라서인지 불안함을 안고 살았습니다. 손톱을 물어뜯는 버릇이 생겼고, 손에는 항상 피가 나곤 했었죠. 불안하고 우울해 보이는 저와 어울리고자 하는 친구는 없었습니다. 그래서 혼자인 날이 많았습니다. 유치원을 다닐 때 선생님이 하신 말씀이 기억에 남습니다. '선미는 혼자서도 잘 살아갈 아이 같아요.' 그때부터 독립심이 있었던 건지, 유치원 갈 준비도 혼자 하고 지각을 하는 일도 없었습니다. 혼자 지내는 게 익숙해서인지 친구들과 어울리는 법도 모른 채 혼자서도 즐겁게 잘 놀았던 아이였습니다. 오히려 친구들과 어울릴 때 작은 실수라도 하면 큰 죄라도 지은 듯 죄책감을 떠안고, 미안함을 유독 크게 느꼈습니다. 내가 화를 내야 하는 상황이 와도 바보처럼 머뭇거리고 말았죠.

그렇게 물 흐르듯이 초등학교에 입학하고 동생도 태어났습니다. 아직 어린데도 불구하고 동생이 울면 그 이유와 상관없이 어린 동생에게 어머니께서는 또 매를 드셨습니다. 그때마다 저는 어렸을 때 맞으면서 힘들었던 제가 생각나서 어머니께 달려들어 필사적으로 동생을 그만 때리라고 말렸습니다. 결국 저도 동생도 함께 맞았고, 눈물을 흘려야만 했습니다. 어느 날 보니 동생도 저처럼 손톱을 물어뜯고 ADHD 약을 복용하게 되었습니다. 마음이 너무 아팠습니다. 모든 게 어머니 때문이라고 생각했습니다.

그러던 어느 날 학교가 끝나고 집으로 가던 중 옛날 학원 선생님을 만나게 되었습니다. 지금은 공부방을 운영하고 계신다며 한번 놀러오라고 말씀하셨고, 다음날 공부방으로 놀러 가게 되었습니다. 선생님과 이런저런 대화를 하다 보니 제 사정을 이야기하게 되었고, 선생님은 무료로 공부방을 다닐 수 있게 도움을 주셨습니다. 제대로 한 끼 챙겨 먹기 어려웠던 환경일 때, 선생님은 저녁을 챙겨주셨고, 공부를 할 수 있도록 도와주셨습니다. 그리고 공부방에서 새로운 친구를 사귀며 사교성 또한 키울 수 있게 도움을 주셨죠. 공부방을 다니기 전에는 세상을 원망했습니다. 왜 나를 이런 환경에서 살게 하냐고. 하지만 이후로는 동생을 책임지자고 굳게 마음을 먹었고, 세상이 그래도 아직 살만하다는 생각도 하게 되었습니다. 의지할 수 있는 어른이 생기고, 숨 쉴 공간이 생기니 학업에도 몰입할 수 있게 되었습니다. 그 덕분에 제가 살던 가평에서 입학이 어렵다는 가평고등학교에 입학할 수 있었습니다. 그 선생님을 만나서 저는 지금의 박선미로 살아갈 수 있었습니다. 사랑을 꼭 가족에게 배워야 하는 것이 아닐 수도 있다는 생각을 하게 되었고, 나쁜 길로 빠지지 않도록 제 삶의 전환점을 선물하신 선생님께 꼭 감사를 전하고 싶습니다.

고등학생이 되면서 공부방을 다닐 수 없게 되었습니다. 혼자 공부를 하려나 막막했고 조언을 구할 어른도 곁에 없었습니다. 바보처럼 서울대는 누구나 다 갈 수 있는 곳이라 생각했고, 고등학교 1학년 때는 서울대를 입학할 예정이라고 말하고 다녔습니다. 하지만 현실의 벽은 높았습니다. 정신적으로 문제가 있던 어머니와 일 때문에 자리를 비우시는 아버지. 그리고 나이 차가 나서 돌봄이 필요한 동생을 두고 홀로 공부하는 것은 너무 버거운 현실이었습니다. 심지어 공부 잘하는 친구들 사이에서 좋은 성적을 받기란 하늘의 별 따기였습니다. 어려운 형편 탓에 현실을 조금씩 자각하게 되었고, 기술을 배워야 하나 심각하고 고민하는 시기도 있었습니다. 그때 담임선생님의 도움으로 다시 공부할 수 있는 상황을 만들 수 있게 됩니다. 기숙사에 거주하는 학생들만 들을 수 있는 심화 수업을 들을 수 있게 도와주셔서 공부의 방향을 알 수 있게 되었고, 곁에서 응원하시며 지켜봐 주셨습니다. 좋은 공모전이 있으면 정보를 알려주시며 한 번 도전해보라고 해주셔서 장학금과 상장을 받을 수도 있었습니다.

경제적으로 형편이 좋지 않음을 아시고, 매주 주말에 어머니가 해주지 못하시는 반찬과 과일을 챙겨주시며 돌봐주셨습니다. 저 뿐만 아니라 동생까지 챙겨주셔서 너무 감사했습니다. 정신적으로는 엄마처럼 생각할 정도로 많은 도움을 주셨는데, 선생님께서 주신 편지에 모든 마음이 잘 담겨 있었습니다. 사실 받았던 당시에는 편지에 써주신 시의 내용을 이해하지 못했지만, 시간이 지나며 이해하게 되니 감사함은 배가 되었습니다.

〈힘들고 힘들기에 잘 풀리고 술술 이루어짐에 감사하기. 인내의 의지를 터득한 강물의 흐름. 그게, 그런 게 성숙이야. 맑은 숙녀일 때 원숙해진 중년일 때 빛깔 바랜 노인일 때도 돌아보며 기억하기. 사

랑하며 사는 마음 사랑으로 만드는 삶. 인생.〉

이 시는 제 삶의 가치관이 되었습니다. 이 가르침으로 저는 매사에 긍정적인 마음으로 살 수 있게 되었고, 나를 사랑할 수 있게 되었습니다. 어려운 여건에서 비관적인 생각만으로 가득하던 저를 선생님은 180도 바꿔주셨습니다. 교육자의 역할이 얼마나 중요한지 깨닫는 계기이기도 했습니다.

제 정서와 삶의 의지는 조금씩 좋아졌으나, 집안의 환경은 그렇지 못했습니다. 정리가 전혀 되지 않는 우리 집은 친구 한 명 초대할 수 없을 만큼 더러운 돼지우리 같았고, 대청소를 한 번 하려면 의지 없는 어머니와 어린 동생을 보며 '이 집을 깨끗하게 만들고 싶은 사람은 나뿐이구나.' 생각하며 절망에 빠졌습니다. 그때마다 원망했습니다. '우리 엄마는 왜 저럴까? 왜 우리 엄마는 다른 엄마들이랑 다를까?' 내 상황과 우리 가족에 대한 불만은 커졌습니다. 그때마다 선생님께서는 "어머니를 이해해 드려야 한다. 어머님의 모습을 보면서 좋은 점은 배우고 나쁜 점은 배우지 말자고 생각해보렴. 나도 가난한 부모님 밑에서 병간호하며 공부하는 것은 정말 힘들었다. 하지만 네 운명인 것을 어둡게 바라볼 필요는 없고 그것을 바꾸려는 너의 자세가 필요한 것이다." 말씀해주셨습니다. 아직 철이 없던 저는 그런 말에도 마음이 쉽게 움직이지 않았습니다. 그저 답답한 마음으로 원망과 분노만 남아있을 뿐. 그렇게 어영부영 시간이 흘러 대학에도 진학하게 되었습니다.

그러던 어느 날 어머니가 입원했다는 연락을 받았습니다. 어머니는 여러 가지 병을 앓고 있던 터라 10개가 넘는 약을 먹고 있었습니다. 그래서 신장에 문제가 생기기 시작했고, 신장이 약에 있는 리

튬을 걸러낼 수 없게 되면서 리튬중독 상황이 되었습니다. 병원 치료로 리튬 제거 후 정신이 돌아오셨을 때 건강이 걱정되셨는지 이제는 정신과 약을 먹지 않겠다며 거부하셨습니다. 그러면서 갑자기 '이혼하고 싶다. 혼자 살고 싶다.'라고 말했습니다. 저는 홧김에 '엄마 맘대로 해!'라고 말하며 엄마를 그대로 두고 병실을 박차고 나왔습니다. 혼자 살고 싶다는 말에 '아직 큰 문제는 아니구나.' 생각했고, 오히려 다행이라는 생각도 들었습니다. 그래서 병원은 자주 가지 않고, 필요한 게 있을 때만 종종 들리곤 했죠. 한날은 정신과 약을 먹지 않은 어머니 상태가 좋지 않아서 약을 먹는 게 어떻냐고 설득했습니다. 단호하던 어머니의 태도가 조금은 달라졌기에 그 기회를 틈타 정신과 진료를 받으러 갔습니다. 의사 선생님이 약물치료나 다른 처방을 해줄 거라 믿었습니다. 그러나 현실은 생각과 달랐습니다. "입원할지 말지, 약 먹을지 말지 결정하세요. 그리고 결정되면 오든가 하시고요." 고등학생인 저는 어떻게 해야 할지 몰라 전전긍긍했습니다. 지금 생각해보면 고소하고 싶을 정도로 무책임한 태도에 화가 납니다.

의사의 불성실한 태도 때문인지 어머니는 약을 먹지 않겠다고 선을 그었습니다. 그로부터 며칠 후, 어머니에게 전화가 왔습니다. "불타서 죽는 사람이 보인다. 검은 남자가 가자고 한다." 네. 맞습니다. 환각 증세가 나타난 겁니다. 어느 날은 환각 때문에 119에 신고를 하기도 했습니다. 그렇게 환각이 심해지셔서 다시 정신병원 중환자실에 입원하셨고 중환자실이라 전화도 받지 못하셨습니다. 아무리 전화를 해도 해도 받지 않으시자 저는 그때부터 불안해졌습니다. 그날 아침, 책상에서 로션 병이 떨어져 쨍그랑 소리 내며 산산조각이

나며 깨졌습니다. 뭔가 불길한 생각이 들었지만, 학교로 향했습니다. 2시간이 지나고 수업 중에 전화가 왔습니다. (따르릉 따르릉…) "여보세요?", "누나. 어머니가 돌아가셨어.", "거짓말이지?"라고 말했습니다. "내가 왜 거짓말해. 빨리 와.", "알겠어."라고 전화를 끊은 뒤 고민을 했습니다. 학교 팀 발표가 2개나 있는 날이었기 때문이죠. 2개 다 발표자였던 저는 준비한 발표를 하고 가야겠다는 생각을 했습니다. 밝은 컨셉으로 해야 하는 첫 번째 발표를 무사히 마쳤습니다. 그런데 갑자기 울음이 터져 나왔습니다. 그러자 옆에 있던 친구가 놀라 물었습니다. "선미야 왜 그래? 괜찮아? 잠깐 나와 봐! 왜 그래 무슨 일 있어?"라는 물음에 저는 "어머니가 돌아가셨어. 근데 나 2시에 발표인데 어떻게 가!"라고 했죠. "내가 해줄게. 어서 가. 차비 빌려줄까?" 친구의 말에 정신을 차리고 바로 장례식장으로 내려갔습니다. 후회했습니다. 소식을 듣고 바로 내려갈걸. 저는 청평으로 가는 버스 안에서 계속 울었습니다. 장례식장에 도착해서 마음을 추스르고 마음속으로 어머니에게 말을 걸었습니다. '엄마 내가 많이 못 챙겨줘서 미안해. 정말 미안해.' 사실 엄마가 죽었다는 생각이 들지 않았습니다. 하지만 수의를 입혀드려야 하는 순간 깨달았습니다. '이제 엄마는 이 세상에 없구나.' 갑자기 공포가 몰려와 수의를 입혀드리지 못했고, 성당의 지인들이 도와주셨습니다.

마지막으로 어머니 얼굴을 보며 "엄마 일어나. 엄마 죽지 마."라고 오열했습니다. 어머니를 잘 보내드리고 그 후로 우리 가족은 엄마 이야기를 하지 않았습니다. 그 이유는 엄마에 대한 미안함 때문이었습니다. 그때까지 저는 몰랐습니다. 엄마에게는 그래도 되는 줄 알았거든요. 아픈 엄마에게 짜증 내고, 먼저 말 건네 와도 방문 쾅

닫고 방으로 들어가던 나. 엄마에게는 그래도 되는 줄 알았습니다. 본인 몸 가누기도 어려운 엄마에게 반찬이 이게 뭐냐고 아침밥 안 먹고 뛰어나가던 나. 엄마에게는 그래도 되는 줄 알았습니다. 아픈 엄마를 병원에 홀로 두고 친구와 재밌게 놀았던 나. 엄마에게는 그래도 되는 줄 알았습니다. 이제야 깨닫습니다. 엄마에게 그러면 안 되는 것이었습니다. 저는 오늘 이 이야기를 꺼내며 3년 만에 엄마의 사진을 마주했습니다. 너무 아팠을 우리 엄마. 외로웠을 우리 엄마. 죽는 순간까지도 딸과 아들 걱정에 마음이 무거웠을 우리 엄마. 지금도 너무 보고 싶은 우리 엄마. 이제는 홀로 남은 아버지가 외롭지 않게, 어린 동생이 힘들지 않게 최선을 다해 엄마 역할을 해보려 합니다. 그러다보니 엄마의 무게가 얼마나 무거웠을지 조금은 이해가 되더라고요. 이제는 더 씩씩하게 내일을 살아가려 합니다. 저에게 어머니의 빈자리가 크지만 다른 가족에게는 느껴지지 않게요. 보고 싶어요. 사랑합니다.

박선미의 최종 강연은 무대에서도 빛났다. 청중 200명을 모두 울려버린 그녀의 진심이 담긴 이야기의 힘은 대단했다. "대표님, 감사합니다. 덕분에 차마 못 봤던 엄마 사진을 돌아가시고 3년 만에 다시 꺼내보게 되었습니다. 강연 준비하면서 엄마 생각도 많이 했고, 슬픔과 우울함도 많이 떨쳐낼 수 있었어요. 정말 감사합니다." 그녀가 강연을 마치고 나에게 건넨 첫 마디였다. 돌아가신 엄마, 경제적으로 어려운 환경, 일용직 근로를 하시는 아버지, 나이 어린 동생, 우울증으로 약을 먹는 본인까지. 만약 나였다면 그렇게 굳건하게 삶을 끌고 갈 수 있었을까? 저 이야기를 세상 밖으로 꺼낼 용기를 가질 수 있었을까? 정말 진심으로 응원하고 싶다. 그녀는 이제야 이면의 어두운 근심을 걷어내고, 새로운 빛으로 걸음을 내디뎠다. 강연을 준비하며 웃는 얼굴도 볼 수 있었고, 대화를 나누며 여느 대학생처럼 밝은 에너지를 뿜어내곤 했다. 그녀가 어머니의 생전에 했던 행동을 욕할 수 있는 자가 누가 있겠는가. 당시 상황은 10대 소녀에게 가혹하고 막막한 현실이었을 것이다. 질풍노도 사춘기를 막을 수 없고, 원망하는 마음마저 조절할 수 없었을 것이다. 우리는 그저 지금 그녀의 선택을 존중하고, 응원해야 할 때이다. 모든 순간 그녀의 선택이 옳았다고, 고생했다고 따뜻한 말을 꼭 건네고 싶다. 강연이 끝나고 박선미는 소감을 남겼다.

어머니가 살아계실 때와 돌아가셨을 때로 나뉘었던 나의 인생. 나도 그 시간에 적응할 시차가 분명 필요하지 않았을까? 항상 엄마를 생각하지 않으려 애를 쓰고 생각나는 루트를 없애 버리려고 했던 3년간 나는 내 슬픔을 등지고 외면하려고만 했다. 어머니와 관련된 물건들을 다 버리고 가족과도 어머니에 대해서 한 번도 말 해본 적이 없었다.

그러던 중 2018년 2학기 기말고사 시험기간에 학교 공지사항을 둘러보다가 발견한 강연대회 모집공고를 보고 바로 지원했다. 어머니와 관련된 이야기를 해야겠다고 생각을 하며 준비했는데, 1차 서류 합격이라는 소식을 들었을 때도 나는 나의 마음을 잘 몰랐다. 계속 피하고 싶은 마음과 이제는 말해보고 싶다는 양가감정이 들었기 때문이다. '면접을 일단 보자. 혹시나 합격하게 되면 그때 가서 다시 생각해보자'라는 마음으로 면접을 보게 되었다. 그리고 최종 합격. 일단은 기쁜 마음이 들었다. 그리고 어떻게 하면 슬픈 내 이야기를 재밌게 풀어낼 수 있을까 계속 고민하면서 나는 이곳저곳에 있는 이미지를 저장하여 강연 자료를 재밌게 만들기 위해 노력했다. 그때까지만 해도 나는 즐기며 준비했다. 면접을 보고 영보이스토리 대표님께 피드백 받았을 때 나는 정말 따끔했다. 진지한 이야기에 이렇게 귀여운 캐릭터, 웃긴 사진을 쓰면 진심이 청중에게 10%도 전달되지 않을 거라고, 그냥 사진 한 장 띄워놓고 말하는 게 낫겠다고. 재밌게 풀어내려고 한 나의 마음은 전달되지 않았던 걸까. 대표님의 피드백은 다 피가 되고 살이 되는 말씀이셨다. 하지만 힘들게 만든 강연 자료인데 '칭찬 한마디도 해주셨으면⋯.'하는 마음이 들었다.

그렇게 강연 자료를 계속 수정하는 과정을 거치면서 나는 정말 힘들었다. 삭제했던 어머니 사진을 강연 자료에 첨부하는 과정에서부터 우리 가족의 이야기를 수면 위로 드러내어 슬픔을 직면했기 때문이다. 강연 자료를 열면 눈물이 나고 어머니라는 말을 꺼내는 것 자체가 너무 슬펐다. 강연을 연습하는 과정에서 눈물이 너무나도 많이 났다. 그래서 제대로 강연연습을 할 수도 없었고 강연 자료를 수정하는 것만으로도 지쳐버렸다. 친구 앞에서 강연연습을 하다가 친구에게 "아직 나는 이 슬픔을 이겨낼 자신이 없는데 대회를 위해서 계속 연습하는 거야. 얼떨결에 극복하는 것 같아."라고 말할 정도였다.

강연 D-day날, 나는 아침 일찍 일어나 연습하고 울고를 반복했다. 나는 강연시간 바로 전까지 강연 자료를 보며, 강연 중간중간의 중요 키워드를 잊지 않으려 노력했다. 강연이 시작되고 울컥하는 순간이 있었지만, 무사히 강연을 마치게 되었다. 무대 위에서 눈물만은 흘리지 않았으면 하는 나의 바람이 이루어졌다. 청중들이 나의 이야기에 고개를 끄덕여주고 눈물을 흘리고 닦는 모습을 보고 내 진심이 청중에게 잘 전달 된 것만 같았다. 굉장히 뿌듯한 순간이었다. 강연 후 청중과의 대화에서 나를 위로해준 모든 청중에게 감사했다.

대상 수상. 나는 정말 어떤 말로 표현해야 할지 모를 정도의 기쁨을 느꼈다. 커다란 행복함으로 슬픔을 직면했던 것에 대한 후회는 없었다. 나의 슬픔을 피하지 않고 마주했던 특별한 기회였고, 이를 통해 성장할 수 있었다. 강연대회 이후 나는 어머니를 생각해도 전처럼 눈물이 울컥하고 나오지도 않고 세상이 즐겁게 느껴진다. 진정한 성장은 나의 약함을 직면하고 정확한 진단을 했을 때 이루어지는 것 아닐까? 누군가 자신에게 꺼내기 어려운 이야기가 있다면 오히려 이렇게 당당하고 시원하게 꺼내는 것도 좋은 방법인 것 같다. 내가 누군가에게 작은 촉매제가 되었으면 하는 마음으로 좋은 기억을 마무리한다.

이 글을 보며 그동안 강연자에게 따뜻하게 피드백하지 못한 과거를 반성한다. 앞으로 더 세심하고 따뜻하게 다가가리라 다짐해본다. 박선미는 3년 동안 입 밖으로 꺼내지도 못했고, 사진으로 마주하지도 못했던 가장 소중한 존재. 엄마를 마주하고 되찾을 수 있었다. 이 또한 이야기한다는 것이 가진 힘이다. 마음을 내려놓고 나를 한 꺼풀 벗겨낼 기회임을 말하고 싶다. 그녀는 여전히 정서적으로 어두운 부분이 있고, 기억 속 트라우마가 존재하겠지만 완전히 이겨내고 멋지게 나아가리라 믿는다. 중요한 건 최고의 선택을 하는 것이 아니라 자신의 선택을 최고로 만들어야 한다. 과거에 어떤 선택을 했느냐보다 본인이 선택한 것을 최고의 선택으로 만드는 것이 중요하다.

그녀는 앞으로 어머니가 살아 계실 때의 선택이 어떠했는지 평가하는 것이 아니라, 아버지와 동생, 그리고 본인을 위한 최선의 선택을 할 것이다. 이제 박선미를 우울한 내면이 있고, 불우한 환경에서 자란 소녀로 기억하지 않는다. 그녀가 보여준 10분의 이야기를 통해 가족을 사랑하고, 본인의 어려움을 훌륭하게 이겨낸 멋진 여성이자 청년임을 알게 되었다. 그녀는 과거의 자신을 인정하고, 새로운 출발을 알렸다. 숨기지 않고 당당하게 이야기하는 것으로.

D. 걸림돌이 쌓여 디딤돌로

'머피의 법칙'에 대해 들어본 적이 있다면 불행을 좀 아는 사람이다. 머피의 법칙은 일이 좀처럼 풀리지 않고 갈수록 꼬이기만 하는 경우를 말한다. 자신을 불행한 사람이라고 생각하는 사람들이 있다. 부모를 잘못 만났다고 세상을 원망하거나 사랑하는 연인과 헤어졌을 때, 찢어지게 가난하거나 가족이 심하게 아플 때, 세상에 혼자 남았을 때. 다양한 이유로 우리는 불행하다. 그렇다고 불행만 끌어안고 살아갈 수는 없지 않은가. 하지만 안타깝게도 불행은 더 큰 불행을 가지고 오는 경우가 많다.

전 세계적인 코로나 팬데믹으로 경제적으로 어려웠던 시기가 있었다. 같이 일하던 팀원과 한집에 같이 살고 있었는데, 처음에 주위에서 다들 말렸다. 다 큰 성인끼리 같이 사는 거 아니라고, 특히나 같이 일하는 사람이랑 살면 안 된다고. 하지만 내가 인간적으로 좋아하는 동생이자 믿고 의지하는 팀원이었기에 같이 살자는 그의 제안을 거절할 이유가 없었다. 같이 살면서 업무적인 대화를 하고, 같이 놀고, 같이 먹으며 편한 시간을 보냈다. 하지만 문제는 일이 없었다. 젊은 우리는 큰 꿈을 가지고 있었으나 현실은 가난했다. 당장 생활비 걱정을 해야 하는 상황에 일이 없으니 집에서 무기한으로 쉬는 상황이었다. 처음으로 사업을 시작한 것이 후회됐고, 취업한 친구들이 부러웠다. 경제적인 어려움은 마음을 조급하게 만들었다. 그래서 잠시 사업과 거리를 두고 돈을 벌어야겠다는 생각을 했고, LH 인턴을 신청했다. 정말 운이 좋게도 인턴으로 선발되어, 백수로 놀고먹은 지 반년 만에 5개월 계약직으로 일할 수 있었다. 내가 일을 시작하자 같이 살던 팀원도 살길을 찾아 나섰다. 전공을 살려 계약직으로 취업했고, 1년 근무 후에 정규직 전환도 가능한 일자리였다. 다행이라 생각했다. 하지만 머피의 법칙은 이제부터 시작이었다. 돈벌이는 시작했지만 원래 하려던 일을 하지 못하니 마음이 항상 불안했다. 일하고 받는 돈이 월에 140만 원이라 경제적으로 그리 넉넉지도 못했다. 같이 일하던 다른 팀원들은 그마저도 돈 벌 기회가 없어서 어려운 생활을 이어갔다. 그때 사건은 터졌다. 출퇴근 시간의 차이 때문에 같이 살던 팀원과 정반대의 생활은 했다. 6 to 9였던 나와 달리 3교대 근무를 해야만 했던 팀원은 자는 시간과 쉬는 날이 아예 달랐다. 얼굴 보기도 힘들어졌다. 그래서인지 팀원은 나에게 따로 살자고 통보했다. 한 마디 상의 없이. 상황은 이해가 되면서도 마음으로는 받아들이기 쉽지 않았다. 한마디 말도 없이 일방적 통보라니. 가장 신뢰하고 믿고 의지하던 사람에게 뒤통수 맞은 기분이었다. 내 감정과 별개로 팀원은 묵묵히 본인의 일을 해나갔다. 내가 늦게 퇴근한 날이었다. 방에 내 짐이 하나도 없었다. 내 물건을 말없이 다른 공간으로 다 옮겨둔 것이다. 청소도 되지 않은 창고 같은 곳에 내 짐은 덩그러니 놓여있었고, 청소를 도와주겠다며 자정이 된 시간에 짐이 옮겨져 있는 집으로 찾아왔다. 고마운 행동이었지만 마음은 쉽게 열리지 않았다. 경제적 어려움으로 불안했던 마음, 거기에 배신감이라는 감정이 하나 더 쌓였다.

그 감정이 그대로 태도가 되었다. 함께하던 나머지 팀원들조차 멀게만 느껴졌다. 그들의 생각을 제대로 들어볼 생각도 하지 않고, 나는 마음의 문을 닫아버렸다. 대표라는 자리에서 내 그릇의 크기가 이 정도밖에 되지 않음을 깨달았다. 팀원들과의 갈등으로까지 번졌고, 오해를 풀었으나 그 사건을 계기로 같이 일하는 사람에게 마음을 주지 말자고 결심했다. 나의 부족함 때문에 팀으로 성장하고 싶었던 5년의 노력은 끝이 났다. 2021년. 그렇게 홀로서기가 시작되었다.

사실 하나하나 해결하고자 했다면 이렇게 일이 커지지 않았을 수도 있다. 내가 부족한 탓이라 생각한다. 일이 없는 상황도, 돈을 벌지 못하는 상황도 다 리더의 부족함 때문이었으리라. 더 넓은 마음으로 다독이고 동기부여를 제공해야 하는데, 내 감정을 추스르고 내 상황을 타파하기에 급급했다. 머피의 법칙이었는지, 그럴 운명이었는지, 그렇게 될 성격이었는지는 알 수 없지만, 결과적으로 경제적, 정서적, 환경적으로 외롭고 고된 시간이었다. 2020년은 참으로 어려운 한 해였다. 진심으로 좋아했던 팀원들과 서먹한 사이가 되었고, 가장 좋아하던 동생과도 거리를 두게 되었다. 여전히 그들을 사랑하고 응원하지만, 그들이 느꼈을 나에 대한 답답함과 서운함을 알기에 선뜻 손 내밀기가 쉽지 않다. 각자의 삶을 살면서도 하나는 잊지 않았으면 한다. 그들 뒤에는 언제나 응원하는 내가 있다는 사실을. 이야기브릿지 그리고 영보이스토리를 함께했던 모두가 더 행복한 내일을 맞이하길.

어릴 때부터 성인이 되어서까지 많은 사건·사고로 단단해진 나도 어려운 일이 몰려오면 어쩔 도리가 없다. 그저 받아들이고 버텨내는 수밖에. 나뿐만 아니라 또 다른 불행의 소용돌이를 겪은 청년이 있다. 강연자 전현수. 그의 삶은 잘 쓰인 시놉시스와도 같았다.

「잘 사는 법은 알 것 같은데 왜 사는지 모르는 당신을 위해서」

저는 어렸을 때부터 가난했습니다. 초등학교 5학년 때 다른 지역에 사시는 고모가 치매에 걸리자 고모부는 아파트 살 때 빌려준 돈을 갚으라는 내용증명을 보냈습니다. 가난이 창문으로 들어오면 사랑은 대문으로 빠져나가요. 스노우볼이 굴러가기 시작했습니다. 이것은 내가 감당할 수 없을 정도로 커져 버렸어요. 눈덩이는 내가 사랑하는 모든 것을 빼앗아 갔어요. 다만 가난은 나를 성숙한 어른으로 만들어주었습니다.

고등학교 2학년 때 어머니 휴대폰을 바꿔주었어요. 본인인증을 위해 들어간 문자보관함에서 외도 사실을 알게 되었죠. 손발이 부르르 떨렸어요. 하지만 마음을 다잡고 네이트온 문자 연동을 했고 자동차 블랙박스를 통해 증거를 수집했습니다. 결국엔 목격했습니다. 처음에는 어머니가 돌아와 주기를 간절히 빌었습니다. "엄마 지금은 내가 무능력하지만 취업해서 버는 돈 다 줄게. 제발 다른 남자 만나지 마." '내가 뭘 잘못했다고 빌었을까?' 지금은 그렇게 생각해요. 어떤 일이든지 한 번이 어렵지 두 번은 쉬웠습니다. 어머니는 남자를 너무 좋아했습니다. 불행 중 다행인 건 내 사춘기가 오래전에 지나갔다는 사실이었어요.

내 아버지는 장애인입니다. 중증 정신장애. 정확하게 조현병 환자입니다. 어머니와 이혼 후에는 저는 그의 보호자가 되었습니다. 스무 살, 꿈 많던 청년은 생활보장대상자 차상위계층이 되었습니다. 하루에 16시간씩 아르바이트했어요. 별 보고 출근해서 달 보고 퇴근하는 일이 일상이었지요. 그렇게 일해도 손에는 7만 원이 쥐어졌어요. 열심히 준비했던 국민대학교 자동차과 편입을 포기했고, 친구들과 어울리지 못했어요. 스스로 날개를 뜯어냈고 목에 칼을 차고 다리에 족쇄를 달았어요.

그런데도 목표가 있었습니다. 지독한 가난에서 벗어나고 싶었습니다. 내가 가진 모든 역량을 동원해 현대·기아자동차 생산직 입사를 준비했습니다. 주변 사람들은 한결같이 "포기해, 학연 혈연 지연 없으면 안 돼" 이야기뿐이었어요. 하지만 나는 젊으니까 한 번은 도전해 보고 싶었습니다. 자소서, 인·적성, 면접까지 철저하게 준비했어요. 13년 7월 01일 저는 기아자동차에 최종 합격했습니다.

취업만 하면 끝일 줄 알았는데 사회 초년생의 삶은 고난의 연속이었어요. 전셋집 하나 구하기도 어려웠고 곳곳에 눈먼 돈을 노리는 사기꾼 천지였어요. 더불어 대출, 연말정산, 청약통장, 실비보험, 자산관리 등 어느 하나 쉬운 게 없었어요. 조언을 구할 어른도 없었습니다. 주·야간 근무로 지친 몸을 이끌고 도서관에 가서 경제 관련 책을 보며, 모든 문제를 누구의 도움 없이 하나씩 해결해 나갔습니다. 저는 워라밸 따위 개나 줘버린 워커홀릭 입니다. 9년 동안 회사에 다니며 연차를 10개 쓰지 않았어요. 특근 잔업 빠짐없이 챙겼고, 덕분에 이제는 가난하지 않습니다. 남에게 아쉬운 소리를 하지 않아도 됩니다. 내 자존심을 깎는 말을 하지 않아도 됩니다. 어둠이 내려앉은 밤, 벤치에 앉아서 오열하던 일을 다시 겪지 않아도 돼요. 스무 살 때 간절한 마음으로 세웠던 목표를 이뤘습니다. 그런데 이제는 삶의 이유를 잊어버렸습니다. 더는 목표를 세울 수 없었어요. 아직도 돈이 좋고, 성과를 위해 몰두하는 것도 좋아요. 그런데 목표를 향해 달리는 일이 지쳤습니다. 잘 사는 법은 알 것 같은데 왜 사는지 모르겠습니다.

최근에 소개팅을 받았어요. 일요일 오후 커피와 쿠키를 앞에 두고 한 시간 정도 대화를 나누다가 일어났어요. 제가 생각하던 소개팅이 아니었고, 마치 회사 면접을 보는 기분이었어요. 만남은 어떻게 되었을까요? 지금 머릿속에 떠오른 그대로예요. 당연히 에프터로 이어지지 않았어요. 집에 돌아와 "내가 그렇게 매력이 없나?" 하며 자책하고 또다시 행복에서 멀어졌습니다. 그러다 문득 소개팅에 나간 이유를 생각해봤어요. 저는 인생에 마지막 연애를 하고 싶었어요. 조금 더 구체적으로 가족을 만들고 싶었습니다. 스노우볼에게 빼앗긴 걸 되찾고 싶었습니다. 내가 결혼하고, 아이가 생긴다면 나와 같은 슬픔을 겪게 하고 싶지 않았어요. 좋은 부모보다 평범한 부모가 되어주고 싶었어요. 아이의 기쁨이 나의 행복이 되는 삶을 살아보고 싶었어요. 내가 받지 못한 부모의 사랑을 아이에게 전해주고 싶었어요. 그리고 그것을 통해 내 아픔을, 상처를 그리고 기억을 치유하고 싶었어요. 가난에서 벗어나서 진짜 내가 원하는 것이 무엇인지 알게 되는 순간이었습니다.

저는 제 삶의 가치를 잘 압니다. 여기서 가치는 제 욕구와 감정을 충족할 수 있는 기준을 말합니다. 가치는 모호합니다. 하지만 그래서 좋아요. 소개팅이 에프터로 이어지지 않아도 좌절하지 않습니다. 그저 누군가를 만나는 것을 목표로 하는 것이 아니라, 그 과정 또한 가치 있는 일이거든요. 건강한 몸만들기, 머리나 옷 스타일 바꾸기, 동호회 참가하기 등의 행동으로 저는 가치를 만들고 채워갑니다. 현실은 내 바람대로 이뤄지지 않을 때가 많습니다. 하지만 가치를 알고 있는 사람은 주저앉을 때는 있어도 포기하지 않고 다시 일어서 꿋꿋이 길을 걷습니다. 신을 기만한 시시포스는 산꼭대기로 바위를 올리는 형벌을 받았어요. 아무런 의미 없는 고된 노동으로 겨우 정상까지 올려놓은 바위는 속절없이 굴러떨어져 버리죠. 그리고 그는 다시 산에서 내려가야 해요. 바위가 무거워서 힘든 게 아니라 공허해서 힘들어요. 목표만을 향해 따라가는 우리의 삶은 시시포스를 닮았습니다. 정말 힘들어서 힘든 일은 의외로 적어요. 다만 그것이 내게 의미가 있는지 내가 원하는 일인지 내 삶의 가치와 맞닿아 있는지 알 수 없을 때 무의미함을 견디는 것이 어렵습니다. 반대로 아무리 힘들어도 가치 있는 일임을 알고 있다면 견딜 만해요. 오늘의 고단함이 내가 사랑하는 사람들의 웃음으로 이어질 것을 상상하면 어깨의 짐도 조금은 가볍게 느껴집니다.

가치를 되새기는 일은 우리 삶의 행복을 풀어 설명해줍니다. 하고 싶지만 참아야 했던 일, 노력하고 견뎌야 했던 일 그리고 기뻤던 일이 왜 그런지 알려줍니다. 뜬구름 잡는 이야기가 아니에요. 책임을 내던지고 백일몽을 쫓자는 말이 아닙니다. 어떤 삶을 원해서 이렇게 노력하는 것인지 왜 오늘을 살아내고 있는지 떠올려 보자는 이야기에요. 100세 시대 긴 삶을 의미 있게 살아가는데 필요한 현실적인 주제입니다. 저는 목표를 향해 매일 완수해야 하는 체크리스트를 찢어버렸어요. 그리고 제 손에는 나침판이 들려 있습니다. 혼란한 삶 속에서 방향을 찾을 수 있게 해주는 나침판이 바로 "가치"입니다. 방황 속에 놓여있을 때 여러분의 손에도 가치라는 나침판이 들려 있기를 바랍니다.

경제적 어려움, 어머니의 외도, 아버지의 조현병, 소년가장. 어디 하나 의지할 데 없던 그가 살아온 인생을 감히 상상할 수 없다. 10분이라는 시간에

30년 인생을 담으려니 쉽지 않았겠지만, 이후 그에게 들었던 이야기는 상상을 초월했다. 여전히 아버지의 보호자로 살며 어려움을 겪고 있다. 본인은 받은 것 하나 없으나 경제활동이 어려운 아버지의 연금을 대신 내고, 상처를 준 어머니에게 내키지 않는 경제적 지원을 했다. 책임을 회피하고, 본인만 생각하며 살아가면 그만인 것을. 그는 삶의 멍에를 내던지지 못했다. 그 행동에 대해 칭찬도 비난도 하고 싶지 않다. 그가 선택한 삶이기에 묵묵히 응원하고 싶을 뿐이다. 착실하게 일하고, 독학한 지식으로 재테크도 하며, 본인의 취향에 맞는 커피와 술을 즐기는 그의 삶을 바라본다. 여전히 공허한 마음이 느껴지고 우울한 면도 있지만, 그 또한 전현수의 모습이지 않은가. 강연대회가 끝나고 11월 11일. 누군가 빼빼로를 직접 만들어서 가져왔다며 연락이 왔다. 빼빼로데이에 다 큰 성인 남자에게 빼빼로를 받다니. 감사한 마음을 세심하게 전하는 그의 배려심과 따뜻함이 그를 둘러싼 차가운 삶을 조금씩 녹여가고 있음을 느낀다.

잼 바른 토스트를 땅에 떨어트렸을 때, 잼이 발린 부분이 바닥에 향하는 것이 불행하다는 이야기가 머피의 법칙 사례로 손꼽힌다. 발린 면과 발리지 않은 면 뿐이기에 확률이 50대 50인데 하필 잼 바른 부분이 바닥을 향하다니. 원래 이렇게 다양한 결과 중 최악의 결과로 이어지는 불운한 상황이 연속되는 것을 머피의 법칙이라 말하는 것이다. 하지만 머피의 법칙은 세상에 없다. 잼 발린 식빵의 사례도 잼 발린 부분의 무게로 인한 중력, 사람이 서 있을 때의 평균 높이가 결과를 달리 만든다. 영국의 수학자이자 과학자인 로버트 매튜는 토스트를 무려 9821번 식탁 위에서 떨어트려 보았다. 그 결과, 6101번이나 잼 발린 쪽이 바닥에 닿도록 떨어졌다. 즉, 잼 발린 쪽이 바닥으로 떨어질 확률이 62.1%로, 우연에 의한 확률인 50%보다 크게 나온 것이다. 이렇게 상당히 많은 횟수를 시행해 얻은 확률값을 '경험적 확률'이라고 하는데, 경험적 확률로 잼 발린 면이 바닥을 향할 확률이 더 높다. 이 것이 무엇을 의미하느냐? 그렇게 될 일은 그렇게 된다는 것이다. 내가 불운 해서가 아니라 그렇게 될 일은 그렇게 된다. 누구의 잘못도 아니다. 우리는 자신의 걸림돌이었던 상황을 이야기하기 어려워한다. 이미 겪은 상처가 덧 나지 않을까, 긁어 부스럼이 되지 않을까 걱정이 생긴다. 하지만 전현수는 달랐다. 이야기를 더 잘해보겠다고 절실하게 연습하고 준비했다. 강연을 연 습하다가 어려운 부분을 녹음해서 나에게 피드백을 요청했다. 하루에도 여 러번 녹음 파일을 보내는 그 의지와 결기에 혀를 내둘렀다. 한편으로는 웃 음이 나왔다. 이렇게 용기 내어주어서 고맙고, 열심히 살아가는 모습이 멋 있었다.

전현수의 불행은 그의 불운이 아니라 가족이라는 환경이 만든 하나의 상 황일 뿐이다. 그 상황에 좌절하여 나쁜 길로 빠질 수 있었음에도 그는 전혀 다른 방향으로 나아갔다. 불만과 우울을 에너지로 더 나은 방향으로 가기 위해 몸부림쳤다. 부모님이 외도로 떠나고, 조현병으로 그의 삶을 힘들게 하니 가족이 걸림돌이라 생각했을지도 모른다. 성인이 되어 보험을 어떻게 가입하는지, 예·적금은 어떻게 해야 하는지 알려주는 이 하나 없었다. 그런 상황이 오히려 그에게 디딤돌이 되었다. 사회에서 살아남기 위해 무엇을 배 워야 하고, 무엇을 알아야 하는지 몸소 깨달았다. 무엇이든 홀로 해낼 수 있 는 멋진 사회인이 되었다. 걸림돌이 겹겹이 쌓여 그의 디딤돌이 된 것이다. 불운한 상황이 이어지는 삶 속에서도 그는 올바른 방향으로 나아가기 위해 가치를 놓지 않았다. 가족 간의 갈등과 주위의 시선으로 힘든 날의 연속이 었겠지만 그는 끝내 해냈다. 우리가 머피의 법칙을 그저 불운이라 잘못 알 고 있는 것처럼 가정환경이 좋지 않으면 자식도 제대로 성장하지 못한다는 사회의 편협한 선입견을 깨버렸다. 나와 함께하며 상처받고 힘들었을 팀원

들도 걸림돌의 역할이었던 나를 디딤돌 삼아 더 큰 성장과 성공의 길로 가
길 바란다.

E. 보이지 않는 것을 담는 시나리오

"모든 여행은 정확히 그 속도만큼 더 따분해진다." 내가 좋아하는 존 러스
킨의 문장이다. '빨리빨리'를 좋아하는 대한민국 사람들은 예쁜 여행지를 가
도 자신의 모습을 담아내기 바쁘다. 에펠탑에 가도 사람이 잘 보이는 단체
사진을 찍거나 인물사진을 찍는다. 에펠탑은 귀퉁이에 걸려도 인물이 선명
하게 찍혔다면 사진을 잘 나왔다며 소장한다. 우유니 소금사막으로 여행 간
커플이 남긴 최고의 사진은 하얀 사막보다 커플의 뒷모습이 오롯이 담긴 소
금 사막의 사진일 것이다. 가짜 돈으로 세계 도시를 구매하는 보드게임처
럼 주요 여행지만 찍고 오는 패키지여행이 발달한 이유이기도 하다. 「소크
라테스 익스프레스」 내용 중 17세기 빅토르 위고가 쓴 편지가 등장한다. 현
대의 여행을 비유적으로 표현한 내용인데, 너무 공감되는 이야기였다. "길
거리의 꽃들은 더 이상 꽃이 아니라 얼룩, 아니 빨갛고 하얀 줄무늬다. 모든
것이 줄무늬가 된다. 곡물 밭은 부스스하게 마구 자라난 노란색 털이며, 알
팔파 밭은 초록색 머리칼을 길게 땋은 것 같다. 가끔 어떤 그림자, 형태, 허
깨비가 나타났다가 번개처럼 창문 뒤로 사라진다." 시속 24km/h 기차를
타고.

여행이 도보에서 기차로 변화하면서 꽃이 아니라 얼룩으로 보인다는 묘
사가 와닿았다. 그렇다면 나는 어떤 여행을 하고 있을까. 내가 촬영한 사진
에서 답을 찾을 수 있었다. 나과 친구의 얼굴이 크게 찍혀있다. 물론 예쁜

풍경과 문화도 사진에 있지만, 다수의 사진은 얼굴로 도장을 찍고 있었다. 정답이 있는 문제는 아니지만, 여행을 다시 생각해보게 됐다. 버스를 타고 가는 길에 창밖의 풍경을 멍하니 바라볼 수 있는 여유가 있었으면 어땠을까? 낯선 마을을 하염없이 걸으며 현지에 머무는 이들의 표정과 대화에 관심을 기울였다면. 오래된 문화를 눈에 담고, 그들의 음식과 문화를 사진이 아닌 내 오감에 맡길 수 있었다면. 조금 더 각인된 여행이 되지 않았을까 하는 마음. 우리는 '빠르게'를 위해 '여유'를 잃고, '효율적'이기 위해 '만족'을 놓쳤으며, '경쟁'을 위해 '인정'하는 태도를 잊어버렸다. 무언가를 여유 있게 천천히 하는 사람을 '게으름'으로, 자기의 기준을 세워 필요한 만큼만 얻는 사람을 '배가 불렀다'는 말로, 좋은 성과를 내고 일 잘하는 사람을 '독한 놈'으로 비꼬아 말한다.

천천히 여유를 가지고, 자신의 삶에 만족하여, 다른 사람을 인정하는 삶이 쉬워 보이지만 어렵다. 우리는 무엇이 그리 급해서 빨리라는 부사어가 마를 날이 없는 것인지. 모든 것에 여유를 가지고 만족하며, 다른 사람을 인정하는 것에 후한 사람이 있다. 강연자 노동주가 그러했다. 그는 걸음이 느렸다. 앞이 보이지 않기에 서두르는 법이 없었고, 서두르지 않아 매사에 여유 있고 만족할 줄 알며, 다른 사람을 진심으로 인정해주는 사람이었다. 본인을 세계최초 평화주의 시각장애인 영화감독으로 소개하는 노동주. 그가 살아가는 여행은 어떤 풍경을 바라보며 흘러가는지 궁금했다.

「시각장애인 영화감독 노동주입니다」

여러분 다들 눈을 감아보시겠습니까? 무엇이 보이시나요? 아마 아무것도 보이지 않으실 것입니다. 그곳이 제가 사는 세상입니다. 그럼 눈을 감은 상태로 여러분께서 길을 가다가 자동차 경적 소리 또

는 큰 개의 짖는 소리가 뒤에서 들린다고 상상해보십시오. 어떤 생각이 드시나요? 아마 공포를 느끼는 순간이 될 것입니다. 저는 그런 불편한 생활을 20년 넘게 겪고 있는 1급 중증 시각장애인입니다. 이런 저의 직업은 무엇일까요? 저는 직장 내 장애인식개선교육 강사이자 안마사, 그리고 세계최초 시각장애인 영화감독 노동주입니다. 저는 지금까지 4편의 단편영화를 만들었고 지금은 장편영화를 준비하고 있습니다. 눈이 안 보이는 시각장애인이 어떻게 영화를 만들 수 있을까요?

저는 고등학교 2학년 때 불행히도 시각을 잃었지만, 그로 인해 청각, 후각, 촉각, 미각 그리고 귀신을 보는 감각, 농담이고요. 오감과 더불어 상상하는 감각이 길러지게 되었습니다.

저는 여러분들에게 제가 이 사회로부터 받은 편견과 차별, 그리고 선입견들로부터 어떻게 도전하고 싸워오고 있는지를 이야기하고자 합니다. 여러분! 본다는 것의 의미가 무엇일까요? 빛이 눈 안의 각막, 수정체, 망막을 지나 시신경에 의해 대뇌의 후두부 뒤편이 결국 피사체의 형상과 색을 알려줍니다. 눈이 손상을 입은 저는 볼 수 없게 된 것일까요? 네, 맞습니다. 하지만 아닙니다. 저는 "상상"으로 눈이라는 신체의 과정을 생략하고 바로 후두부의 자극점을 활성화시켜서 사물을 그려봅니다. 우리가 용을 실제로 본 적은 없지만, 상상력을 통해 생김새를 알 수 있는 것과 같은 이치입니다.

제가 인생에서 첫 번째로 만나게 된 도전은 고등학교 2학년 때 학교운동장에서 축구를 하다가 쓰러진 일이었습니다. 18살, 그날로부터 저는 희귀난치병인 다발성경화증을 진단받고 20년 넘게 시각장애인으로 살아가고 있습니다. 어느 순간 부모님이나 활동지원사의 도움 없이는 살 수 없는 저를 발견하게 되었고 자립을 결심하게 되었습니다. 자립 생활을 하는데 가장 필요한 것은 경제적 독립이라고 판단하였고, 자격증 수집가가 되었습니다. 전공기사자격증, 컴퓨터 자격증, 토익점수 등 흔히 우리 사회가 요구하는 스펙을 충족시키기 위해 노력하였고, 우수한 기업시장에 문을 두드렸습니다. 하지만 그 당시의 회사는 저와 같은 시각장애인은 뽑지 않는다는 것을 깨닫게 되었고, 광주 세광학교라는 시각장애인 특수학교에 안마를 배우기 위해 입학하게 되었습니다.

그곳은 시각장애인들이 유치부에서부터 고등부까지 학업과 안마를 배우는 학교였습니다. 너무나도 천사 같은 아이들이 순수하게 학교 공부와 안마, 침, 뜸 교육을 받고 있었습니다. 그러다가 어느 날 나는 이 친구들의 꿈이 궁금했습니다. 그래서 질문을 해보았습니다.

"하늘아, 너는 꿈이 뭐야?"

"응. 나는 한국에서 유명한 애니메이션 성우가 되고 싶어요."

"규동아, 너는 꿈이 뭐야?"

"응 나는 야구선수가 될 거야."

또 누구는 가수, 연예인, 작가, 회사 사장, 자동차 디자이너 등등. 내가 사회에서 만나본 친구들과 전혀 다르지 않은 꿈을 꾸고 있었습니다. 그런데 저는 이 친구들에게 "너희 그 꿈 다 버려야 된다. 이룰 수 없어. 우리 같은 시각장애인들이 꾸는 꿈을 이 대한민국이라는 사회에서는 받아주지 않아."라는 말을 차마 할 수 없었습니다. 그래서 나는 이 현실을 영화로 만들게 되었고, 여러 영화제에 소개되며 미약하지만 우리들의 목소리를 조금이나마 전달할 수 있었습니다. 도전하는 삶은 아름답습니다. 처음에는 시각장애인인 내가 영화를 만들어보겠다고 하자 주변 지인들은 헛소리라며 비웃기만 했습니다. 저는 그분들에게 제가 하고자 하는 이야기를 시나리오로 작성해서 보여드렸습니다. 그러자 그들은 생각을 바꾸었습니다. 저의 도전을 응원해주기 시작했습니다. 그래서 저는 지금 많은 지인으로부터 응원과 격려를 받고 있습니다.

제가 아직 이루지 못한 도전 중 하나는 장편영화를 만드는 것입니다. 물론 영화를 만드는 것은 저 혼자서 할 수는 없습니다. 제가 하고자 하는 이야기를 상상하고 실현하기 위해 배우님들과 스텝들 그리고 촬영감독까지 영화라는 예술은 혼자가 아닌 우리 모두 힘을 합쳐야만 하는 것입니다. 우리가 사는 사회도 마찬가지입니다. 시각장애인의 걸음은 빠르지 않습니다. 조금 느리지만 느린 것이 잘못된 것은 아닙니다. 서로 다름을 인정하고 존중해주는 사회가 더욱 아름다운 세상이 될 것입니다. 그리고 저는 태어나서 처음으로 해보는 새로운 도전을 하고자 합니다. 비장애인과 함께 가는 여행이 아니라 온전히 시각장애인 둘이서 우리만의 힘으로만 전국 일주 여행을 떠나보려 합니다. 물론 힘든 과정의 연속이겠지만 저는 분명 변화할 것이고 성장할 것이며 멋지게 성공할 것입니다. 제가 하는 도전을 많이 응원해주십시오. 저 또한 청춘 여러분의 도전을 응원하겠습니다.

'너는 그 꿈을 이룰 수 없다.'

해맑은 아이의 이야기를 듣고 처음 떠오른 말이라니. 그의 심정이 어떠했을지 생각하면 괜히 눈시울이 붉어진다. 이 말은 아마도 자신에게 하는 말이 아니었을까? 영화는 예술 중에서도 가장 시각적인 예술이다. 같은 플롯이지만 어떠한 연출로 담아내느냐에 따라 영화는 완전히 달라진다. 시각장애인이 담아내는 장면이 연출적으로 얼마나 완벽할지는 모르겠지만, 비장애인이 담아낼 수 있는 것과는 다른 상상력이 담길 것이다. 고정관념으로 가득한 우리의 '알고 있음'이 그에게는 '알고 싶음'이 되어 보이지 않는 것을 상상력으로 담아내는 동력이 된다. 매번 같은 길을 걷는 나는 귀에 꽂은 기기에 의지해서 목표만을 향해 빠르고 힘차게 걸어간다. 시간에 맞춰 최대한 효율적으로 이동할 수 있는 동선을 찾고, 앞만 보고 나아간다. 하지만 내가 본 그는 달랐다. 몸을 의지할 수 있는 흰지팡이를 가볍게 쥐고, 땅을 노크하는 것으로 하루라는 여행이 시작된다. 누구보다 천천히 그리고 조심스럽게 걷는다. 지나가는 바람 소리와 새 울음소리에 귀 기울이고, 떨어지는 낙엽과 흩날리는 눈발에 살포시 손을 건넨다. 작은 일에도 항상 감사를 전하며, 다른 이의 말에 누구보다 귀를 활짝 연다. 본인의 한계를 인정할 줄 알고, 세상은 혼자 살 수 없다는 걸 일찍 깨닫고 도움을 청한다.

내가 만난 그는 세상을 아주 잘 아는 사람이었다. 아니. 잘 사는 사람이었다. 서두르고 눈치 보느라 소중한 걸 놓치며 살아가는 현대인보다 자신만의 루틴으로 삶을 단단히 채워가며 잘살고 있었다. 그는 꼭 강연 무대에 서고 싶다고 말했다. 시각장애인으로서 무대에서 내 이야기를 한다는 것만으로 누군가에게 본보기가 될 것이기에 그들의 희망이 되고 싶다고 말했다. 이야기하고 싶은 이유는 다양하겠지만 그에게 강연은 누군가에게 새로운 길을 열어주는 시작이었고, 사랑하는 어머니에게 본인을 보여주는 가장 확실한 방법이었다. 강연 무대가 끝나고 어머니에게 감사를 전하며 말을 잇지 못하던 아들 노동주를 향해 환갑이 훨씬 넘은 노모는 크게 외쳤다. "됐다. 울지 마. 그만해. 잘했다. 사랑해."

그의 직업은 영화감독이지만, 자신의 인생에서는 영화배우였다. 그의 눈은 불편했지만, 마음을 편하게 해주는 사람이었고, 시력 0.7의 나보다 세상을 더 제대로 볼 줄 아는 사람이었다. 그는 자신의 인생을 훌륭하게 연출하며 살아가고 있었다. 2022년 겨울, 그는 시각장애인 동료와 함께 전국 일주를 시작했다. 비장애인에게도 힘든 도전이지만 노동주라면 분명 해낼 것이다. 그의 전국 일주는 기차도 없고, 비행기도 없이 느린 걸음으로 천천히 나아갈 것이다. 사물과 풍경, 그리고 사람을 또렷하게 바라보며. 그는 장편영화를 준비하고 있다고 했다. 그의 영화가 바다를 건너 유명 영화제에 노미네이트되는 그날까지. 어둡지만 밝은 그의 앞날을 앞으로도 응원할 것이다.

▶〈'이야기'하고 싶은 이유 & 꺼내기 어려운 이유〉를 마치며

'착한 아이 증후군'으로 살아왔던 시간. 자신의 이야기를 다른 사람에게 꺼내기도 어려워했던 김미현은 환경을 바꾸는 방법으로 휴학을 선택했다. 그리고 우연히 찾아온 템플스테이에서 자신의 삶을 돌아보게 되었다. 그녀는 이제 자신을 사랑하기로 했다. 그렇게 이야기 꺼내기 어려웠던 이유 중 하나를 지울 수 있게 되었다.

20대에 이혼을 경험한 청년 A와 B. 이혼으로 인해 상처 받고, 주위 시선에 또 한 번 상처받는 경험을 했다. 또한 이혼하고 홀로 아이를 키우는 사람을 바라보는 연민과 동정의 시선과 맞서야 했다. 두 사람은 누구보다 착실하고 열정적이며 선한 사람이란 것을 나는 안다. 그저 하나의 사랑이 시작되고, 끝난 것일 뿐. 계속되는 앞으로의 삶에서 예쁜 아이와 함께 행복을 더 부풀릴 수 있는 삶을 준비하고 있다. 그들의 자존감 지킴이와 상담 친구로 남아 오랫동안 바라볼 수 있었으면 한다.

모든 게 불만이었던 청소년기. 갑작스럽게 떠나버린 엄마를 생각하며 후회에 잠겨있던 박선미. 그녀와 가족들은 엄마에 대해 아무런 이야기도 하지 않았다. 하지만 이야기를 꺼내지 않았던 시간 동안 가족들은 멀어졌고, 자신에 대한 불안은 커졌다. 차마 입 밖으로 꺼내기 어려웠던 엄마라는 존재와 자신의 과거를 마주하고자 용기를 냈다. 강연이 끝나고 눈물을 흘렸다. 회한의 눈물인지, 감사의 눈물인지, 기쁨의 눈물인지 알 수 없지만, 눈물은 많은 것을 흘려 보내주었다.

전현수는 본인 앞에 놓인 수많은 걸림돌을 디딤돌로 만들어냈다. 어머니와 아버지의 문제, 그로 인해 마주하게 된 차가운 현실을 보기 좋게 밀어내고 성장의 동력으로 삼아왔다. 혼자 인내하고 갈고 닦은 이야기를 꺼내면서 그는 한층 더 성장했다. 자신이 어떤 감정이었는지 더 분명하게 마주하게 되었고, 아직 남아 있는 문제가 무엇인지 알게 되었다고 했다. 앞으로 헤쳐나갈 걸림돌은 남았지만, 그는 이제 걸림돌을 디딤돌로 쌓는 법을 터득하게 되었다. 그의 디딤돌이 삶이라는 높이 뛰기에서 어떤 역할을 하게 될지, 그리고 얼마나 좋은 기록을 세울지 기대가 된다.

시각장애인 영화감독 노동주는 영화 같은 삶을 살고 있다. 시도하는 모든 도전이 최초가 되고, 기록이 된다. 그동안 그의 목소리에 귀 기울여주는 사람은 많지 않았다. 이야기하고 싶어도 기회는 쉽게 주어지지 않았다. 이야기할 기회가 있더라도 그곳에 청중은 없었다. 그래서 그는 시각장애인의 삶을 영화로 담아낸다. 그의 작품을 통해 시각장애인의 삶을 심도 있게 조명할 수 있게 되었다. 그의 존재는 누군가에게 꿈을 꾸게 하는 동력이 되고 있다. 노동주의 삶이라는 시나리오의 결말이 궁금하다. 그가 만들어낼 앞으로의 장편영화도, 그 이후의 삶도 꾸준하게 조명되기를 바란다.

#5
이야기를 꺼낸 후

A. 과거의 나, 현재의 나

과거 MBC에서 방영됐던 무한도전이라는 예능 프로그램이 있다. 나의 10대를 행복하게 채워주던 방송이자, 지금 봐도 트렌드에 전혀 뒤처지지 않는 유머코드를 가지고 있다. 가장 재밌게 봤던 에피소드는 '나와 나의 대결'이다. 2012년 체력왕 선발대회 에피소드를 진행했는데, 2013년이 되어서 1년 전 나의 기록과 대결하는 포맷이었다. 작년의 나와 체력대결을 한다니, 얼마나 기발한 아이디어인가. 10년이 지난 지금 생각해도 놀라울 따름이다. 그냥 웃고 넘길 수 있는 예능 프로그램에서 이처럼 심오한 질문을 던지다니. 타인과의 각박한 경쟁에 내몰려 정작 자신을 돌아볼 여유가 없던 사회. 각자의 해석은 다를 수 있지만 그 날의 무한도전이 내게 던진 메시지는 '중요한 것은 자신과의 경쟁이고, 그 경쟁에서 승리하는 것'이었다. 주제뿐만 아니라 결과도 분명한 메시지를 제시했다. 촬영하다가 체력적 한계를 느끼고 술과 담배를 모두 끊고서 운동에 전념한 유재석, 당시 결혼 준비를 하며 체력 관리를 했던 정준하는 1년 전 자신보다 좋은 성적을 거두었다. 나머지 5명은 불과 1년 만에 모든 종목에서 자신에게 패했다. 뚜렷한 목표가 있거나 꾸준한 자기관리를 한 경우에는 과거의 나를 경쟁에서 이길 수 있었다. 하지만 그렇지 못한 경우에는 시간에 지남에 따라 과거의 나보다 부족한 결과를 가져왔다. 목표와 관리의 중요성을 느끼는 대목이었다.

"인간 최대의 승리는 내가 나를 이기는 것이다." BC 400, 무려 2400년 전에 살았던 고대 그리스 철학자 플라톤은 이미 알고 있었다. 유명 발레리나 강수진 또한 "나의 유일한 경쟁자는 어제의 나다."라고 말한다. 우리는 어제와 오늘이 다르다. 그 하루의 차이가 쌓여 변화와 성장이 만들어진다.

과거의 나와 현재의 나를 비교하여 객관적 평가를 할 수 있다는 건 탁월한 능력이다. 과거라 하여 10년 전, 20년 전을 의미하는 건 아니다. 1년 전, 석 달 전, 하루 전 또한 과거가 맞다. 어제와 다른 생각, 다른 행동, 달라진 나. 달라지고 싶다면 무언가를 새롭게 채워야 한다고 생각한다. 그러나 무언가를 덜어냄으로써 변화를 꾀할 수 있다. 내가 가진 무언가를 비우고 버림으로써 당신도 달라질 수 있다. 새롭게 채우는 일보다 가진 것을 덜어내는 일이 더 어렵다. 삶이 안정적일수록 변화를 시도하는 게 더 어려운 이유가 아닐까. 어려운 상황을 극복하는 방법으로 주위에 이야기하는 것을 추천하고 싶다. 만약 버킷리스트를 작성했다면 혼자 간직하기보다 다른 사람에게 계속 이야기하는 것이 좋다. 당신의 변화를 도와줄 조력자가 나타날 수도 있고, 자신이 원하는 방향을 잃지 않을 수 있다. 20대 초중반의 나이에 강연에 대한 정의를 내리고, 강연으로 인해 삶이 바뀌었다고 말하던 청년이 있다. 그 청년은 자신보다 앞서 강연에 미쳐본 조력자를 만났다. 강연자 문영종. 강의실을 박차고 나와 강연장으로 향했던 그의 이야기.

「강연으로 삶을 바꿀 수 있단 걸 믿을 수 있나요?」

안녕하세요. 여러분. 반갑습니다. 제게는 이곳이 마치 최근에 화제가 되었던 에미상 시상식에 서는 것처럼 무척 떨리고 기쁩니다. 제게는 지금 이 순간이 오랜 꿈이 이루어지는 기쁨의 순간이기 때문인데요. 바로 강연자라는 꿈입니다. 아 제가 누구냐고요? 저는 대학교 4학년인데요. 밥 먹듯이 강의를 빠지고 강의실을 뛰쳐나와 강연장으로 향하는 그런 조금은 별난 학생입니다. 제가 최근에 받은 카톡을 보여드릴게요. "이해할 수 없지만 응원해. 너의 갈 길을 가라." 이런 연락을 받았어요. 〈문영종〉 이 사람은 도대체 뭘 하고 다니길래 이런 연락을 받았을까요?

친구들이 저에게 자주 하는 말이 있어요. "야, 너 또 어디 가?"라고 말하면 저는 씩 웃고 사라지곤 합니다. 그 길로 버스를 타고, 기차를 타고 먼 길을 달려 강연장으로 향했습니다. 강의실, 강연장, 강의와 강연, 참 비슷하면서도 제게 주는 감정이 참 달랐어요. 강의는 10분만 들어도 졸리곤 하는데 강연은 3시간을 한자리에 앉아 가만히 듣고 있어도 제 눈이 초롱초롱 빛났어요. 강연과 강의의 차이가 과연 뭘까. 이 질문은 오랜 시간 저를 괴롭혀온 숙제였습니다. 지금은 어렴풋이 구분할 수 있을 것 같아요. 강의가 다루는 대상은 체계가 있는 지식과 논리라면, 강연은 그 사람, 바로 강연자의 삶의 이야기였습니다. 저는 사람들 각자의 이야기에서 흘러나오는 지혜와 통찰, 이런 것들이 좋더라고요.

저는 사범대를 다니고 있고 올해 초까지도 임용고시 준비에 열을 올리고 있었는데요. 사실 공부를 하면서도 교사의 꿈에 대해 확신을 갖지 못하고 있었습니다. 제가 참 좋아하는 강신주라는 철학자분이 계시는데요. 강연에서 그분이 우리가 꾸고 있는 미래에 대한 꿈이 진짜 꿈인지 개꿈인지 확인하는 방법을 말씀하시더라고요. 제가 꾸고 있는 꿈이 만약 진짜 꿈이라면, 그 꿈이 이루어졌을 때 하고 싶은 일들이 참 많이 떠오를 거라고 하셨어요. 제가 교사가 되었을 때를 생각했을 때, 학생 지도는 이렇게 해보고 싶고, 이런 수업을 새롭게 시도해 보고 싶고, 아이들과는 어떻게 가까워져 볼까. 이런 고민을 한다면 저는 진짜 꿈을 꾸고 있는 거였겠죠. 곰곰이 생각해보니까 아니었어요. 아 진짜 내 꿈이 아니었구나. 어쩌면 그저 주위에서 보통 하는 대로 꿈꿔온 개꿈일지 모르겠구나. 생각이 들었습니다.

'그래. 내 마음의 소리를 들어보자. 이번 1년만 정말 내가 원하는 것

들을 해보자'라고 마음먹었습니다. '내가 좋아하는 게 뭐였지? 나 강연 좋아하는데?'

그때부터 정말로 제가 강연을 좋아하는지를 알아보고 싶어서 열심히 쫓아다녔습니다. 한 날은 강연을 들으러 갈 때 정장을 입고 간 적이 있습니다. 강연자가 아니라 청중이었는데 말이죠. 강연장에 멋 부리고 싶어서 정장을 입고 간 게 아니고요. 제가 한창 교육 실습 기간이었는데 서울에서 꼭 보고 싶은 강연이 있었어요. 그때 서울에서 강연이 7시였는데 충청북도 청주에서 4시 반에 학교가 끝났어요. 정말 실습이 끝나자마자 뛰쳐나와서 택시 타고 기차 타고 이동해서 강연을 보고 끝나자마자 다시 청주로 돌아왔어요. 다음날 다시 출근해야 하니까요. 그런데 진짜 신기한 게 뭔지 아세요? 그렇게 다녀도 힘들지가 않은 거예요. 저는 그 이후로도 몇 번을 시간이나 돈, 거기에 드는 제 에너지 같은 걸 생각하지 않고 강연을 보러 다녔습니다. 진짜 잠깐 서울에 머물러도 좋고, 교통비를 많이 써도 좋고, 힘이 들어도 좋았습니다.

제가 강연장에서 주목받는 좋은 방법을 하나 알려드릴게요. 제가 올 한해 가장 성장한 능력이 있다면 바로 이것 같은데요. 우선 강연자에게 시선을 집중하고요. "맞아. 맞아." 하면서 고개를 끄덕이고요. 별것 아닌 것 같은 얘기에 박수치며 웃어봅니다. 하하하. 다음은 저만의 필살기! 꼭 마지막에 질문을 합니다. 사람들이 서로 눈치 보면서 이야기 못 하고 있을 때 떠오르는 질문거리가 있다면 무엇이든 말해보는 거예요. 저 멀리 청주에서 온 어린 학생이 강연 내내 고개를 끄덕이고 있다가 웃다가 마지막에 강연 잘 들었다고 와서 말을 거는데 얼마나 눈에 띄었겠어요.

저는 그 덕분에 강연자, 그리고 강연을 만드는 사람과 더 가까이서 만날 기회를 얻을 수 있었어요. '세상을 바꾸는 시간 15분'이라는 강연 프로그램 아시죠? 저는 세바시 강연 프로그램에 청각장애인을 위한 한글 자막을 입력하는 역할로 활동을 해보기도 했고요. 세바시를 진행하시는 PD님을 직접 인터뷰해 보기도 했고, 제가 강연자와 청중으로 만났던 방승호 선생님과 30분간 영상통화를 한 적도 있어요. 한 발 더, 한 번 더 다가가는 용기가 새로운 만남을 만들었고 새로운 만남은 또 다른 새로운 기회로 연결되더라고요. 저는 그 과정이 참 즐거웠습니다.

제게 강연자를 만나는 일은 마치 아이돌 콘서트를 가는 기분과 같다고 할 수 있는데요. 만약 친구가 요즘 가장 인기 많은 아이돌 콘서트 갈래? 아니면 네가 좋아하는 강연자의 강연 보러 갈래 한다면 저는 강연 본다고 대답할 거예요. 강연자를 만나는 기분은 그 어떤 일보다도 정말 떨리고 설렜습니다.

여러분은 혹시 정말로 본인이 좋아하는 걸 온 힘을 다해 쫓아본 적이 있으신가요? 저는 좋아하는 일을 깊이 들여다보면 결국 자신이 어떤 사람인지 이해할 수 있다고 생각해요. 저는 강연을 진심으로 쫓아본 시간 덕분에 저를 좀 더 깊이 있게 알 수 있었습니다. 저는 사람들 각자의 이야기를 좋아하고, 사람들 간의 대화와 연결에 관심이 많은 사람이에요. 사람들의 지혜를 통해 제 손으로 제 삶을 하나하나 만들어갈 때 기쁨을 느끼는 사람입니다.

제 삶에 가장 중요한 키워드 중 하나가 관점인데요. 어쩌면 강연 하나하나는 제게 삶을, 세상을 바라보는 색다른 관점을 보여주는 선물이 아닐까 생각해요. 저는 이것을 동떨어진 시선이라고 표현하는

데요. 타인의 생각을 깊이 이해하고, 그 사람의 관점을 흡수하여 자신이 보는 세상을 풍부하게 만드는 일, 꽤 멋지지 않나요? 매번 다른 방식, 일반적으로 생각하는 상식과는 다른 길을 찾아 나서는 저는 어쩌면 피곤한 사람이고 옆에서 봤을 때 잘 이해가 안 되는 사람일 수 있어요. 제 주위 분들께 죄송합니다. 그런데 앞으로도 죄송할 것 같습니다. 저는 제 생각과 삶을 통해서 사람들을 생각할 수 있도록 돕는 사람이 되고 싶습니다. '이렇게 살 수도 있네?' '이렇게 살아도 괜찮아.' '오 멋있는데?' 할 수 있는 사람. 사람들에게 용기와 위로를 주는 사람이 되고 싶습니다. 제가 사랑하는 강연자들이 제게 그랬던 것처럼요. 이 정도면 강연이 과거의 나와 오늘의 나를 바꿨다고 얘기해도 괜찮지 않을까요?

나는 10년 전 나보다 인내심이 좋아졌고, 눈치가 빨라졌다. 5년 전의 나보다 감정을 다루는 데 능숙해졌고, 타인의 의견을 수용할 수 있게 되었다. 일년 전의 나보다 사람에 대한 신뢰가 높아졌고, 가족에 대한 애착이 깊어졌다. 그리고 어제보다 현실적인 고민을 하게 되었고, 다이어트에 대한 생각이 진지해졌다. 강연에 미쳐서 산 지 3년이 되던 해에 강연과 강의의 차이를 구분 짓고, 사람들에게 이야기하던 그때의 내가 생각나게 해주었다.

대한민국에서 가장 안정적인 직업 중 하나라는 '교사'를 포기하고, '강연'에 빠져 오늘의 문영종을 살아가는 그를 마주한 날. 나는 옅게 흘러나오는 미소를 감출 수 없었다. 면접장에서의 첫인상은 노랗게 염색한 머리와 왠지 모르게 의욕이 넘치는 말투, 당당하고 확신에 찬 몸짓이었다. 강연을 좋아한다는 것도, 강의와 강연의 차이를 구분해서 강연의 매력을 찾아낸 것도 강연을 시작할 때의 김경한과 참으로 많이 닮아있었다. 안정적인 환경을 박차고 불안정하고 울퉁불퉁한 이야기를 새롭게 쓰기 시작한 그의 오늘과 내일을 열심히 응원하고 싶다.

그와 커피를 앞에 놓고 차분하게 대화를 나눠보았다. 강연대회의 부담이 끝난 후라 편안하게 이야기할 수 있었는데, 그는 최선을 다해 흔들리고 있었다. 고향인 여수로 내려와 부모님에게 임용고시에 응시하지 않겠다고 말하고 올라온 날이었다. 부모님의 반대가 어땠을지 보지 않아도 그려졌다. 모범생처럼 공부해서 사범대에 입학하고, 학교생활을 잘하던 아들이 갑자기 힘차게 방황해보고 싶다고 선언하는데 걱정하는 건 부모로서 당연했다. 그는 나에게 말했다. "세바시에서 인턴을 해보고 싶어요. 그래서 공고 뜨면 도전하려고요." 그렇게 말하고 2주가 흘렀을까? 경남 남해에서 하는 프로젝트에 참여하러 간다고 이야기했다. 일주일 살기였는지, 며칠간 머물며 짧은 프로젝트에 참여하는 일이었는지 확실하진 않지만, 그는 떠났다. 그리고 얼마 지나지 않아 소식을 전해왔다. "대표님. 저 남해에 있는 '팜프라'라는 곳에서 일하게 됐어요. 좋은 기회인 것 같아서 도전하고자 합니다." 이 얼마나 멋진 삶인가. 머무는 곳이 직업이 되고, 새로운 곳에서 인정받는 삶이란. 사범대를 입학하던 문영종은 상상하지 못했을 것이다. 강연에 빠져 대학 강의실을 박차고 나오는 자신의 모습. 부모님에게 임용고시를 포기하겠다고 선언하는 자신의 결기. 그리고 연고도 없는 타향에서 전공과 전혀 관련 없는 일을 시작하게 될 줄은. 과거의 나와 현재의 나. 무엇이 더 훌륭한가를 따지기는 어렵지만, 달라지는 나를 바라본다는 것만으로도 매우 유의미한 게 아닐까. 여전히 그는 변화를 이야기하고 있다. 그리고 끊임없이 달라지고 있다. 홀로 마음에 담아두고 전전긍긍하는 것에 멈추지 않고, 주위 사람과 부모님에게 이야기했다. 그리고 강연대회를 통해 이야기를 보다 멀리 던져냈다. 그의 삶은 자신의 이야기를 꺼낸 다음 날부터 하루하루 이야기의 궤적이 더욱 선명해지고 있다.

B. 자기소개 해보실래요?

"안녕하세요. 경영학부 11학번 김경한입니다." 평범했던 대학 시절의 자기소개와 "이야기브릿지 대표 김경한입니다." 사회인이 된 나의 자기소개이다. 보통의 자기소개는 소속과 이름을 이야기한다. 그래서 내가 어떤 사람인지 상대에게 전달되지 않는다. 자기를 소개한다는 것은 쉽지 않다. 그렇다고 낯선 이에게 나에 대해 너무 많은 정보를 제공하는 것 또한 부담인 사회이다. 그저 간단한 신상만 알고 지내는 경우가 많다. 대학이나 직장에서도 동기 또는 동료의 집이 어디인지 모르는 게 당연하고, 심지어 연락처도 모르고 있는 경우도 많다. 주위 사람에게 크게 관심 없는 사회지만 역설적으로 나와 전혀 관련이 없는 사람의 삶에 매우 높은 관심을 보이며 SNS는 발달했다. 옆집에는 관심이 없으나 일면식도 없이 다른 지역 또는 나라에 살아가는 누군가를 팔로우하며, 그들의 일상을 지켜본다. 멀리 사는 가족보다 옆에 사는 이웃이 낫다는 말은 이제 옛말이다. 같이 사는 가족보다 멀리 살지만 내가 관심 있는 누군가가 훨씬 친밀하게 느껴진다. 이제는 가족이라고 구성원에 대해 다 아는 것도 아니고, 학교 동기나 회사 동료라고 해서 친하게 지내는 것이 필수적이지 않다. 관계도 선택하는 시대가 왔다.

관계를 선택하는 사회에서 자신을 어떻게 보여줄 것인가는 매우 중요하다. 말 한마디가 나의 첫인상을 결정하고, 내가 들려주는 이야기가 나의 결을 보여준다. 결이 맞는 사람과 가까워지는 것이다. 이를 잘 보여주는 최신의 문화가 MBTI이다. 요즘 10대부터 30대까지는 소개에 MBTI가 빠지지 않는다. "저는 ENTJ입니다." 이 한마디에 외향적이고 주도적이며, 사람을 좋아하고 계획적인 사람이라는 판단이 내려진다. 가볍게 자신의 성향을 테스트하는 도구로는 손색이 없다. 그리곤 옆에서 한마디 거든다. "저도 E인데, 여행 좋아하세요?" 이처럼 자신과 맞는 사람을 찾고, 자신을 명료하게 보여주는 것이 하나의 트렌드가 되었다.

모든 게 빠르고 간결하고, 확실한 것만이 남겨지는 문화 속에서 색다른 자기소개를 만난 경험이 있다. 바로 무대 위 강연자들이다. 그들은 자신이 걸어온 길을 이야기하는 것으로 자기소개를 한다. 그 어떤 소개보다 인상적이다. 많은 강연자 속에서도 기억에 남는 소개가 있다. 유창한 프랑스어로 시작했던 그의 소개. 강연자 장승혁은 본인의 해외의 경험을 통해 자신이 어떤 사람인지를 소개했다. 문제 상황에 직면했을 때 어떤 선택을 하고, 그 경험을 통해 무엇을 얻었는지 이야기를 듣는 동안 고스란히 느껴졌다. 그의 살아있는 자기소개를 들어보자.

「*L'important, c'est d'essayer* (가장 중요한 것은, 도전하는 것이다)」

Bonjour à tous ! Vous êcoutez le podcast '리차드의 프랑스어 산책'. 안녕하세요. 여러분 리차드의 프랑스어 산책 리차드입니다. 이번 시간에는 한 청년이 어떻게 자신의 꿈을 발견하고 어떠한 도전들을 해왔는지에 대해서 이야기하고자 합니다. 시작은 이렇습니다. 2014년 군 전역 후, 영어를 배우겠다는 생각 하나만으로 무작정 필리핀으로 떠났습니다. 1년짜리 왕복 비행기 표 한 장 들고서 말이죠. 당시 가지고 있던 돈은 군대에서 모아온 돈과 필리핀에 오기 전 2달 동안 패스트푸드점에서 아르바이트로 번 돈이 전부였습니다. 말 그대로 무작정 왔기 때문에, 공부할 곳을 찾는 것부터가 큰*

난관이었습니다. 영어라고는 그저 간단한 인사말밖에 할 줄 몰라서 전화로는 상담을 받기조차 힘들었습니다. 수화기 너머로 들려오는 소리를 한마디도 이해할 수 없었습니다. 그래서 직접 공부할 곳을 발로 뛰어 찾아다녔습니다.

대부분의 많은 영어 아카데미들이 아침 9시부터 오후 6시까지 수업을 하는데, 저는 가진 돈이 없어서 하루에 딱 2시간만 수업을 들을 수 있었습니다. 9시부터 11시까지 수업을 듣고 끝나고는 집에 와서 간단하게 열대과일로 점심을 때우고, 배운 것을 복습하며 지냈습니다. 시간이 지날수록 가지고 온 돈은 바닥을 보이고, 끼니를 거르는 날은 많아졌습니다. 편하게 이야기할 상대도 없고, 언어가 안되기에 매일같이 외롭고 힘들었습니다. 이렇게 있을 수 없다는 생각이 들었고, 돈을 벌기 위해 고민 끝에 생각해낸 것은 한글을 가르치는 일이었습니다. 이때 당시 필리핀의 상황이 한류 열풍으로 한국에 대한 관심이 점점 높아지는 추세였고, 또한 필리핀을 방문하는 한국인들 역시 많아지는 상황이었습니다. 처음은 제 영어 선생님에게 "나는 한국어의 네이티브 스피커이고, 점점 필리핀에도 한국인들이 많아지는 추세이니, 선생님께서 한국어를 배우신다면 큰 장점이 될 것입니다."라며 설득을 했습니다. 그렇게 해서 제 영어 선생님, 동료 영어 선생님 그리고 그 선생님의 친구를 대상으로 스타벅스에서 첫 과외를 시작했습니다. 그러면서 OLX라는 사이트에 광고를 올리고, 페이스북 페이지를 만들어서 그곳에서도 광고를 시작했습니다.

처음에는 3명으로 시작한 과외가 두 달이 지나자 무려 40명까지 늘어나더군요. 40명을 스타벅스에서 과외를 할 수가 없어서, 조그마한 공간을 렌트해서 그곳에서 수업을 시작하기 시작했습니다. 필리핀 노동자의 한 달 월급이 한화로 대략 50만 원 정도인데, 저는 이때 무려 240만 원의 수입을 꾸준히 올렸습니다. 불과 몇 달 전까지만 해도, 매일 끼니 걱정을 하며 식사를 거르곤 했었는데 말이죠. 학원을 운영하면서 언어를 어떻게 가르치고 어떻게 습득해야 하는지에 대해서 배울 수 있었고, 어떻게 비즈니스를 해야 하는지를 몸으로 배울 수 있었습니다. 그리고 이러한 수입 덕분에 홍콩, 싱가포르, 중국 등에 거주하며 여행도 할 수 있었습니다. 필리핀에서 생활하면서 기억에 남는 재미난 도전이 하나 더 있습니다. 영화에 출연했던 경험인데요. 동양인 배우를 모집한다는 공고를 보고 오디션을 봤는데, 합격해서 아주 작은 역할이지만 〈You are my boss〉라는 영화에 출연도 해봤습니다. 이때 당시에는 몰랐는데, 이렇게 영화에 출연한 경험은 프랑스 영화사에서 인턴을 할 수 있게 도와주었습니다. 역시 버릴 경험은 없었고, 호기롭게 떠났던 필리핀에서 1년간의 생활은 성공적이었습니다.

필리핀을 떠나 프랑스어를 제대로 배우고자 프랑스로 교환 학생을 가게 되었습니다. 프랑스에서 공부하던 중, '국제 학생의 날'이라는 행사가 있었습니다. 이 행사는 자신의 나라, 언어 및 문화를 소개하고 토론하는 자리였습니다. 프랑스에서 생활하는 동안 '한국'이라는 나라의 존재를 아는 프랑스인들을 많이 있었지만, 정작 한국이 어디에 있는지, Corée(Korea의 프랑스식 표현)라고 하면 북에서 왔는지, 아직도 전쟁 중인지, 삼성과 LG의 가전제품을 사용하면서도 이에 대해서 모르는 프랑스인들이 아주 많았습니다. 한국을 알리고 좋은 이미지를 심어줄 좋은 기회라고 생각해서 '국제학생의 날'에 한국대표로 참석을 했습니다. 이때 알게 된 프랑스인들은 후에 한국에도 직접 방문해보고, 지금까지도 좋은 관계를 유지하고 있습니다. 이렇게 한국의 문화를 소개하고 언어를 알려주는 일을 하면서 내가 무엇을 잘하고 무엇을 좋아하는지에 대해서 알게 되었습니다. 프랑스에서 교환 학생을 마치고 한국에 와서는 프랑스 여행사인 *CAPCORÉE*라는 곳에서 일하며, 프랑코포니(프랑스어권 사람들, 알제리, 모로코, 벨기에, 퀘벡 등)를 대상으로 한국을 알리고 소개하는 문화 투어 가이드로 일을 했습니다. 한국을 알리려면, 단순히 프랑스 쪽에 한국을 알리고 소개하는 것에서 그치는 것이 아니라, 상호교류를 위해서 역으로 한국에도 프랑스의 문화 및 언어를 알리는 것도 중요하다고 생각이 되어서 이를 알려주는 팟캐스트도 진행하고 있습니다. 작게 시작한 팟캐스트지만, 어느새 누적 다운로드 수 2만 회를 달성했고, 2018년 2월 기준 팟캐스트 외국어 및 교육 분야에서 제2 외국어 부문 1위를 달성하기도 했습니다.

스티브 잡스는 죽기 전 스탠포드 대학 연설에서 이런 말을 했습니다. "여러분은 과거를 뒤돌아봤을 때 비로소 점들을 연결할 수 있습니다. 그러므로 모든 점은 당신의 미래와 어떻게든 결국은 이어진다는 것을 믿어야만 합니다. 본능, 운명, 삶, 업보 등 무엇이든 간에 점들이 결국 연결되어 하나의 길을 이루게 될 것이라 믿어야 합니다. 그러면 여러분은 당신의 가슴이 움직이는 대로 따르는 자신감을 가지게 될 것입니다. 설사 당신의 마음을 따르는 것이 잘 닦여진 길에서 벗어날지라도 그것이 여러분들을 남들과 다르게 만들어 줄 것입니다."

우리는 무언가에 도전할 때 두려워합니다. 실패하진 않을까 하면서 말이죠. 하지만, 스티븐 잡스는 경험 하나하나가 모두 삶의 소중한

교훈이 되어, 이것들이 모두 연결된다고 말합니다. 실패의 경험이라고 해서 결코 끊긴 것은 아니고, 이 모든 것들이 점이 된다는 것을 말하고 있습니다. 여러분들도 하고 싶은 게 있으시다면 두려워 마시고 삶의 점 하나를 찍어보시기 바랍니다.

단정하게 넘긴 머리와 훈훈한 외모, 매력적인 중저음의 목소리까지 그의 첫인상은 매력적이었다. 도전적인 성향과 매력적인 목소리는 팟캐스트를 진행하고, 채널을 성장시키는데 주요하게 작용했을 것이다. 자본도 없고, 아는 사람도 없는 타지에서 살길을 찾아본 사람만큼 간절한 사람은 없다. 2011년, 대학에 진학해서 홀로서기를 목표로 격렬하게 살았던 스무 살의 내가 기억난다. 가족도 친구도 하나 없는 낯선 지역에서 새로운 삶을 시작했다. 먹고 살기 위해 일자리를 찾던 중 지원했던 곳은 식육 식당이었다. 도축과 정육, 고깃집을 함께 운영하는 곳이었다. 일하시던 종업원 평균 나이가 70대 초반이었던 식당에서 유일한 청년으로 힘든 일을 도맡아 했다. 고기를 둘러메고, 불판을 닦으며 보냈던 시간은 힘들었지만 잊을 수 없는 추억이 되었다.

다음 일자리는 35도가 넘는 한여름에 지역 놀이공원에 있는 수영장에서 영유아 안전요원을 하게 되었다. 그늘 하나 없는 땡볕에 9시간을 서서 유아용 풀장의 아이들을 지켜보며 안전사고에 대비했다. 선크림도 소용없는 더위와 햇빛이었다. 먹고 사는 것이 얼마나 힘든 일인지 몸소 깨달았던 스무 살의 시간이었다. 장승혁의 이야기를 들으며 그때가 떠올랐다. 최선을 다해 살아본 경험이 있다는 것만으로 단단한 사람이라는 생각이 들었다.

매사에 밝고 에너지 넘치던 그는 어디서나 눈에 띄는 사람이었다. 그의 이야기를 들은 후에 장승혁에 대해 많은 것을 알게 되었다. 짧은 시간이었지만 이야기를 듣는 것만으로 그가 할 수 있는 가장 멋진 자기소개를 들은 것 같았다. 'Bonjour à tous ! Vous êcoutez le podcast' 자신 있게 내뱉는 프랑스어 인사의 당당함이 좋았고, 위기를 기회로 만드는 실행력의 당돌함이 좋았다. 어쩌면 나와 결이 맞는 사람일 수 있겠다고 생각했다. 내가 그를 좋게 생각하는 것만큼 그가 나를 어떻게 생각하는지가 더 궁금했다. 그 답은 그의 결혼식을 통해 알게 되었다. 어느 날, 그에게 전화가 왔다. "형님. 잘 지내시죠? 좋은 소식이 있어서 연락드렸습니다. 결혼하게 되었는데 혹시 괜찮으시면 사회를 좀 부탁드려도 될까요?" 나는 흔쾌히 수락했다. 광주에서 서울까지 가깝지 않은 거리였다. 하지만 힘들다는 생각보다 뿌듯함이 느껴졌다. 스쳐 갈 수도 있는 인연임에도 일생에 한 번뿐인 순간에 초대해주니 감사한 일이었다. 그의 새로운 자기소개에 작은 역할을 하게 된 것 같아 기뻤다. 축하와 더불어 그의 앞날이 밝게 빛나기를 바란다.

C. 숨어있던 감정 만나기

"너 울어?" 아무 생각 없다가 친구의 말 때문에 눈물이 주르륵 흐르고 만다. 자신도 모르는 숨어있던 감정을 만나게 된 것이다. 우리는 생각과 의견을 감추고, 감정을 숨기며 살아간다. 모든 것을 드러내는 게 흠이라고 하기에 절제하고 덮는 것을 미덕으로 생각한다. 그러다 문득 누군가 내 마음을 먼저 알고 건드려주면 마치 기다렸다는 듯 몸이 반응한다. 어깨가 들썩이고, 배가 꿀렁이더니 끝내 눈물이 흘러내린다.

강연을 시작한 지 일 년 정도 지났을 때, 지역 라디오 방송국에서 인터뷰 요청이 왔다. 벌써 5년 전의 일이라 내용은 명확하게 기억나지 않지만, 그 상황이 인상 깊어서 지금도 가끔 생각나곤 한다. 나와 동갑인 인터뷰어는 지역 방송국 프리랜서였다. 어색한 첫 만남임에도 비슷한 나이에서 오는 공감대가 있어서 어색한 공기가 오래 이어지진 않았다. "어떻게 강연을 시작하게 되었나요?"라는 물음을 시작으로, 청년 사업가 또는 청년 기획자에게 질문이 쏟아졌다. 30분 정도 이어진 인터뷰는 마무리를 향해가고 있었다. 그때 그녀에게 전화가 한 통 왔다. 5분 정도 통화를 하다가 그녀는 갑작스레 눈시울이 붉어졌다. 전화가 끝나고 이유를 물었다. 회사 선배가 요즘 힘들지 않냐며 위로를 건넸다고 했다. 처음 만난 날이었지만, 작은 위로라도 보태고 싶었다.

그때부터 인터뷰는 역할이 바뀌었다. 인터뷰어였던 그녀는 인터뷰이가 되고, 나는 인터뷰어가 되었다. 무엇이 힘든지, 어떤 고민이 있는지, 그래서 요즘 어떤 마음인지, 그녀는 차근차근 이야기를 시작했다. 김경한에 대한 인터뷰보다 그녀의 인터뷰가 더 오랜 시간 진행되었다. 구체적 내용은 흐릿하지만, 퇴사를 진지하게 고민하고 있던 그녀에게 "좋아하는 일이라면 이 악물고 후회 없이 해보세요. 그래도 안 되면 미련 없이 포기하는 것도 방법이에요. 선배가 마음 써서 전화로 다독여줄 후배라면 어디서도 사랑받을 수 있는 사람이라고 생각해요. 오늘 하루 잠깐 봤지만 아주 따뜻하고 밝은 사람인 것 같아요."라고 주제넘게 말을 건넸다. 그러자 그녀가 오열하기 시작했다. "제가 원래 잘 안 울거든요? 근데 경한씨는 정말 좋은 사람 같아요. 제 마음을 잘 알아주시는 것 같고, 오늘 처음 만났는데 이런 모습 보여드려서 죄송해요. 제가 인터뷰하러 왔는데 오히려 제가 좋은 에너지를 받아 가는 것 같아요. 감사합니다." 20대 중반, 그때 우리는 어린 나이였다. 그녀와 나는 프리랜서라는 교집합이 있기에 조직에서 살아남기 위해 얼마나 냉혹한 경쟁을 해야 하는지 이해할 수 있었다. 불안한 입지로 인해 눈치 보기 바쓰기에 모든 순간 최선을 다해야만 했다. 사실 내 목구멍이 포도청이라 누굴 위로하고 걱정할 여유가 없었다. 하지만 그녀를 보면서 또 다른 내 모습을 마주한 것 같아서 그냥 지나칠 수 없었다. 그동안 이야기하지 못했던 응어리를 털어놓다가 그녀는 자신의 진짜 감정을 만날 수 있었다. 한바탕 울고 웃으며 우리는 가까워졌다.

앞서 자신의 이야기를 수정하기 위해서는 스틸러가 필요하다고 이야기했다. 짧은 시간이었지만 그때 그녀에게는 내가 한 명의 스틸러가 아니었을까. 이야기를 꺼낼 때 자신의 이야기 속 스틸러를 만나는 일은 매우 중요하다. 좋은 감정이든 나쁜 감정이든 숨어있는 감정을 터트렸을 때는 에너지가 발생한다. 바닥을 치고 올라가는 절치부심이 될 수도 있고, 누군가를 본보기로 삼아 동기부여가 될 수도 있다. 어떠한 방향으로든 나아감으로써 성장을 이끈다. 우리는 이후로도 인연을 이어가고 있다. 지역사회에서 동료처럼 때로는 친구처럼 만나 일상과 추억을 공유하며, 함께 성장하고 있다.

자신의 삶에서 중요한 순간 스틸러를 만나서 숨어있던 감정을 만나게 된 사람이 있다. 또래의 누군가가 겪은 절망적인 상황을 마주하고, 내 삶을 어떻게 살아야 할지 진짜 고민을 시작했던 강연자 임채진. 그가 숨겨둔 감정의 이야기는 어떤 에너지가 되었을까.

「잘 보고 계십니까」

저는 대학생이지만 여러분이 생각하시는 것처럼 보기와 다르게 생각보다 나이가 조금 있습니다. 20살에 세운 목표인 6대륙 여행을 위해 올겨울 방학에는 아프리카에 있는 이집트를 갈 예정입니다. 저를 소개하는 단어는 누구보다 긍정적이고, 열정적이며, 다정한 사람. 그래서 긍정 열정 다정입니다. 그리고 마지막으로 오늘의 주제를 담은 단어인 '감사'를 마음에 품고 살아가고 있습니다. 여러분들에게 질문을 드려보겠습니다. 여러분은 어떤 부분에서 감사를 느끼나요? 너무 갑작스러운 질문이라 당황스러우신가요? 그럼 다시 한번 질문을 드려보겠습니다. 여러분은 신체 중 어떤 부분에서 감사를 느끼나요? 건강한 두 발로 걸어 다닐 수 있고, 아름다운 향기를 맡을 수 있는 코를 가지고 있다는 것도 큰 감사일 것입니다.

저는 전에 다녔던 학교에서 안경 광학을 전공하여 국가고시를 통해 안경사 면허를 취득하였고, 2015년 1월부터 1년 8개월간 안과 병원에서 검안사로 근무했습니다. 검안사란 안과 병원에서 눈 검사를 전문으로 하는 사람을 말합니다. 잠깐 눈 이야기를 해보겠습니다. 우리의 눈은 카메라와 매우 비슷합니다. 우리가 지금 이 세상을 아름답게 바라볼 수 있는 이유는 카메라의 필름과 같은 역할을 하는 망막이 건강하기 때문입니다. 아무리 카메라 렌즈가 좋아도 필름이 불량하면 좋은 사진이 나오지 않는 것처럼 망막이 손상되면 우리는 잘 볼 수 없습니다. 그래서 우리 눈에서 가장 중요한 부분은 망막이라고 할 수 있습니다.

지금부터 저의 삶의 자세를 바꾸어 준 환자를 만난 이야기를 들려드리려고 합니다. 2016년 무더운 여름날, 저는 아주 예쁜 환자를 만났습니다. 검사를 하는 동안 이런저런 이야기를 나눠보니 저와 또래였고, 스튜어디스인 어머니를 따라 스튜어디스가 되고 싶어 필요한 검사를 받기 위해 병원을 찾았습니다. 하지만 검사를 하면서 이상 징후를 발견하게 되었고, 정밀 검사를 통한 이 환자의 진단명은 '망막색소변성'이었습니다. 이 질병이 무서운 이유는 눈에 뭔가 이상이 느낄 때쯤이면 이미 진행이 많이 된 상태이며, 어떠한 원인도 치료방법도 알 수 없어서 안과에서 제일 만나고 싶지 않은 질병입니다. 해줄 수 있는 말이 어떤 말도 없습니다. 아직 젊고 꿈이 있는 그 환자는 빠르면 3개월, 늦어도 1년 이내에 양쪽 눈을 실명할 수 있다는 진단을 받게 되었습니다. 진료실을 나와 바닥에 주저앉아 눈물도 흘릴 수 없을 만큼 허망해하던 환자의 표정을 지금도 잊을 수 없습니다. 그때 처음으로 누군지도 모르는 사람으로 인해 눈물을 흘렸던 것 같습니다. 병원에서 근무를 시작할 때 선배들이 해준 말은 절대 환자의 상태에 감정이입을 하지 말라는 것이었습니다. 계속해서 그러면 힘들어지는 건 저뿐이기 때문입니다. 그렇게 냉정하게 마음을 먹으며 근무했던 노력이 또래 환자의 모습을 보며 처음으로 무너졌습니다. 이후 환자는 다시 병원을 찾아오지 않아 다시 볼 수 없었지만, 제게는 참 많은 변화가 찾아왔습니다.

나에게도 언제 이러한 불행이 닥칠 수 있다. 지금 내가 누리고 있는 것들이 당연한 것이 아니라 너무나 감사한 것임을 깨달았습니다. 그리고 눈에 보이지 않는 감사할 것들이 얼마나 많이 있는지를 찾게 되었고, 또 찾으려고 노력했습니다. 아침에 일어나 사랑하는 가족들과 아침 식사를 하고, 내가 좋아하는 사람들과 함께 시간을 보낼 수 있다는 것이 얼마나 감사한 일인지를 깨달으니 주어진 하루하루에 감사하며 열정적으로 임할 수 있었습니다. 또 하나는 다른 사람들의 시선에 맞추어, 세상의 기준에 맞추어 내 삶을 맞춰가는 것이 아니라 내가 정말 하고 싶은 일, 내가 행복한 일을 하기 위해 도전할 수 있는 마음을 가질 수 있었습니다.

그래서 친구들이 하나둘 안정적인 자리를 찾아갈 때쯤, 과감하게 다니던 병원을 퇴사하고 어릴 적부터 버킷리스트였던 가장 좋아하는 축구팀의 경기를 보기 위해 유럽으로 배낭여행을 떠났습니다. 두 달간 유럽을 여행하며 잊고 있었던 감정을 마주했고, 하고 싶었던 경영학 공부를 하기 위해 경영학과로 편입학 하기로 마음을 먹었습니다. 그리고 감사하게도 지금 다니고 있는 대학의 경영학부에 편입학하게 되었습니다.

하고 싶었던 공부를 맘껏 할 수 있는 요즘이 참 감사하고 행복합니다. 아침에 좋아하는 아이스 아메리카노를 사 들고 학교 가는 길이 참 설레기도 하고, 지금에야 만나 아쉬운 좋은 사람들도 많이 만나게 되었고, 즐겁게 공부를 하니 첫 학기였음에도 만족할 수 있을 만큼의 성적도 얻을 수 있었습니다. 지금은 고인이 되신 가수 신해철 씨가 한 방송에서 이런 말을 했습니다. "네가 무슨 꿈을 이루는지에 대해서 신은 관심을 두지 않는다. 하지만 행복한지 아닌지는 엄청나게 신경 쓰고 있다." 우리는 지금 내가 누리고 있는 것들이 당연하다고 생각할 수 있고, 그것들이 또 누군가에게는 정말로 갖고 싶은 것들일 수 있습니다. 우리 눈에 보이진 않지만, 우리에게 있는 감사할 것들을 잘 찾아보고, 그것들을 통해 더욱더 행복한 삶을 만들어가고 잘 볼 수 있는 저와 여러분의 하루하루가 되었으면 좋겠습니다.

그는 병원에서 다른 사람의 눈을 들여다보는 일을 했다. 누군가를 돕는다는 생각에 보람을 느끼는 날이 많았다. 그러나 누군가의 좌절을 직면하게 되었고, 어쩌면 나의 시간도 영원하지 않을 수 있다는 불안을 느끼게 됐다. 숨어있던 불안을 만나게 된 것이다. 그 불안은 새로운 도전을 시작할 수 있는 에너지가 되었다. 유럽여행을 떠났고, 편입까지 이뤄낼 수 있었다.

우리가 숨어있는 감정을 만나기 어려운 이유는 괜찮은 척 때문이다. 특히

나 좋은 감정보다 나쁜 감정을 더 솔직하게 마주해야 한다. 최근 들어 괜찮은 척을 하는 주변 사람을 자주 만난다. 누가 강요해서 그런 것이 아니라 온전히 감정을 드러내는 일이 약점이 되기 때문이다. 각오하고 힘든 자신의 이야기를 꺼내면 "너만 힘들어? 다 그래."라는 말로 돌아온다. 사실 나만 힘들다는 이야기가 아니라 힘든 자신의 마음에 공감해달라는 신호이다. 신호가 제대로 전달되지 않으면서 우리는 어느덧 진짜 내 감정을 잊어버리고 만다. 자극적인 계기가 있거나 삶의 바꿔줄 스틸러를 만나는 행운이 아니고서야 다스리고 참는 데 익숙해진다.

본인의 부정적 감정을 외면하지 않았으면 한다. 불편하고 힘든 감정이라면 원인을 찾고, 해결하려는 의지가 필요하다. 스스로 해결할 수 있는 상황이 아니라면 상담과 치료의 힘을 빌리는 것을 두려워해서는 안 된다. 그 시작은 이야기하는 것이다. 상황이 심각해지기 전에 누군가에게 절실하게 이야기해야 한다. 그러다 보면 지금의 내 진짜 감정을 만날 수 있다. 그리스 철학자 안티스테네스는 말했다. "사람들은 자신의 정체를 잘 드러내지 않는다. 자신보다 본연의 모습을 알지 못할 때가 많다. 그럴 때 마음속의 소리를 들어보라. 당신의 속마음은 누구보다 믿을 만한 친구다. 이런 친구가 있다면 자신을 정확히 알 수 있다." 속마음을 마주하기 위해서는 약간의 용기가 필요할 뿐이다. 내 감정을 누군가에게 전할 수 있을 때, 나 또한 누군가의 감정을 받을 수 있다. 살아간다는 것은 주고받는 것이다. 누군가에게 숨겨둔 감정을 이야기한다면 한층 더 성장한 나를 만나게 될 것이라 확신한다.

D. 나를 사랑하는 방법

능력과 실력은 높아지는데 자존감은 낮아지는 사회이다. 말 그대로 역설적 상황이 아이러니하다. 그래서인지 요즘에 청년을 만나면 현실의 어려움 때문인지 자신의 모든 것을 부정하는 세태가 만연하다. 마음이 공허한 탓에 누군가가 잘되면 진심으로 축하해주는 일이 쉽지 않다. 오히려 누군가의 불행에 행복함을 느끼는 사람도 있다. 이처럼 자신을 인정하는 데에 있어 인색한 현대 사회에서 낮은 자존감에서 비롯되는 문제는 심각하다. 성형하는 사람이 많아지고, SNS가 활성화되었으며, 그 속에서 명품이나 외제차 등의 보여주기식 문화가 만연했다. 어차피 나는 안된다는 생각이 팽배하고, 주식이나 코인 등의 한탕주의에 모든 것을 거는 청춘들이 늘어났다. 내가 차근차근 무언가를 이룰 수 있을 거라는 기대 자체를 포기해버린 것이다. 나를 사랑할 줄 모른다는 것은 불행의 시작이다. 무엇을 해도 행복하기 어렵고, 만족의 기준이 사라져버린다. 가진 것에 대한 감사보다 남이 가진 것에 대한 질투가 앞서고, 내가 하는 일의 가치보다 늘 다른 사람이 하는 것이 대단해 보인다. 말 그대로 남의 떡이 항상 크게 보이는 것이다. 그렇게 낮아진 자존감은 다른 사람의 말과 시선에 모든 것을 맡긴다. 시선의 꼭두각시가 되는 과정이다. 그래서 나를 사랑하는 태도가 중요하다. "그건 그 사람들 생각이고, 제 생각이 가장 중요한 것 같습니다. 제가 잘 결정하도록 하겠습니다." 배구선수 김연경의 인터뷰 내용이다. 나를 사랑하는 가장 쉬운 방법은 남보다 나에게 기준을 맞추는 것이다.

월세 낼 돈이 없어서 기숙사를 살고, 하는 일에 대한 확신이 없었던 시기의 내 자존감도 바닥이었다. 내가 하는 일이 돈 버는 일이 아니라 남 좋은 일이라고 생각했다. 나 빼고 다 행복하게만 보였다. 챙겨주던 선배의 호의와 어떻게 지내냐는 친구의 안부 인사를 삐딱하게 받아들였다. 결과적으로는 내 자존감 문제였다.

당시 졸업유예 신분이라 기숙사를 살기 위해서는 추가로 한 과목을 수강신청 해야 했다. 수업을 듣고 있어야 학생으로 인정해주기 때문이었는데, 한 과목을 등록하기 위해 30만 원이 필요했다. 수입이 없던 그때는 30만 원이 너무 크게만 느껴졌다. 대학 본부의 학생처에서 학생문화 코디네이터로 일을 하고 있을 때라 학생부처장님에게 사정을 말씀드렸다. 학생처에서 일하는 학생이니 기숙사에 수강신청 하지 않고, 한 학기를 살 수 있도록 이야기 좀 해달라는 부탁이었다. 그렇게 어렵지 않은 일이라 생각했고, 내가 필요하다고 말하는 일에는 언제나 오케이를 외치던 분이라 당연히 될 거라 믿었다. 그러나 내 예상은 빗나갔다. 부처장님은 말했다. "경한아, 내가 말해 줄 수도 있어. 근데 나는 나중에라도 네가 자신에게 부끄럽지 않은 사람이 되었으면 좋겠다. 편법이 아니라 절차대로 했으면 하는데? 돈이 없어서 그렇다면 내가 빌려줄게." 순간 화가 났다. 이게 뭐라고 나에게 창피를 주는 것인지 원망도 했다. 분한 마음에 말을 더 꺼내지도 않았다. 하지만 다가오는 마감기한 때문에 어쩔 수 없이 30만 원을 빌려서 한 과목 수강신청을 마쳤다. 시간이 지나 그 일은 희미해졌고, 2년간 학생문화 코디네이터 역할을 마치고 졸업했다. 조금씩 수입도 생기고, 삶의 기반이 잡히면서 오랜만에 부처장님에게 연락을 드렸다. 그리고 학교를 찾아가서 얼굴을 뵀다. 간단한 인사와 함께 과거에 함께했던 경험을 이야기하며 즐겁게 담소를 나눴다. 이야기가 끝날 즈음, 교수님께 말했다. "기억나세요? 30만 원 빌려주셨던 거. 그때 정말 감사했습니다. 사실 그때는 화가 많이 났었는데요. 시간이 지나면서 생각해보니 앞으로 어떻게 살아야 하는지 알려주셨다는 생각이 들더라고요." 교수님은 기억도 잘 나지 않는다고 하시고는 본인이 그랬었냐며 자신이 꽤 괜찮은 사람이라고 말하시곤 웃으셨다.

생각해보니 그때 화가 났던 대상은 교수님이 아니라 나였다. 30만 원 때문에 자존심을 버리고, 도덕적 해이를 당연시했던 나에게 부끄러움을 느꼈다. 낮아진 자존감에 타인의 배려를 받아들이지 못한 못난 시절이었다. 이제는 삶의 기준을 나에게 두면서 나를 좀 더 사랑할 수 있게 됐다. 자신을 사랑하는 게 얼마나 어려운 일인지 알기에 강연자 김리원과의 만남이 반가웠다. 그녀는 과거의 열등감을 떨쳐내고 새로운 삶의 출발선에 섰다.

「그래도 나를 사랑할 수밖에 없는 이유」

[1] 열등감 덩어리, 겁쟁이, 그리고

열등감 덩어리, 겁쟁이, 소심 덩어리, 가식 덩어리, 착함 덩어리, 모순덩어리, …. 바로 내 이야기다. 지금이야 덤덤하게 말할 수 있지만, 불과 몇 년 전까지만 해도 영원히 감추고 싶었던 나의 진짜 모습들이었다. 나는 유난히 어릴 때부터 고등학교 졸업할 때까지도 열등감이 심했다. 내가 너무나도 끔찍이 싫었다. 가난한 집, 가난한 환경이 싫었고, 시골에서 사는 것도 싫었고, 공부 못하는 것도 싫었다. 하물며 공부를 못하면 재능이라도 있었으면 좋았을 것을. 재능 하나 없었고 심지어 뚱뚱하고, 얼굴도 못생겼다. 그렇다. 뭐 하나 나를 사랑할 수 있는 구석을 찾을 수 없었다. 나는 정말 열등감 덩어리였고, 쓸모없는 사람 같았다. 이런 내가 할 수 있는 거라곤 그다지 많지 않았다. 혼자가 되지 않기 위해 가면을 쓰고 나를 감추는 것, 그리고 집에 돌아와 다시 열등감과 불행에 빠지는 것. 그뿐이었다. 재밌는 건 밖에서의 김리원은 남들과 크게 다를 게 없는 '평범한 사람'이라는 것이다. 하지만 문제는 집에서였다. 집에서 나는 완전히 다른 사람이 되었다. 울고불고 화내고 진짜 매일 전쟁 같았다. 밖에서 꾹꾹 참아왔던 감정들은 괜히 아무 잘못 없는 우리 가족을 힘들게 했다. 오죽하면 엄마가 나에게 '친구들한테 하는 만큼만 하라'고 했을까. 근데 나도 이런 내 이중적인 내 모습 때문에 너무 괴로웠다. 내 마음속과 머릿속은 격동치는 괴리감과 열등감으로 조용한 날이 없었다.

[2] 전환점, 강연을 만나다

수능 끝나고 어느 날, 집에서 한가롭게 TV를 보고 있었다. 그러다 채널을 돌리다 잠깐 멈췄다. 호기심이 생겼다. 아니 연예인도 아닌 사람이 텔레비전에 나오고, 많은 사람 앞에서 마이크를 쥐고 서서 당당하게 자신의 인생 이야기를 하는 게 아닌가. 실업계 문제아가 골든벨을 울린 이야기, 83개의 꿈을 이뤄나가는 이야기, 지금은 꿈 멘토로 유명한 김수영 작가의 이야기였다. 그녀의 이야기를 들으며 나는 큰 충격에 빠졌다. 어리석게도, 나는 '내 인생은 스스로 얼마든지 개척할 수 있다.'라는 것을 처음 깨달았다. 포기와 남 탓만 할 줄 알았던 나에게도 희망과 가능성이 있다니! 이 지긋지긋한 내 인생, 완전히 바꾸고 싶었다. 그래서 그녀 말대로, 나는 새로운 지역에서 새롭게 태어날 멋진 대학생의 나를 꿈꾸며, 내가 해보고 싶은 '버킷 리스트'를 하나하나 적기 시작했다. 대학교에 와서는 실제로 버킷 리스트에 도전했다. 기차 타보기, 혼자 여행가기, 봉사 동아리 가입하기, 무대에서 춤추기, 패러글라이딩 타기 등 처음에는 가슴이 두근거리고 동시에 두려웠다. 하지만 막상 하고 나면 별거 아니었다. 게다가 실패 경험밖에 없던 내가 사소한 것일지라도 무언가를 해냈다는 희열감은 어마어마했다. 버킷리스트를 하나하나 이룰수록, 부정적인 사고나 성격은 점차 긍정적으로 바뀌었고, 자존감이 바닥이던 나에게도 조금씩 자기 믿음과 자존감이 생겼다.

[3] 발목을 잡는 나의 무대 공포증

내가 잊고 있었던 무대 공포증. 내가 고등학교 2학년 때, 축제 사회를 맡았다는 사실을 지금까지 기억하고 있는 사람은 아무도 없을 것이다. 너무 오래된 일이라 솔직히 나도 어떤 실수를 했는지 기억나지 않는다. 기억나지 않아도 한 가지 분명한 것은 망쳤다는 사실이다. 대학교 1학년 끝날 무렵, 정말 해보고 싶은 대외활동과 학교홍보대사에 지원해서 1차 합격을 했다. 문제는 언제나 2차 면접이었다. 면접 또한 나에게는 작은 무대였다. 글은 잘 쓰지 못해도 충분한 시간을 들여 진정성을 담을 수 있었지만, 면접은 불가능했다. 아무리 연습을 해도 면접관을 보면 긴장이 심해지고, 나의 목소리와 시선에서 그대로 전해졌다. 결과는 '불합격'이라고 생각하면서도 막상 확인하는 순간은 너무 속상하고 억울했다. '아무리 하고 싶은 게 있어도 고작 말 하나를 못해서 못한다니.' 그리고 보면, 나는 지금까지 Listener이었다. 친구들과 이야기를 나눠도 내 생각과 감정을 말해 본 적이 거의 없었다. 하지만 이제는 변해야만 했다. 그러지 않고서는, 이렇게 좋은 기회가 왔을 때 또 떨어질 게 너무나도 당연했으니까. 그래서 나의 약점인 말하기를 보완하기로 했다. 수업이나 일상에서 말할 기회가 있으면 무조건 나섰다. 말하기 스터디에 참여해보고, 말하기 책도 사서 읽어보고, 심지어 대학교 방송부에 들어가는 등 꾸준하게 노력했다. 하지만 무대 공포증을 극복하지 못했다. 떨리는 마음은 여전하지만, 타인의 앞에서 내 생각을 표현하고 소통하고자 노력하는 내가 조금은 좋아하게 되었다.

[4] 그토록 바라던 강연 무대에 서다

나는 좋은 강연이라면 먼 거리라도 시간을 냈다. 누군가는 '그거 너무 뻔한 내용 아니냐?' 혹은 '누가 몰라서 안 하냐?'라고 말할 수도 있을 것이다. 그런데 그거 아는가? 성공한 사람들의 공통점에는 어려운 환경이나 '열등감'이 있었다는 것. 그들의 이야기를 듣고 있으면, 나도 마치 저들처럼 극복할 수 있다는 희망과 자신감이 생긴다. 나도 내 열등감을 극복해서 누군가에게 조그만 희망이 되고 싶다는 생각을 하게 만들었다. 대학교 1학년 때부터 이 생각을 품고 살았는데, 정말 기회가 찾아왔다. 전대미문이라는 대학생 강연대회. 대학생이 무대에 서서 다른 사람에게 자신의 이야기를 할 기회를 제공했다. 심지어 이번 강연 주제는 '나의 청춘 일기'였다. 청년의 이야기라면 뭐든지 좋다는 문장에 일단 지원해보기로 했다. 지원서를 제출했다. 하지만 분교 재학생인 내가 본교에서 주최하는 프로그램에 합격할 수 있을지는 의문이었다. 다행히도 1차 합격 문자가 왔다. 그러나 나에게는 자신 없는 2차 면접이 남아있었다. 면접에서 목소리가 굉장히 떨린다는 지적을 받아 합격 연락을 기다릴 필요 없이, 불합격할 줄 알았다. 띵동, '축하합니다. 최종합격하셨습니다.' 기쁜 마음도 잠시, 걱정 또한 몰려왔다. '내가 정말 수백 명의 사람들 앞에 설 수 있을까?' 잘해야 한다는 부담감을 이기지 못하고 포기하고 싶은 마음이 들었을 때, 딱 한 가지 생각만이 떠올랐다. '뭐 하나 특출 나게 잘난 것 없는, 모든 순간이 열등감이었던 내 이야기

가 누군가에게 도움이 될지도 몰라.'

[5] 내 인생에 변명 말라

2017년 11월 17일 금요일 드디어 오늘, 전대미문 최종 무대가 시작되었다. 열등감과 자존감을 주제로 한, '그래도 나를 사랑할 수밖에 없는 이유'. 무대에 서니 온몸이 떨렸다. 그래도 끝까지 마치고 내려왔다. 아쉬움은 컸지만, 후련했다. 강연했다고 내가 유명해졌거나 내 인생이 크게 변한 건 없다. 다만, 꿈의 연속성을 믿기 시작했다. 고등학교 3학년 때, 나의 전환점을 시작하게 만들어 준 강연을 보고 '강연해보기'라는 버킷리스트를 작성했었다. '강연해보기'라는 꿈이 있었기에, 말하기를 공부하며 노력했고 비로소 이룰 수 있었다. 이로써 간절한 꿈은 다소 시간이 걸릴지라도 작은 것부터 성취한 뒤, 반드시 달성할 수 있으리라 믿게 되었다. 그리고 달라진 점이 또 하나 있다면, 바로 내 인생에 변명하지 않기로 다짐했다는 것이다. 대회를 준비 기간에 합격자들에게 1:1피드백을 제공했다. 하지만, 분교 학생인 내가 대표님과 시간 맞추는 게 힘들었다. 나의 수업시간과 (분교-본교) 두 시간의 이동시간을 고려하니 1:1피드백 받는 건 불가능했다. 예전 같았으면 분명 되는 일이 없다며 나를 비난했을지 모른다. 그러나 이번에는 달랐다. 교수님에게 사정을 말씀드린 후, 수업을 듣는 다른 학생들에게 피드백을 받았다. 한 학생이 '남 탓하지 않고 삶을 극복하고자 하는 태도와 자기를 사랑하기로 했다는 것'이 좋았다고 피드백을 해주었다. 끝에 분교를 대표해 꼭 좋은 결과를 받으라고 응원도 잊지 않았다. 내가 나를 사랑하니 다른 사람도 나를 존중해주는 것이 느껴졌다. 솔직한 나의 이야기

를 꺼내니 진정으로 나를 사랑할 수 있게 된 느낌이었다.

오랜 시간 준비하고 노력했던 일이 빛이 발하는 순간이었다. 그녀는 앞으로 자신을 사랑하겠노라 말했다. 그녀는 다른 누군가를 멘토 삼아 인생의 전환점을 찾게 되었다. 그 과정에서 자존감을 회복했고, 강연하고 싶다는 꿈도 꾸게 되었다. 끝내 강연에 도전하면서 다른 사람에게 인정받는 경험을 했고, 변명에 발목 잡히지 않는 사람이 되었음을 깨닫게 되었다.

내가 어려운 상황을 극복하고 지금까지 강연하고 있는 이유와 비슷했다. 나의 성장을 마주할 수 있었고, 다른 이의 인정을 받게 되었으며, 주도적인 삶을 누릴 수 있었다. 내가 생각한 강연의 매력은 두 가지이다. 하나는 자신의 성장을 마주한다는 것과 다른 하나는 누군가의 성장을 지켜볼 수 있다는 것이다. 그녀는 성장했고, 나는 그의 성장을 지켜볼 수 있었다. 내가 강연에 미쳐서 빠져나오지 못하는 이유기도 하다. "다른 누군가가 되어서 사랑받기보다는 있는 그대로의 나로서 미움받는 것이 낫다." 미국의 록 뮤지션 커트 코베인의 말이다. 그녀는 자신을 더 사랑하게 되었고, 나는 강연을 더 사랑하게 되었다. 자존감을 회복하기 위해서는 기준을 나에게 두는 것, 그리고 나를 정확히 마주하는 것이 필요하다. 그렇게 오늘도 나를 사랑하는 방법을 배운다.

E. 이야기는 이루어진다

'우리들의 블루스'라는 드라마가 있다. 제주 해녀 춘희와 그의 아들 만수, 만수의 딸 은기의 이야기가 펼쳐진다. 만수가 교통사고로 죽을 위기에 놓이자 은기가 말한다. "아빠가 달 100개에 소원을 빌면 이루어진다고 했어. 아빠 낫게 해주라고 빌 거야." 이미 사고로 자식을 셋이나 먼저 보낸 춘희는 손녀에게 따뜻하게 말해줄 여유가 없었다. 하지만 손녀의 간절한 소망을 외면할 수 없어서 제주 선장들에게 배를 띄워달라고 부탁한다. 춘희에게 마음의 빚이 있던 선장들은 어선에 불빛을 밝힌다. 어선의 둥근 모양 조명이 달처럼 빛났고, 은기는 소원을 빌게 된다. 춘희의 친구인 옥동이 옆에서 속는 셈 치고 한번 빌어보라고 말한다. 춘희는 무릎을 꿇고 간절히 빈다. 그 결과 춘희의 아들은 기적같이 회복해서 살아난다. 드라마의 극적 효과를 위해 살았을 것이다. 누군가는 비현실적이라고 생각할 수 있지만, 나는 그렇게 생각하지 않는다. 모든 소망이 이뤄지는 것은 아니지만 간절히 바라면 이루어질 확률이 더 높다. 간절히 바라면 이루어지는 '끌어당김의 법칙'이 있다. 간절히 생각하고 강하게 집중하면 원하는 것을 이룰 확률이 높아진다는 이론이다. 이것이 과학적이냐 비과학적이냐 구분하는 것은 중요하지 않다. 가장 중요한 것은 '지성이면 감천이다.'라는 옛말처럼, 플라시보 효과라는 심리학 용어처럼 꺾이지 않는 마음이다.

나를 위해 때와 장소를 가리지 않고 간절히 빌어주는 사람이 있다. 엄마는 신년이나 명절이 되면 절에 가서 등을 밝히고, 부적을 받아와서 챙겨주곤 했다. 종교가 없는 나에게 보이지 않는 것을 믿으라는 게 내키지 않을 때도 있었다. 그러나 뒤늦게 수능 전 100일 기도를 다니고, 입대를 했을 때 누구보다 간절하게 빌었다는 엄마의 말에 가슴이 뭉클했다. 서른이 넘은 자식에게 목소리가 조금만 안 좋아도 병원가보라는 성화에 차 조심하라는 당부까지 하신다. 어쩌면 나를 위해 그렇게 간절하게 빌어주는 사람이 있기에 건강하게, 그리고 행복하게 살아갈 수 있는 건 아닐까. 잘될 때까지 기도하고, 다치지 않기를 빌었다가 다치면 다 낫기를 바라며 또 다시 기도하는 사람이 있기에 우리는 더 나은 삶을 살아간다. 보통의 엄마들은 대가를 바라지 않고 헌신적으로 최선을 다한다. 그 헌신과 희생은 무엇이든 이룰 수 있는 동력이 된다. 우리가 살아가는 삶도 마찬가지다. 내가 어떤 이야기를 간절하게 꺼내고, 절실하게 말하면 끝내 이루어진다. 이처럼 될 때까지 이야기하는 것만으로 우리는 무언가를 이룰 수 있다. 시작이 늦고, 기본기가 부족했음에도 끊임없이 생각하고 간절하게 바라는 마음으로 무언가를 이룬 사람이 있다. 요리를 사랑하는 강연자 박성곤이다. 요리로 국가대표가 되어보겠다던 그는 부단한 노력과 간절한 마음으로 많은 요리대회에서 성과를 내고, 2021년 대한민국 인재상을 수상할 수 있었다. 그는 어떠한 노력과 마음으로 이야기를 이룰 수 있었을까.

「아는 만큼 맛있다」

안녕하십니까? 게미지게 요리하는 조리학도 박성곤입니다. 저는 오늘 아는 만큼 맛있다. 라는 내용으로 함께 내면과 마주하는 법으로 강연을 하게 되었습니다. 우리가 살아가면서 가장 중요한 기본 요소는 의식주입니다. 저는 그중에서도 음식이 가장 중요하다고 생각하는데요. 우리가 음식을 먹을 때 이 식재료의 제철이 언제인지, 어디서 많이 나는지, 어떤 맛, 향, 식감을 가졌는지. 이 많은 요소가 조리를 거쳐 음식으로 만들어졌을 때 재미를 느낄 수 있다고 생각합니다. 하지만 우리가 음식을 먹을 때 식재료의 의미나 음식의 의미를 모른다면 우리는 음식에 대해 재미를 느끼기는 힘들 겁니다. 즉, 미식의 세계를 마주하기 어렵다는 말입니다. 우리가 음식을 먹었을 때와 우리가 인생을 살아갈 때는 비슷한 점이 많습니다. 그 이유는 우리가 음식을 먹을 때, 나의 음식 취향이 어떤지 확고하게 알 수 있지만 내 인생을 살아갈 때는 내가 무엇을 좋아하는지, 내 취향은 어떠한지 모르고 살아가는 경우가 많은 것 같습니다. 그래서 음식과 인생을 비교해보고 싶었습니다. 우리가 살면서 내가 좋아하는 것이 무엇인지 모르는 이유가 무엇일까요? 다양한 이유가 있겠지만 남들과 불화를 만들고 싶지 않아서 또는 눈에 띠고 싶지 않아서 등의 다양한 이유가 있을 겁니다. 제가 생각하는 가장 큰 이유는 우리는 남들의 시선 속에서 살아가기 때문이라고 생각합니다.

저는 2014년 대학을 입학하면서 요리를 처음으로 배우게 되었습니다. 요리와는 무관했던 제가 입학했을 때 동기들은 이미 많은 스펙을 가지고 있었습니다. 조리 고등학교를 졸업한 동기부터 자격증과 수상경력이 화려한 동기까지 다양했습니다. 저는 아무것도 없는 일반고 졸업생이었습니다. 그래서 저는 학교 수업을 따라가기 힘들었습니다. 학교 실기수업은 특히 더 어려웠고, 실기수업이 끝나면 남은 재료를 모두 챙겨왔습니다. 실기수업에 했던 내용을 복기하며 홀로 연습하는 나날이 계속되었습니다. 늦은 만큼 더 열심히 해야 했습니다. 하지만 친구들은 언제나 유혹의 손길을 내밀었습니다. PC방 가자, 당구장 가자, 술 마시러 가자. 너무 흔들렸지만 뿌리칠 수밖에 없었습니다. 남들이 할 때도, 남들이 하지 않을 때도 노력해야 따라갈 수 있었기 때문입니다. 밤새 연습하다가 학교에서 자고, 학교에서 눈뜨는 날도 있었습니다. 1학년을 마치고 입대를 했고, 전역 후 새로운 목표로 지방기능경기대회를 출전하게 되었습니다. 공백이 있던 시간을 메꿔 강한 동기부여를 하기 위함이었습니다. 지방기능경기대회는 세계기능올림픽에 출전할 선수를 뽑는 대회인데요. 요리에도 운동선수를 뽑는 것처럼 치열한 경쟁을 통해 국가대표가 될 수 있는

데, 그 시작이 지방기능경기대회입니다. 순천에서 훈련을 시작하게 되었습니다. 하루에 14시간씩 연습하고, 과정 정리부터 이미지 트레이닝까지 하다 보니 하루에 4시간 이상 자본 일이 없었습니다. 4개월 동안 하루도 쉬지 않고 연습했습니다. 일반적으로 2~3년 정도를 준비하는 다른 선수와 달리 저는 4개월밖에 연습할 시간이 없었습니다. 이후에 기회가 없었기에 더 간절했습니다. 만 22세까지 출전이 가능한 나이 제한이 있었기 때문이죠.

요리에 미쳐서 살았던 4개월 동안 생각한 것만큼 좋은 결과가 나오지 않은 날엔 혼자 울고 화를 내기도 했습니다. 그 이유는 단 한 가지였습니다. 요리를 잘하고 싶어서. 4개월 동안 하루도 빠짐없이 대회를 준비했던 그 시간은 나를 성장하게 해주었습니다. 내가 어떤 요리를 잘하는지, 내 요리 취향은 어떠한지 나에게 질문을 던질 수 있는 시간이었습니다. 치열한 연습 끝에 3일간의 대회가 끝나고 시상식에서 저는 4등이라는 등수를 받았습니다. 3등까지 전국대회에 나갈 수 있었습니다. 즉, 전국대회를 나가지 못했습니다. 그렇게 세 시간을 꺼이꺼이 울었습니다. 그리고 걸려온 엄마의 전화.

"엄마, 미안해. 나는 이것밖에 안 되는 사람이야." 그렇게 말하고는 또 한 시간을 울었습니다. 대회가 끝나고 일주일은 식음을 전폐하고 지냈었습니다. 그때 저의 스승님이 말씀하셨습니다.

"성곤이 자네가 무엇이 부족해서 고개를 떨구는가. 나는 자네가 누구보다 자랑스럽네. 그러니 지금 흘리는 눈물과 감정 잊지 말고 살게. 이번 대회는 그저 하나의 대회일 뿐이니 인생의 밑거름으로 삼게."라는 말을 듣고 다시 일어설 수 있었습니다. 스승님의 인정을 받았다는 생각으로 앞으로 나아갈 추진력도 다시 얻을 수 있었습니다.

임계점. 물의 임계점은 99도입니다. 여기서 1도를 올리지 못한다면 물은 끓지 못합니다. 우리의 인생도 비슷하지 않을까요? 99도까지 노력해온 시점에서 1도의 노력을 채우지 못하고 포기한다면 결국 끓어오르지 못할 것입니다. 그 1도를 올리기 위해서 가장 중요한 건 나에 대해 더 잘 아는 것입니다. 비록 국가대표가 되지는 못했지만, 저에게 필요한 1도가 무엇인지 알게 되었습니다. 바로 '나'를 아는 것.

저는 새로운 목표를 세웠습니다. 요리를 직접 하는 사람보다 새로운 메뉴를 개발하는 사람이 되겠다는 목표입니다. 나에게 질문을 끊임없이 던지고, 그에 대한 답을 찾아가며 포기하지 않고 노력하는 과정이 필요합니다. 본인에게 질문 한 번 해보시는 건 어떨까요? "지금 어떤 음식이 먹고 싶니?"처럼 말이죠. 각자가 좋아하는 음식을 알고, 본인의 맛을 찾아가는 사람이 되시길 바랍니다.

요리에 대해 문외한이었던 그가 대회에 출전하고, 성과를 내기까지는 부단히 노력했을 것이다. 첫 도전이었던 지방기능대회에서는 아쉬운 결과를 얻었지만, 그 기회에서 실패에 머물지 않고 자신을 연마하는 계기로 만들었다. 이후 도전한 요리대회에서 상을 받고, 해외에서 요리 경험도 쌓게 되었다. 20대 젊은 나이에 요리 교육으로 큰돈을 벌어보기도 했다. 요리로 진로를 정해도 충분한 이력이었으나 그는 새로운 이야기를 쓰기 시작했다. 국내 식품기업에 취업해서 메뉴개발을 전문적으로 해보고 싶다는 목표를 세웠다. 어디를 가도 살아남을 끈기와 열정을 가진 그가 분명한 목표를 세웠으니 이제 남은 건 이뤄내는 것뿐이라고 말해주었다. 그는 남들보다 늦었다고 생각했을 때, 포기와 좌절로 걸음을 멈추는 것이 아니라 쉬지 않고 나아가는 방법을 선택했다. 다른 환경에서 새로운 목표를 세웠으니 이 또한 이루어 갈 것이다.

"노력하는 자는 즐기는 자를 따라가지 못한다는 말은 거짓말입니다. 그냥 즐겨서는 최고의 결과를 얻을 수 없습니다. 저는 단 한 번도 즐겨본 적이 없어요. 성공을 원한다면 자기 자신에게 냉정해지세요." 농구선수였던 서장훈이 청년들에게 했던 강연 내용이다. 고민하고 노력하는 것은 당연하되, 누군가에게 자신이 이루고자 하는 바를 끊임없이 이야기하는 것도 중요하다. 이야기하다 보면 진짜 내 마음을 들여다보게 되고, 진정으로 원하는 것이 무엇인지 명확해진다. 그렇기에 자신의 이야기를 꺼내 다른 사람에게 말하고, 그것을 간절히 바라면 이야기는 이루어진다. 그러나 공짜는 없다. 기회는 준비된 자에게만 잡히듯이 갈고닦은 노력이 필요하다. 이야기를 이룰 준비가 되었다면 행동하자. 그리고 자신 있게 이야기하자.

▶〈이야기를 꺼낸 후〉를 마치며

어제보다 성장한 내가 되기 위해 가진 것을 덜어냈던 강연자 문영종은 남해에서 새로운 일을 경험하고 있다. 안정적인 학과와 진로를 내려놓고 새로운 도전을 시작한 그는 이야기를 꺼낸 후에 행동에 가속도가 붙었다. 거침없이 나아가는 그의 삶을 묵묵히 응원하고 싶다.

가정을 꾸리고 책임감 있는 가장으로 살아가는 강연자 장승혁은 과거에도 현재에도 매력이 있다. 이야기를 통해 인상 깊은 소개를 선보였던 그의 이야기가 자신이 어떤 사람인지 몰라서 고민하는 사람들에게 닿았으면 한다.

또래의 좌절을 보고, 내면의 불안을 마주하게 된 강연자 임재진의 고민은 우리 모두의 고민이 아닐까. "스스로에게 물어보세요. 내가 아니면, 과연 누가? 지금 아니면, 과연 언제?"라는 엠마 왓슨의 말처럼 후회 없는 삶을 살고 있는지, 내 생각과 감정을 솔직하게 마주하고 있는지 생각해보기를 바란다.

자존감이 낮으면 나를 사랑할 수 없다. 변명하지 않고, 삶의 목표를 찾는 것은 중요하다. 과거의 트라우마나 부정적 감정을 이겨내고, 멘토를 만나고, 작은 성취 경험을 함으로써 나를 인정하고 사랑하게 된다. 강연자 김리원처럼 비교를 벗고, 모든 기준을 나 중심으로 세우면 나에 대한 사랑을 시작할 수 있다.

간절히 바라고, 깊이 생각하며, 적극적으로 행동하는 사람은 무엇이든 이룰 수 있다. 강연자 박성곤이 자신의 목표를 사람들에게 이야기하고, 부단히 노력함으로써 하나씩 삶을 채우듯 누구나 자신의 이야기를 채워갈 수 있다.

이야기를 꺼낸 다섯 명의 강연자는 저마다의 가치를 얻고, 성장할 수 있었다. 혹시 내가 이야기를 꺼내고 나면 문제가 되진 않을까 걱정하고, 본의 아니게 약점이 되어 돌아왔던 경험을 떠올릴 수도 있다. '침묵은 금이다.'라는 말이 존재하는 이유이기도 하다. "멀리 보이는 성난 파도는 두려움의 대상이다. 그러나 이내 내 발 앞 잔잔한 물결이 되고서야 깨닫게 된다." 이처럼 직접 겪기 전까지는 불안과 두려움이 엄청나게 거대하지만, 막상 겪고 나면 별일 아니었던 경험이 되기도 한다. 이야기는 문제를 일으키기보다 시작을 알리는 총성이 될 것이다. 이야기하라. 그러면 이루어질 것이니.

#6
특별한 이야기, 평범한 이야기

A. 평범함과 특별함

자신을 드러내는 가장 보편적인 방법은 글을 쓰는 것이다. 입시나 취업을 위한 첫 단계가 바로 자신의 이야기를 적는 일이다. 특히, 취업할 때 우리는 작은 모니터 앞에 앉아 자기소개서를 작성한다. 적게는 수십 개, 많게는 수백 개. 짧으면 6개월 길면 3년 이상 걸리는 일이다. 지원동기와 성취 경험, 직무 경험 등을 쓴다. 막힘없이 써 내려가는 사람이 있는가 하면 멍하니 모니터만 일주일 동안 바라보는 사람도 있다. 자기소개서 코칭을 할 때면 대부분 비슷한 말을 한다. "쓸 말이 없어요. 저는 너무 평범하게 그리고 무난하게 산 것 같아요." 이때 많은 사람이 특별한 경험이 없어서 한 페이지의 종이도 채우지 못하는 자신의 삶에 실망하게 된다.

그렇다면 냉철하게 자신이 걸어온 삶의 발자취를 돌아보자. 당신의 삶은 평범한가? 아니면 특별한가? 평범하다면 그 이유가 무엇이고, 특별하다면 그 기준이 궁금하다. 이번엔 다른 질문을 하나 던져본다. 평범함과 특별함 중에 무엇이 더 좋은 것인가? 각자 다르겠지만 제각각 머릿속에 떠오르는 답이 있을 것이다.

평범한 경험 때문에 자신을 소개할 수 없는 것일까? 내가 어떤 경험을 했느냐보다 경험을 통해 무엇을 얻었느냐와 어떻게 생각하고, 앞으로 배운 것을 어떻게 활용하고 싶은지가 더 중요하다. 즉 거창한 경험보다 내가 걸어온 길을 통해 삶을 어떤 태도로 살아가는지가 중요하다는 것이다. 예를 들어 '배려심' 있는 사람임을 설명하기 위해 아프리카에서 우물을 함께 팠던 경험이나 동남아시아에 교육 봉사 경험만이 적합한가. 혼자 사는 이웃을 위해 일주일에 한 번 안부를 물었던 경험, 폐지 줍는 할머니가 보이면 밀어드리자는 나와의 약속, 어린이 보호 구역에서 자전거나 전동 킥보드에서 내려

끌고 가는 습관 등을 이야기하면 어떨까. 특별한 경험만이 성장의 동력이 되는 것은 아니다. 사실 평범함과 특별함은 주관적 기준에 따라 달라진다. 시골에서 태어나고 20년을 살다가 도시로 진학한 나에게 농활은 일상이다. 시골에서 텃밭에 고랑을 내고, 소를 키우면서 거름을 경운기에 옮겨 담아 밭에 뿌렸다. 과일을 따서 선별하고, 상자에 담아 포장하는 일부터 맨발로 논에 들어가 직접 모를 심는 일도 경험했다. 하지만 도시에서만 살아온 사람에게 농활은 특별한 경험이다. 말로만 들었던 거머리를 만나고, 과일이 상품이 되어 판매되기까지 농부의 땀이 얼마나 고귀한 것인지 배우게 된다. 그리고는 노인이 다수인 시골 마을에서의 농활 경험을 자기소개서에 담아낸다. 농촌 경험은 어떤 이야기로 보아야 할까.

어릴 때부터 학원과 과외를 여러 개 다니면서, 대학에 진학한 후 취업과 결혼까지 한 사람이 있다. 그에게 지하철을 타고, 학비와 생활비를 지원받고, 결혼 시 지원받는 일은 평범한 일상이다. 하지만 그런 일이 특별한 사람도 있다. 대학교 때문에 도시로 진학했지만 농촌 마을버스밖에 타보지 않아서 시내버스와 지하철을 탈 줄 몰랐던 사람이 있다. 학비와 등록금, 취업준비에 필요한 모든 비용을 직접 벌어야 했던 사람이 있다. 내 경험이다. 나에게 과외, 지하철, 생활비, 결혼지원은 특별한 일이었다. 각자가 다른 기준을 가졌음에도 자신은 평범하다고 잘난 것이 없다고, 아무것도 아니라며 본인을 낮추는 게 옳은 일인지 다시 생각해보아야 한다.

영구임대아파트에서 주민들의 주거복지를 위해 다양한 프로그램을 운영한 적이 있다. 독거노인, 기초생활수급자, 장애인의 비율이 높아서 부정적인 이미지를 가지고 있었다. 특히, 학교에서 청소년들에게 그 아파트 단지는 피해가라는 말을 할 정도로 심각했다. 문제를 해결하고 싶었다. 부정적 인식을 없애고 평범한 사람들이 사는 평범한 마을로 바꿔보고 싶었다. 좋은 계기로 마을의 어르신들을 모시고 공예 교육을 진행할 수 있게 됐다. 평균 70세가 넘는 어르신을 모시고, 방향제나 비누 등을 만드는 것은 쉬운 일이 아니었다. 8회에 걸쳐 두 달 동안 어르신을 만나고 강사님과 함께 공예품을 만들었다. 공예 기업이나 단체도 많고, 체험해볼 기회가 충분하기에 나에게는 특별한 느낌은 아니었다. 8주간의 교육이 끝나고, 마지막 인사를 건네면서 하나둘 자리를 뜨던 그 순간, 한 할머니가 나에게 천천히 다가왔다. "고맙네. 내 평생에 이런 경험은 처음이야. 누가 이런 걸 우리가 할 수 있게 도와주겠어. 우리 청년 덕분에 좋은 추억 만들었네." 그리고는 눈물을 보이셨다. 뭐 하나 특별할 것 없었던 가벼운 공예 교육이 누군가의 인생에 처음이자 마지막 경험이 되었고, 예쁘고 아기자기한 무언가를 처음으로 만들어본 추억이 되었다. 백발의 할머니 말씀 덕분에 오히려 내가 얻은 게 많았다. 평범한 일이었지만 누군가에게는 특별한 경험이 되었다. 평범함과 특별함은 같지만 다르고 다르지만 같았다. 다행히 이러한 작은 경험들은 지역 내에서 영구임대아파트에 대한 부정적 인식을 조금씩 바꿔가고 있었다. 인근 학교의 학생들과 여름에는 부채를 만들어서 아파트 경로당에 기부하고, 겨울에는 김장해서 아파트 단지에 나누니 따뜻한 마을로 변모하게 되었다.

인간은 호르몬의 노예라는 말이 있다. 여러 호르몬 중 우리의 삶에서 행복과 동기부여에 영향을 미치는 두 가지가 있다. 바로 도파민과 세로토닌이다. 도파민은 우리 몸에 한 번 분비되면 엄청난 동기부여가 되고, 흥분하게 만든다. 단기적이고 즉흥적인 호르몬으로 강하고 특별한 자극으로 분비를 촉진한다. 유튜브로 동기부여 영상을 보거나 큰 자극을 주는 책을 읽었을 때, 곧바로 실천을 결심하게 되는 원인이 바로 도파민이다. 그러나 도파민으로 인한 동기부여는 오래가지 못한다. 과학적으로도 유효기간은 3일, 작심삼일이 그냥 나온 옛말이 아니다. 호르몬임에도 내성이 생겨 더 큰 자극을 갈망하게 되고, 이는 목표를 꾸준히 이루거나, 좋은 사람과 오래 사랑하는 데 있어서 오히려 역효과를 가져온다. 도파민을 촉진하는 대표적인 것이 도박, 마약, 섹스, 술, 게임, 경쟁 등이 있다.

세로토닌, 뇌과학에서 도파민과 비교되는 전달물질로 도파민과 공통점과 차이점이 있다. 동기부여를 하게 만들고, 의욕적인 삶을 살게 한다는 점에서 유사하지만, 작은 일상에 행복과 감사를 느끼게 한다는 점에서 차이점을 가진다. 도파민도 행복과 만족을 느끼게 하지만 강한 자극 탓에 불안과 우울을 쉽게 오게 하는 부작용이 있다. 우리의 삶에서 오랜 시간 행복과 만족을 느끼며 살아가기 위해서는 도파민에 익숙하기보다 세로토닌에 익숙해져야 한다. 세로토닌 분비를 활성화하기 위해서는 몇 가지 어려운 노력을 해야 한다. 천천히 걷기, 아침에 일어나 햇빛 마주하기, 식사 시 오래 씹기, 자기 전에 따뜻한 차 마시기 등. 듣기만 해도 너무 어려운 일들이 아닌가. 사실 누구나 큰 노력 없이 시도해 볼 수 있는 일이다. 나라면 자극적인 하룻밤 섹스에 중독된 삶보다 매일 함께 한 시간씩 걸을 수 있는 반려자와 함께하는 삶을 선택할 것이다.

강한 자극으로 삶을 바꾸려 하면 무리가 따른다. 사소한 노력을 모아서 바꾸는 것이 뒤탈이 없다. 우리가 찾는 강한 자극의 특별한 이야기는 적극적인 행동을 설득하지만, 오히려 '나는 안돼'라는 좌절을 가져오기 쉽다. 하지만 평범한 사람의 이야기는 내 삶에 서서히 스며든다. 동화 〈해와 바람〉에서 나그네의 옷을 벗기는 것은 강한 바람 한 번에 벗기려는 바람이 아니라 따뜻한 온기로 하나하나 벗게 하는 해의 따뜻함이었다. 우리의 삶을 행복하게 하는 건 한 번의 승리나 한 번의 자극이 아니라 꾸준한 노력으로 가벼운 성취를 하나씩 경험하는 것이 아닐까.

B. 평범한 이야기를 듣고서

「대학생 강연대회 전대미문 3회 청중 후기 I - 박은지」

전대미문? '이제껏 들어 본 적도 없는'이라는 의미인가? '전대미문'은 우리 대학에서 주관하는 대학생 강연대회였다. 이 행사는 새내기인 나에게는 정말로 '전대미문'이었다. '평범한 대학생들이 강연한다고? 같은 대학생으로 캠퍼스 내에서 쉽게 마주칠 수 있는 사람들이 나와서 강연을 한다는 말인가. 이런 수많은 의문을 품고 있을 때, 청중평가단을 모집한다는 소식을 들었다. '내가 감히 남들 앞에 나와서 당당히 자신의 이야기를 하는 사람들을 평가할 수 있을까?' 하는 의구심도 들었지만 우선 질러보자는 심정으로 청중평가단 신청을 했다.

강연 당일이 되자 문득 '나라면 또래의 대학생에게 어떤 이야기를 해야 할까?'라는 생각이 들었다. 해가 질 무렵, 그들의 강연을 듣기 위해 강연장으로 향했다. 안내를 듣고 홀에 들어가니 조금 빨리 와서인지 사람이 별로 없었다. 키가 작은 나는 앞에 큰 사람이 있으면 무대를 볼 수 없기에 앞쪽으로 자리를 잡았다. 강연자의 표정도 보이고 소리도 더 잘 들릴 것을 생각하니 즐거웠다. 안내를 들으면서 받았던 팸플릿을 읽으면서 빨리 시작되기를 기다렸다. 코리안 타임으로 5분 늦게 시작된 강연이었지만 사회자의 편안하고 재밌는 진행으로 기다리는 시간도 즐거웠다.

첫 강연자는 곽민수 님이었다. 4개 국어가 능통한 이 강연자는 군대에서 중국어를 하는 선임을 통해 정말 우연한 계기로 중국어를 공부하고 이후 영어와 러시아어까지 4개 국어를 사용하게 되었다.

해외단기 파견도 나가고 통역도 하고, 정말 꿈만 같은 이야기를 들려줬다. 마치 나와는 거리가 먼 세계를 이야기하시는 것 같았는데, 축구 이야기를 할 때 한순간에 가까워진 느낌도 들었다. 강연자는 '축구는 언어가 안 통해도 hey, shoot, pass 세 단어만 있으면 어디서든 가능하다.'고 말했다. 나는 축구를 많이 해보지 않았지만, 남학생들이 축구 하던 모습을 떠올려 보면 정말 그 세 마디로 통했다. 물론 가끔 육두문자가 나오는 애들도 있었지만.

두 번째 강연자는 서인하 님이었다. 이 분은 순간의 선택은 경험의 총합이라 생각했고, 그렇다면 경험의 총합을 높이는 방법은 무엇인지에 대해서 고민한 것을 이야기했다. 세계의 다양한 사람들은 여행을 통해 만나고 헤어지면서 세계화가 진행되고 있으며, 1인 가구의 증가로 소유가 아닌 공유의 시대가 되고 있다고 하셨다. 그러면서 내가 살아가는 공간을 사랑하는 방법을 말씀하셨는데, 개인적으로 '살아'와 '사랑'의 운율이 굉장히 마음에 들었다.

세 번째는 강연자 김진수 님. 앞의 두 분에 비해 목소리도 조곤조곤하고 내성적으로 보였다. 강연 내용은 수동태(-ed)적이었던 과거의 자신에서 능동태(-ing)적인 자신으로 된 자신에 대해 말했다. 과거에 수동적이고 소심했던 모습을 이야기하다가 지금 무대에 나와 강연을 하는 이 사람을 보니 조용하지만 굳건하게 자기 자신의 신념을 믿는 그런 사람으로 보였다. 솔직히 나서기를 별로 좋아하지 않는 나에게 전체 강연자 중 가장 공감이 되는 내용이었다. 아직 소심함을 완전히 버리지는 못한 것 같았지만, 앞으로도 이렇게 계속 무대에 나오고 다양한 활동을 한다면 분명 멋진 길을 열어갈 것이라 믿는다. 무엇보다 자신이 존경하던 사람을 만났다는 사실이 부러웠다. 내가 존경하는 사람은 대부분 현존하지 않아서 책으로만 만날 수 있었다. 하지만 이 강연자는 본인의 멘토를 직접 만나 대화까지 하게 되었다니 내심 질투 났다.

네 번째 강연자는 김미현 님이었다. 본인의 이름인 미현을 미련이라는 별명과 연관 지어서 강연을 시작했다. 본인의 인생 이야기를 하시느라 감정이 복받쳐 눈물을 머금은 채 말하는 모습이 많은 공감이 되었다. 내가 만일 무대에서 내 삶의 역경을 이겨내려고 발악하던 때를 이야기한다고 생각해보니 강연자의 눈물이 이해가 되었다. 저렇게 힘들어도 이겨내고 가감없이 이야기하려는 강연자가 대단하다고 느껴졌다.

앞 순서였던 네 명의 강연자의 이야기가 끝나고 청중의 생각을 들어보는 시간을 가졌다. 청중들의 이야기를 듣는 것도 정말 재미있었다. 나와 같은 공간에서 강연을 듣고, 나와 같은 대학을 다니는 사람들이 평소 생각하던 것들을 자연스레 터놓고 이야기했다. 강연자의 이야기에 공감하거나 자기반성을 하는 사람 등 다양하면서 편안한 분위기가 좋았다.

다섯 번째 강연자는 조영욱 님이었다. 정말 엄격한 교육자 집안에서 태어나 젊음과 도전으로 새로운 세상을 향해 나아가는 그가 눈부시게 보였다. 19살 때, 고깃집 아르바이트를 해서 20만 원을 들고 대학교 입학처에 부모님 몰래 예치금을 냈던 청년. 입학 관련 문자가 부모님께 전송되어 맞았던 이야기도 먼 이야기 같았지만, 눈앞에 있어 신기하기도 했다. 대학 진학해서는 취업이 아니라 창업에 관심을 가지고 도전하는 모습까지 뚝심 있게 자신의 소신껏 앞을 향해 나아가는 모습이 흥미로운 강연자였다.

여섯 번째 강연자는 김승관 님이었다. 이 강연자는 자신의 동아리 이야기를 했는데 동아리장으로서의 이야기를 해 주었다. 나도 여러 동아리장을 해 본 경험이 있어서 공감이 갔다. 대표가 되면 누군가를 이끌어주어야만 하고, 뭐든 다 해내야 할 것 같은 느낌이 든다. 그러나 이 강연자도 나도 비슷한 실패를 겪었다. 무조건 끌고 가면 구성원들은 지치기 마련이다. 그들이 원하는 것이 무엇인지 파악하고, 서로의 의견을 조정해야 동아리는 원활히 돌아간다. 이 분이 실패를 통해 새로운 방법으로 동아리 구성원들과 화합하여 최고의 결과물을 만든 것처럼 나도 무언가를 협력하여 좋은 결과를 얻고 싶어졌다.

마지막 일곱 번째 강연자는 양민지 님이었다. 첫인상부터 분위기가 밝았고 그에 걸맞게 댄스 동아리 소속이었다. 밝은 분위기와 달리 고민도 많고, 주위 사람과 비교하며 좌절하는 그런 평범한 청년이었다. 자신보다 뛰어나다고 생각했던 친구도 자신과 같이 고민하고, 힘들어하는 것을 알게 되어 변화된 강연자처럼 나도 '전대미문'을 통해 멋진 청년들의 고민을 알게 되었다. 이번 행사를 통해 평범한 청년도 남들에게 자신의 이야기를 할 수 있다는 사실과 그 이야기가 누군가에 의미 있게 받아들여진다는 것을 알게 되었다.

부족한 것이 많지만, 특이한 상상을 자주 하는 내가 어쩌면 강연자로 무대에 설 수 있지 않을까 상상하게 되었다. 이제 막 입학한 신입생이라 많은 이야기를 내놓지 못하겠지만, 내년에는 분명 다양한 이야기를 새로운 후배들에게 전해줄 수 있지 않을까? 한 번도 경험하지 못했던 청년 강연을 내가 만났던 것처럼, 내년에 이 학교에 오게 될 미래의 후배들과 아직 이런 좋은 프로그램을 모르는 대한민국의 모든 청년 아니 모든 사람이 이런 색다른 경험을 통해 자기 자신을 변화하는 사회가 되었으면 좋겠다.

「대학생 강연대회 전대미문 3회 청중 후기Ⅱ - 오주희」

성큼 다가온 쌀쌀한 날씨에 학과 게시판을 무심코 지나가다가 전대미문 대학생 강연대회를 알게 되었다. 우리 학교 학생들의 생생한 이야기를 들을 수 있다니! 이 시대를 살아가며 같은 세대의 강연자가 이야기해주는 것만으로 생생한 경험의 공유가 된다고 생각하니 마음이 절로 따뜻해졌다. 그래서 이번 강연대회의 청중평가단을 신청하게 되었다.

내가 느낀 총평을 먼저 하자면 강연자들의 이야기를 들으면서 그들과 나의 공통점과 차이점을 분명히 알게 되었다는 것이다. 도전하고 싶은 무언가를 가지고 있다는 것이 공통점이라면 그들은 실천했고 실천하는 중이라는 것이 나와 달랐다. 강연을 들으며 공감과 반성이 이어졌다. 나도 외국인 친구와 깊은 관계를 형성해보고 싶고, 유라시아 여행을 떠나보고 싶고, 더 능동적으로 살아가고 싶고, 미련 없이 살고 싶고, 도전하는 삶을 살고 싶고, 어떤 집단의 리더가 되고 싶고, 나를 끝없이 사랑하고 칭찬해주고 싶었다. 그러나 생각만 있을 뿐 행동으로 옮기지 못한 지나온 날들에 후회가 되었다.

가장 공감이 된 이야기는 김진수 강연자의 '내 인생은 수동태, 아니 능동태'였는데 나는 그와 달랐다. 나는 어렸을 때부터 고집 있고 당당하고 발표시간에도 솔선수범해서 의견을 분명히 말하는 아이였다. 하지만 대학을 들어오면서 서서히 변해갔다. 사회가 만들어 놓은 교육체계가 나를 수동적인 사람으로 만들었다. 어떤 일을 시작하기도 전에 먼저 남의 시선을 의식해버리고, 말할 수 있을 상황에서도 나댄다고 생각하면 어쩐지 싶어 마음을 숨기기에 급급했다. 중국어를 전공하는 학생으로서 주변에 실력자들이나 중국에서 살다 온 친구들을 보면 너무 한없이 작아지고 그들이 마냥 부럽기만 했다. 하지만 '누구나 다 처음' 이 말을 들었을 때, 무언가 머리를 한 대 맞은 것 같았다. 강연자가 해온 것을 보니 주어진 상황에 순응하며 보냈던 시간이 너무나 아까웠다. 나도 이제부터 시작 단계에 있다고 생각하면 된다. 특히 이번 강연을 통해 생각의 차이와 이야기의 힘은 엄청나다는 것을 다시 생각해보게 된다.

바쁜 와중에도 내가 지나온 흔적들을 다시 살펴보자. 이 강연을 듣고 대학 생활의 전환점이 되어서 하고 싶은 것 다 해보고자 한다. 이번에는 청중이었지만 누군가에게 힘이 되어주는 말 한마디 해줄 수 있는 강연자가 되어보는 것을 마음에 품게 되었다. 각자 다른 환경에서 시작했지만, 끝은 창대하리라 믿는다. 기회가 된다면 또 참여해서 나뿐만 아니라 내 주변 사람들과 함께 마음 따뜻해지는 시간을 보내고 싶다.

2018년 11월에 있었던 대학생 강연대회의 청중평가단으로 참여했던 청중들의 이야기이다. 유명하거나 성공한 사람의 이야기가 아닌 평범한 또래의 이야기였기에 느끼는 바가 더 컸을지도 모른다. 연예인의 다이어트 성공보다 단짝 친구의 다이어트 성공이 최고의 다이어트 자극제인 것처럼, 우리는 거리가 가까울수록 영향을 많이 받는다. 보통 사람의 이야기가 힘이 있는 건 평범하기 때문이다. 나도 그렇게 할 수 있을 것 같고, 나도 그렇게 될 수 있을 것 같다는 생각이 가장 큰 무기이다.

10kg을 빼야 한다는 목표보다 하루에 10분씩 걷겠다는 목표가 현실 가능하다. 이를 스몰스텝(Small step)이라 한다. 나와 강연자의 공통점과 차이점을 비교해보며 실현 가능한 것부터 변화를 시도하겠다는 말이 이번 강연의 힘을 잘 설명해준다. '나도 한 번 도전해볼까?'라는 생각을 하게 만드는 것이 이번 대회의 최종 목표 중 하나였다. 많은 사람이 이 강연대회를 보고 다음 대회에는 꼭 도전하고 싶다고 말했다. 이로써 하나의 목표는 달성한 것 같았다.

강연을 제안하면 제일 먼저 하는 말이 "제가요? 저 같은 사람이 어떻게 해요."였다. 그리고 뒤에 꼭 하는 말이 있다. "근데 자리 좀 잡고, 경험 좀 쌓으면 강연 한 번은 꼭 해보고 싶어요." 누구나 자신의 이야기를 다른 사람 앞에서 해보고 싶은 꿈을 가지고 있다. 설령 지금은 아니더라도 한 번쯤은 꿈꾸리라 생각한다. 나중에 하겠다는 마음이 아니라 기회가 되면 언제든 해보겠다는 마음만 가질 수 있다면 우리는 모두 강연자이다. 완전하지 않아도, 특별하지 않아도 괜찮다. 당신의 이야기는 충분히 가치가 있다. 그렇기에 나는 들을 준비가 되었다.

「청중 후기III '그들이 사는 세상' - 김희진」

"저마다 제가 사는 세상이 있는 법이오. 제각기 소중한 것도 다 다를 것이고. 나는 빈관 사장이 어떤 세상을 살아왔는지 모르겠으나 나는 내 세상에 최선을 다하고 있소." 드라마 〈미스터 선샤인〉에 나온 대사이다. 나는 오늘 '그들이 사는 세상'을 들었다. 7명의 강연자. 7명의 이야기. 그리고 7개의 세상. 드라마 속 대사처럼 사람들은 저마다 자신이 사는 세상이 있다. 나는 오늘 그들이 사는 세상을 들었다. #인생퍼즐 #길 #더큰세상 #나만의도전 #미련한미현 #새로운

것 #참된리더 #칭찬은나를춤추게한다 강연자 7인의 강연을 들으면서 내가 끄적인 것들이다. 오늘 나는 강연을 들으면서 초면인 그들이 어떤 세상을 살아왔는지 들었다. 물론 그들의 세상을 다 알 수는 없었다. 하지만 적어도 그들이 경험하고 그 속에서 고민하고 깨달은 그래서 각자의 세상에서는 너무 소중한 그런 것들은 알 수 있었다. 오직 그들의 이야기만으로. 매번 드는 생각이지만 이게 바로 이야기의 힘인 것 같다. 강연을 들으면서 어느새 웃고 있는 내 모습을 봤다. 처음 본 사람들의 세상을 듣는 게 재밌었던 걸까. 그들이 어떤 삶을 살아갈지 그려지는 게 재밌었던 걸까. 아니면 그들의 이야기를 통해 내 세상을 바라보는 게 좋았던 걸까. 매일 매일 비슷한 하루를 살아가다 보면 지쳐서 내 세상에만 갇히거나 내 세상을 보지 못할 때가 있다. 요즘이 그랬던 것 같다. 그런데 그들의 이야기를 들으면서 다시 내 세상이 보였다. 그들의 이야기는 새로운 세상을 보게 함으로써 내게 분명 위로가 되었고 내 세상에서 나는 최선을 다하고 있는지 돌아보게 했다.

그리고 나는 오늘 '그들이 사는 세상'을 보았다. 영보이스토리. 어떤 일을 정기적으로 반복해서 한다는 게 쉽지 않다는 것을 깨닫는 요즘이다. 그런데 영보이스토리는 그걸 하고 있었다. 오랜만에 본 영보이스토리 팀원들이 웃고 있었다. 즐기고 있는 것 같았다. 그건 아마 그 일이 그들이 사는 세상에서는 즐겁고 의미 있는 일이기 때문이지 않았을까. 확실한 건 그들 각자의 세상에서 '이야기'는 소중한 것 같았다. 그런 사람들이 모여서 팀을 이뤘고, 그 소중함을 다른 사람들에게도 알려주고 싶은 것 같았다.

꼬박 1년 만에 다시 간 무대였다. 맨 처음에는 청중으로 두 번째는

강연자로 그리고 오늘은 다시 청중으로. 처음 강연을 듣고 나는 어떤 이야기를 들려줄 수 있을지 생각했던, 그리고 내가 강연자가 돼서 강연을 준비하고 강연을 했던 그때가 생각났다. 오늘 어떤 이들에게는 그 무대가 그런 무대가 됐으리. 내가 강연한다면 어떤 이야기를 들려줄 수 있을지 생각하게 되는 그런 무대. 그리고 '내가 사는 세상'을 알려주거나 알 수 있었던 무대. 소중한 시간이었다.

전대미문 2회 강연자였던 김희진은 1회 때 청중으로 참여해서 자신도 무대에 올라보고 싶다는 목표를 세웠다. 어떤 이야기를 사람들에게 들려줄지 고민했고 마침내 강연자로 무대에 설 수 있게 되었다. 그리고 일 년 후. 다시 전대미문 3회를 찾았다. 평범한 청중으로. 그리고 강연이 끝나고 남긴 후기였다. 7명의 강연자를 보면서 마치 자신이 간절한 마음으로 준비했던 때가 떠올랐을 것이다. 그들이 사는 세상을 보고, 거기서 그치지 않고 내가 운영하던 청년단체 영보이스토리의 세상을 이야기해주었다. 웃는 모습으로 행복하게 가치 있는 일을 하던 청년들의 모습. 그런 모습을 그녀는 따뜻하게 바라보았다. 어쩌면 그녀는 내가 생각한 '이야기와 함께 성장하는 삶'을 가장 잘 보여주는 사람이 아닐까.

'이야기'가 눈에 보이는 콘텐츠가 되기를 바라며 헌신했던 그 시절의 내가 생각난다. 수입 없이 열 명이 넘는 팀원과 함께하기란 쉽지 않았다. 400장의 대형 포스터를 오롯이 두 발로 걸어 다니며 부착하고, 현수막을 걸었다. 행사 하나를 하기 위해 인건비 없이 며칠을 회의하고, 온종일 행사에 시간을 쏟았다. 알아주는 이 하나 없고, 봐주는 이 하나 없는 날에도 우리는 한결같이 최선을 다했다. 대표라는 이름으로 해줄 수 있는 건 일용직으로 벌어온 돈으로 길거리 포장마차에서 떡볶이와 어묵을 양껏 사주는 것뿐이었다. 가진 것 없이도 행복했던 시절이었다. 그 이유는 젊은 날의 내 이야기가 담겨있고, 함께한 팀원들의 이야기가 묻어있고, 그 시절의 이야기가 맺혀있기 때문이 아닐까. 함께했던 그들을 만나면 '김경한'의 이야기에서 가장 빛나는 순간을 함께해주어서 고맙다고 꼭 말해주고 싶다.

C. 평범함을 특별하게

평범함과 특별함에는 주관적 가치 외에 크게 다를 게 없다는 나의 말에 설득력이 없다면 당신의 평범한 이야기가 특별하다는 것을 이야기해주고 싶다. 나는 '평범한 우리 모두의 이야기가 강연입니다.'라는 말로 '강연의 대중문화'를 트렌드로 이끌고 싶었다. 그러나 확신이 없는 날도 많았다. 그때마다 나를 일으켜 준 많은 사람과 계기가 있었다. 그 중 기억에 남는 이야기를 하나 공유할까 한다.

「청중 후기Ⅳ - 김정현」
1. 청중 같은 강연자, 강연자 같은 청중
강연자는 누구인가? 누가 성공한 사람만 강연한다 했는가? "강연 듣고 왔어~" "오~ 누구인데?" 자연스러운 대화. 우리는 어렴풋이, 그러나 당연하게, '강연하는 사람'은 '성공한 사람'일 것이라고 생각한다. 그리고 그것을 기대한다. 특별한 경험을 하고, 누구나 우러를 만한 업적을 남긴 사람들의 특권이라고 생각한다. 그래서 강연자가 누구인지를 물어보는 질문 속에는 그 강연자의 경력과 업적에 대한 질문이 녹아들어 있다. 강연자의 능력이야말로 그 강연의 질을 결정하고 가치를 증명하는 것 마냥, 우리는 그런 질문을 한다. 성공한 사람들이 꿈을 이루고 나서 유유자적 돈벌이하러 다니는 강연. 여기저기 알아보고 찾는 사람들이 있어야 할 수 있는 강연. 오늘 내가 보고 온 강연대회는 바로 이와 같은 강연의 권력에 맞서 색다른 답을 내놓고 있었다. "강연자? 내 친구!"

2. 히트상품 : 병아리

병아리만이 주는 행복은 닭에게 없다. 병아리는 병아리만의 매력이 있다. 이번 강연대회의 가장 큰 매력은 바로 샛노란 병아리였다. 단단한 달걀 껍데기를 깨부수고 나온 작은 생명. 기어코 세상 밖으로 뛰쳐나온 병아리. 닭에게 없는 밝은 노란색, 작고 여리지만 그만큼 부드러운 깃털을 병아리. 아직 다 성장하지 않았지만, 그래서 유일하고 잠깐뿐인 바로 그 매력이었다. 치열한 생존경쟁을 이겨내고 성장한 닭은 멋있다. 아침을 깨우는 우렁찬 목소리는 모두의 귀를 사로잡는다. 그러나 닭은 병아리의 매력이 없다.

내가 매일 찾아다녔던 강연들은 전부 닭들의 강연이었다. 존경심이 들 만큼 멋지고 대단한 사람들이지만 그래서 더 멀게만 느껴졌다. 그러나 이야기브릿지의 강연은 그렇지 않았다. 성장하는 과정에 놓여있는 나와 같은 사람이었다. 그래서 더 가까웠다. 대부분의 강연에서 성공한 사람들은 청중들의 적극적인 행동을 설득한다. 그러나, 이제 막 달걀 껍데기를 깨부순 청년들의 이야기는 좀 다르다. 강연하고 있는 사람, 그 존재 자체가 설득력을 가지고 있었다. 그 어떤 말보다 나를 설득시킨다. 나도 할 수 있다. 강연의 궁극적인 목표를 그 어떤 닭보다 호소력 짙고, 공감력 높게 전달해준다. 생각해보니 그렇다. 유치원생들의 발걸음에 힘을 북돋우는 것은 꼬끼오가 아닌 삐약삐약이었다. 미생들의 목소리. 삐약삐약.

"꼬끼오가 아닌 삐약삐약." 내가 가는 길이 틀리지 않았음을 가장 낮은 눈높이로 설명해주었다. 몇 번을 읽어도 감동이 밀려왔다. 유명한 사람의 말보다 미생들의 목소리가 더 강력할 때가 있다. 이별한 친구가 있다. 세상을 잃은 표정으로 앉아있는 친구를 위해 세계 일주를 성공한 사람의 강연과 또래의 이별 경험을 이야기하는 강연 중에 어떤 강연을 듣는 게 더 필요할까? 세대, 성별, 지역, 상황에 따라 적합한 이야기는 각기 다를 수 있다. 누군가에게 절실하게 필요한 이야기가 반드시 남들과 다른 독보적이고 특별한 이야기일 필요는 없다.

강연의 보편적 정의는 성공하거나 유명한 '닭'들의 이야기라는 말. 나의 시작은 거기서 출발했다. 이야기에 계급이 있는 것 같은 세상을 바꿔보고 싶었다. 닭들의 이야기는 이제 새롭지 않다. 오히려 흔하다. 그래서 특별하다고 말할 수 없다. 우리는 그동안 '병아리'의 이야기에 무관심했다. 이제 평범한 학생, 흔한 직장인의 삐약삐약을 들으려 한다. 그것이 나의 목표이자 사회의 방향이 되어야만 한다고 믿는다.

D. 이성과 감성 사이

"강의와 강연의 차이를 아시나요?" 정보와 지식으로 타인의 머리를 건드리는 것은 '강의', 경험을 이야기해서 타인의 마음을 건드리는 것은 '강연'이라 구분했다. 머리를 자극해서 이성적 영역의 성장을 이끄는 것과 마음을 자극해서 감성적 영역의 성장을 이끄는 것은 모두 중요하다. 하나의 영역이 더 뛰어난 사람은 있어도, 하나의 영역이 더 중요하다고는 말할 수 없다. 균형 있게 성장해야 한다. 우리는 태어나서부터 이성적 영역의 성장을 배운다. 어린이집, 유치원, 학교를 통해 언어와 행동을 배우고, 학문을 배운다. 다양한 과목을 배우는 것은 물론 해야 할 것과 하지 말아야 할 것도 배운다. 그렇게 이성을 갖춘다. 감성은 어떨까? 감성을 배우려면 운이 따라야 한다. 풍부한 소통과 감정을 주고받을 수 있는 가정, 따뜻한 시선과 사랑으로 학생들 대하는 존경하고 싶은 선생님, 본받을 점이 많은 친구와 선후배를 만나야 한다. 그렇지 않다면 우리는 사랑을 유튜브에서 배우고, 존경을 책에서 배우며, 교류와 소통을 메신저에서 배우게 된다.

　이성과 감성의 구분을 넘어 감성의 영역은 다시 두 가지로 구분한다. 성장의 감성과 확장의 감성이 있다. 성장의 감성은 위를 향하게 하는 감성이다. 동기부여와 자극을 의미한다. 누군가의 이야기를 통해 더 나아가고 싶거나 위로 올라가고 싶은 마음이 생긴다면, 이는 성장의 감성이다. 강연이 가지는 기존의 정의가 바로 이것이다. 누군가의 행동을 적극적으로 설득하는 이야기가 바로 성장의 감성이다. 삶이 무기력하거나 삶의 방향을 잃었을 때 무엇보다 필요하다. 나 또한 좋은 멘토와 강연자의 이야기로 무기력을 극복하기도 하고, 자극을 받아서 새로운 에너지로 사용하기도 했다. 다른 하나는 확장의 감성이 있다. 내가 오랜 시간 이야기하고 싶었던 강연의 새로운 정의가 바로 이것이다. 확장의 감성은 옆으로 넓어지는 감성이다. 공감 또는 위로를 의미한다. 누군가의 이야기를 듣고 공감하며 자연스럽게 나에게 이입했던 경험이 있는가. 누군가의 이야기로 인해 내가 위로받는다고 느껴지는 순간이 있다. 유사한 상황과 환경에 있는 사람만이 서로가 서로에게 위로가 되어주는 힘이 있다. 예를 들어 국가적 큰 재난에 많은 희생자가 발생한 경우, 유가족들에게 가장 필요한 힘이다. 우리의 사회가 상호 간의 응원과 위로를 통해 따뜻한 사회가 되기를 바란다. 그 시작으로 이야기를 수집했고, 나아가 사회에 공유하는 플랫폼이 되자고 결심했다. 한 사람의 노력만으로는 불가능한 일임을 알기에 앞으로 더 많은 사람의 이야기를 담고, 공유할 수 있도록 많은 참여와 관심을 기다려본다. 당신의 이야기를 꺼내보는 것으로 시작해보는 건 어떨까.

에필로그

 하고 싶은 말을 모두 쏟아내고 싶어서 시작한 강연이었다. 강연에 대한 정의도 제대로 하지 않은 채 부딪치고 깨지면서 강연을 조금씩 이해할 수 있었다. 돈이나 명예, 그 흔한 자격증 하나 없이 강연을 시작했음에도 가족을 잃은 슬픔, 장애로 인한 어려움, 막막한 현실에 주저앉은 좌절감, 새로운 도전에 대한 기대 등의 이야기를 나에게 들려주었다. 이 책에서 언급한 사람 외에도 무수히 많은 사람을 만나며 그들의 이야기를 얻게 되었다. 이야기가 점차 쌓여가면서, 기억할 수 있는 수준을 넘어 한계에 도달했다.

 사람들의 빛나는 이야기를 기억 속에 묵혀두는 것이 아까워서 짤막한 글로 기록하기 시작했다. 다채로운 이야기가 모여 개성 있는 콘텐츠로 변모하고, 이야기브릿지를 대표하는 상징이 되었다. 자신을 있는 그대로 표현하는 강연이 좋아서 미쳐있던 시간이 준 선물이었다. 강연으로 만난 모든 사람은 나의 자산이다. 그들은 이야기브릿지 덕분에 성장했고, 나아갈 수 있었다고 말한다. 하지만 그들이 내어준 용기 덕분에 성장할 수 있었던 건 바로 나다. 아직도 자신의 이야기를 제대로 뱉어보지 못한 사람이 있다. 그 이유조차 다양할 것이다. 그들에게 손을 내밀어 잡아끌고 싶은 생각은 없다. 다만 제 발로 찾아와 답답함을 토로한다면, 힘들고 어려움을 털어놓는다면 기꺼이 손을 잡고 나아갈 것이다. 혹시 자신의 이야기가 음울해서 걱정된다거나 거드름 피우는 것 같아 망설여진다면 고민할 것 없다.

이야기에는 명암이 있다. 좋고 나쁨으로 구분되는 것이 아니라 '다름'으로 구분된다. 밝음과 어둠은 서로를 위해 필요하다. 그렇듯 우리의 이야기도 명암이 필요하다. 밝은 이야기를 들었을 때 느끼는 기쁨과 행복, 설렘이 있다. 기다려지는 삶 그리고 기대하는 삶의 즐거움은 밝은 이야기에 녹아있다. 어두운 이야기에는 슬픔과 아픔, 유대와 위로가 있다. 이겨내고 다시 나아갈 힘을 채우는 삶의 애틋함이 어두운 이야기에 녹아있다. 디즈니의 〈Day&Night〉에서 Day와 Night은 서로 잘난 것을 보여주려 노력한다. 그러다 상대방의 장점과 매력을 알게 되고, 부러움을 표현한다. 시간이 흘러 Day와 Night이 석양을 기점으로 같은 시간대에서 만나게 된다. 둘은 같은 존재가 되고, 이내 서로의 입장이 뒤바뀐다. 우리의 이야기도 밝음에서 어둠으로, 다시 어둠에서 밝음으로 언제든 달라질 수 있다. 정확하게는 밝음과 어둠을 모두 가지고 있다. 현재의 명암이 무엇이든 다시 찾아올 것이고, 이내 변한다는 사실을 기억했으면 한다. 그리고 이야기를 꺼낼 한 줌의 용기만 있으면 된다.

마음은 다잡고 다른 이에게 이야기할 때 마음은 간절하지만, 그 결정과 책임은 오롯이 나의 몫이다. 누군가에게 판단과 결정을 의지해선 안 된다. 그들은 나의 삶을 대신 살아주지 않는다. 주체적으로 살고 싶은 이들은 이야기 중간에 다른 이의 첨언과 수정으로 얼룩진 페이지를 마주하고 싶지 않을 것이다. 비록 하나의 짧은 목차를 채우더라도 스스로 써보기를 바란다. 문장력이 서툴면 어떻고, 내용이 부족하면 어떤가. 에릭 와이너의 「소크라테스 익스프레스」에서는 말한다. "제대로 질문을 살아갈 때, 저는 질문이 저를 덮치게 둡니다. 그러면 이런 깊이 있는 질문의 상태가 자연히 변화를 불러옵니다. 질문을 사는 겁니다. 오랜 시간 마음 한구석에 질문을 품는 거예요. 질문을 살아내는 거죠. 단순히 문제를 해결하려고 하는 게 아닙니다. 우리는 너무 자주 해결책을 찾아버려요." 확실하지 않아도, 정확하지 않아도, 답이 아니어도 우리의 삶은 쉽게 무너지지 않는다. 다양하게 생각하고, 끊임없이 질문을 살아가는 것이 삶을 풍성하게 만드는 최고의 방법이 아닐까. 시대가 발전할수록 좋은 정답을 쫓기보다 좋은 질문을 고민해야 한다. Chat GPT의 등장으로 더 확실해졌다. 작은 경험을 하나씩 채워감으로써 '나'라는 주제와 소재를 중심으로 한 이야기가 만들어진다. 독립된 짧은 이야기 여러 편이 엮인 옴니버스 형태의 책처럼 우리의 삶은 나아간다. 때론 희극이고, 때론 비극인 날들이 있겠지만 그 모든 것을 통해 나를 마주하게 된다.

다른 이의 시선을 의식하지 않고, 무작정 덤벼들었던 강연이었다. 그러나 주변 사람들의 걱정과 우려는 계속되었다. 강연은 아무나 하는 게 아니라는 말과 사업성이 없어서 돈 벌기는 어려울 거라 말을 듣곤 했다. 강연에 대한 그들의 의견이 나의 현실이 될 필요는 없었다. 더 보여주고 싶었다. 그래서 단 하루도 치열하지 않은 날이 없었다. 사람을 만나기만 하면 강연의 새로운 정의를 이야기했다. 이야기할 수 있는 자리만 있으면 강연의 매력에 대해 늘어놓았다. 강연에 미친 '강연을 강연하는 청년 김경한'은 계속되는 강연 이야기로 인해 '김강연씨'라는 별칭으로 불리기도 했다. 하나에 미치도록 몰두해본 사람으로서 누군가에게 작게나마 본보기가 되고 싶다. 때와 장소에 구애받지 않고 언제나 열려있는 사람이 될 것이다. 전 세대의 이야기를 담아 사회에 공유하는 이야기 플랫폼 '이야기브릿지'는 언제나 어디나 누구에게나 존재한다. 이야기의 가치를 또렷하게 보고, 따뜻하게 바라보는 것만으로 당신의 삶을 조금 더 빛나게 만들 수 있다. 끝으로 자신의 이야기를 들려준 모든 분에게 감사드린다.

여러분의 빛나는 일상을 응원합니다.
소중한 이야기를 들려주세요.
당신의 이야기를 삽니다.

당신의 이야기를 삽니다

초 판 1 쇄 2023년 5월 25일
지 은 이 김경한
펴 낸 곳 하모니북

출판등록 2018년 5월 2일 제 2018-0000-68호
이 메 일 harmony.book1@gmail.com
팩   스 02-2671-5662

979-11-6747-111-6 03810
ⓒ 김경한, 2023, Printed in Korea

값 16,800원